中华译学馆立馆宗旨

以中华为根 译与学并重
弘扬优秀文化 促进中外交流
拓展精神疆域 驱动思想创新

丁酉年冬月许钧撰罗卫东书

"十四五"时期国家重点出版物出版专项规划项目

中華譯學館 · 中华翻译研究文库

许 钧 ◎ 总主编

中国文学对外译介与
国家形象塑造

Chinese Literature（1978—1989）

外译研究

乔 洁 ◎ 著

ZHEJIANG UNIVERSITY PRESS
浙江大学出版社
· 杭州 ·

图书在版编目(CIP)数据

中国文学对外译介与国家形象塑造：Chinese
Literature(1978—1989)外译研究 / 乔洁著. —杭州：
浙江大学出版社,2022.8
(中华翻译研究文库/许钧总主编)
ISBN 978-7-308-22805-3

Ⅰ.①中… Ⅱ.①乔… Ⅲ.①中国文学－当代文学－
文学翻译－文化传播－研究－中国 ②国家－形象－研究－
中国 Ⅳ.①I046 ②I206.7 ③D6

中国版本图书馆 CIP 数据核字(2022)第 116589 号

中华译学馆 莫言题

中国文学对外译介与国家形象塑造：
Chinese Literature(1978—1989)外译研究
乔 洁 著

出 品 人	褚超孚
丛书策划	张 琛 包灵灵
责任编辑	陆雅娟
责任校对	田 慧
封面设计	程 晨
出版发行	浙江大学出版社
	(杭州市天目山路 148 号 邮政编码 310007)
	(网址：http://www.zjupress.com)
排 版	浙江时代出版服务有限公司
印 刷	杭州高腾印务有限公司
开 本	710mm×1000mm 1/16
印 张	17.5
字 数	252 千
版 印 次	2022 年 8 月第 1 版 2022 年 8 月第 1 次印刷
书 号	ISBN 978-7-308-22805-3
定 价	68.00 元

浙江大学出版社市场运营中心联系方式 (0571)88925591；http://zjdxcbs.tmall.com

总　序

　　改革开放前后的一个时期,中国译界学人对翻译的思考大多基于对中国历史上出现的数次翻译高潮的考量与探讨。简言之,主要是对佛学译介、西学东渐与文学译介的主体、活动及结果的探索。

　　20 世纪 80 年代兴起的文化转向,让我们不断拓宽视野,对影响译介活动的诸要素及翻译之为有了更加深入的认识。考察一国以往翻译之活动,必与该国的文化语境、民族兴亡和社会发展等诸维度相联系。三十多年来,国内译学界对清末民初的西学东渐与"五四"前后的文学译介的研究已取得相当丰硕的成果。但进入 21 世纪以来,随着中国国力的增强,中国的影响力不断扩大,中西古今关系发生了变化,其态势从总体上看,可以说与"五四"前后的情形完全相反:中西古今关系之变化在一定意义上,可以说是根本性的变化。在民族复兴的语境中,新世纪的中西关系,出现了以"中国文化走向世界"诉求中的文化自觉与文化输出为特征的新态势;而古今之变,则在民族复兴的语境中对中华民族的五千年文化传统与精华有了新的认识,完全不同于"五四"前后与"旧世界"和文化传统的彻底决裂与革命。于是,就我们译学界而言,对翻译的思考语境发生了根本性的变化,我们对翻译思考的路径和维度也不可能不发生变化。

变化之一,涉及中西,便是由西学东渐转向中国文化"走出去",呈东学西传之趋势。变化之二,涉及古今,便是从与"旧世界"的根本决裂转向对中国传统文化、中华民族价值观的重新认识与发扬。这两个根本性的转变给译学界提出了新的大问题:翻译在此转变中应承担怎样的责任?翻译在此转变中如何定位?翻译研究者应持有怎样的翻译观念?以研究"外译中"翻译历史与活动为基础的中国译学研究是否要与时俱进,把目光投向"中译外"的活动?中国文化"走出去",中国要向世界展示的是什么样的"中国文化"?当中国一改"五四"前后的"革命"与"决裂"态势,将中国传统文化推向世界,在世界各地创建孔子学院、推广中国文化之时,"翻译什么"与"如何翻译"这双重之问也是我们译学界必须思考与回答的。

综观中华文化发展史,翻译发挥了不可忽视的作用,一如季羡林先生所言,"中华文化之所以能永葆青春","翻译之为用大矣哉"。翻译的社会价值、文化价值、语言价值、创造价值和历史价值在中国文化的形成与发展中表现尤为突出。从文化角度来考察翻译,我们可以看到,翻译活动在人类历史上一直存在,其形式与内涵在不断丰富,且与社会、经济、文化发展相联系,这种联系不是被动的联系,而是一种互动的关系、一种建构性的力量。因此,从这个意义上来说,翻译是推动世界文化发展的一种重大力量,我们应站在跨文化交流的高度对翻译活动进行思考,以维护文化多样性为目标来考察翻译活动的丰富性、复杂性与创造性。

基于这样的认识，也基于对翻译的重新定位和思考，浙江大学于 2018 年正式设立了"浙江大学中华译学馆"，旨在"传承文化之脉，发挥翻译之用，促进中外交流，拓展思想疆域，驱动思想创新"。中华译学馆的任务主要体现在三个层面：在译的层面，推出包括文学、历史、哲学、社会科学的系列译丛，"译入"与"译出"互动，积极参与国家战略性的出版工程；在学的层面，就翻译活动所涉及的重大问题展开思考与探索，出版系列翻译研究丛书，举办翻译学术会议；在中外文化交流层面，举办具有社会影响力的翻译家论坛，思想家、作家与翻译家对话等，以翻译与文学为核心开展系列活动。正是在这样的发展思路下，我们与浙江大学出版社合作，集合全国译学界的力量，推出具有学术性与开拓性的"中华翻译研究文库"。

积累与创新是学问之道，也将是本文库坚持的发展路径。本文库为开放性文库，不拘形式，以思想性与学术性为其衡量标准。我们对专著和论文(集)的遴选原则主要有四：一是研究的独创性，要有新意和价值，对整体翻译研究或翻译研究的某个领域有深入的思考，有自己的学术洞见；二是研究的系统性，围绕某一研究话题或领域，有强烈的问题意识、合理的研究方法、有说服力的研究结论以及较大的后续研究空间；三是研究的社会性，鼓励密切关注社会现实的选题与研究，如中国文学与文化"走出去"研究、语言服务行业与译者的职业发展研究、中国典籍对外译介与影响研究、翻译教育改革研究等；四是研究的(跨)学科性，鼓励深入系统地探索翻译学领域的任一分支领域,如元翻译理论研究、翻译史研究、翻译批评研究、翻译教学研究、翻译技术研究等,同时鼓励从跨学科视角探索翻译的规律与奥秘。

青年学者是学科发展的希望,我们特别欢迎青年翻译学者向本文库积极投稿,我们将及时遴选有价值的著作予以出版,集中展现青年学者的学术面貌。在青年学者和资深学者的共同支持下,我们有信心把"中华翻译研究文库"打造成翻译研究领域的精品丛书。

许　钧

2018 年春

序　言

听闻乔洁的专著《中国文学对外译介与国家形象塑造——*Chinese Literature*（1978—1989）外译研究》（以下简称《文学对外译介》）即将出版，我首先向她表示祝贺。经过三年苦读终获博士学位，如今她博士阶段的研究成果也要出版了，为今后的教学与科研打下了良好的基础，事业发展会更加顺利，可喜可贺。其次，我受托为这本书作序，作为她的导师，我责无旁贷，也感到非常欣慰。同时，我也感受到，这是一个学术梯队"换届"的时代，中青年学者已经开始崭露头角。实际上，近年来国内出版的学术专著、学术期刊发表的论文、国家社科基金和教育部人文社科基金项目的主持人，出现了越来越多的新面孔，这是十分可喜的现象，表明翻译研究的学术传承后继有人了。

中国当代文学的大规模英译始于 1949 年，其目的在于向友好国家介绍新中国的社会主义建设和反击以美国为首的西方阵营的抹黑和文化围堵。在此背景下，英文版《中国文学》（下称 *Chinese Literature*）应运而生，成为一项重大的国家翻译出版工程。因其具有重要的外宣意义，它成为国内学术界研究中国文学和文化"走出去"的一个热点。

在近年来的同类研究中，乔洁的《文学对外译介》堪称佼佼者，不仅学术上有突破，在研究方法上也给人以启迪。

其一，历史阶段的选取。*Chinese Literature* 持续时间近 50 年（1951—2000），总共译载了 3200 篇文学作品。[1] 如此庞大的翻译体量，要

---

[1]　徐慎贵.《中国文学》对外传播的历史贡献. 对外大传播，2007（8）：46-49.

在一部书里全部讨论,显然是不可能完成的任务,研究者必须有所为有所不为,集中突破一点。而究竟截取哪一个阶段,对研究者是个考验。如果择取 *Chinese Literature* 在"新中国成立后十七年"期间的译介,其研究成果众多,容易写,但难有新意。选取其他阶段的研究,资料不很充分,写作难度大但容易得出新见解,各有利弊。乔洁不惧挑战,最终选取了 1978—1989 年这一阶段。此阶段是改革开放后的年代,国内外形势出现重大变化,国家的文艺政策随之转变,作家和译者的主体性有所增强,时代特征与以往不同。*Chinese Literature* 在此期间的译介也有一个转型,因此具有很好的研究价值。同时,此阶段的相关研究尚未饱和,还有较大空间,以此作为研究对象,困难较大,却是提升学术研究能力的好途径

其二,此书史料丰富,颇具学术价值。研究未动,史料先行。史料梳理和挖掘是翻译史研究的前提和关键,舍此则为无米之炊。乔洁的《文学对外译介》在这方面下了大功夫,从而保证了其创新性,材料新才有可能论点新。

《文学对外译介》梳理和展示了 *Chinese Literature* 在 1978—1989 年的译介历程,其详细的史料拓展了前人的相关研究。书末的参考文献中收录了重要的国内外文献,如许芥昱(Hsu Kai-yu)的《中华人民共和国文学史》(1980)。书末三个"附录"显示出作者丰富的积累,其中的史料为全书的论述提供了基础,对后续研究也有极高的参考价值。以附录 3 "*Chinese Literature*(1978—1989)新时期文学作品英译译者与译作一览表"为例,其中列举了 *Chinese Literature* 在 1978—1989 年的英译作品信息,收集了新时期以来约 283 名作家的 400 余篇作品,以此反映中国在这一时期的历史变化和社会现实。

《文学对外译介》基于作者的博士学位论文,在出版前我已先睹为快并从中获益,在拙著《中国当代文学作品英译的出版与传播》(2020)有所引用。例如,《天安门诗抄》的英译载于《中国文学》1979 年第 3 期,当年又出了单行本①,拙著引用了此信息。此类重要的翻译事件值得继续研究。

---

① 徐维垣. 评《天安门诗抄》英译本. 山东外语教学,1980(2):70-73,48.

另外,附录 3 呈现的译者信息是我所见有关 *Chinese Literature* 译者最详细的介绍,但乔洁也在表注中坦陈:"表格中中国译者中文姓名缺失和外国译者国籍缺失均是由于暂时未查到这些译者的相关信息。"*Chinese Literature* 的译者队伍主体是中方译者,外加少量的外籍专家,另有 20 世纪 80 年代临时加入的美国学者葛浩文(Howard Goldblatt)、澳大利亚学者杜博妮(Bonnie S. McDougall)等。由于历史原因,*Chinese Literature* 的译者经常不署名,折射出当时的历史特征(个人归属于组织,集体荣誉高于个人),诚如董乐山所言:"尽管从 1949 年冬天起,每天报上都有我的译文发表,有时还占整个一版或半版的篇幅,但是这都是集体的成果,算不到个人头上……第一次标上我个人名字的译作是《第三帝国的兴亡》,这也是一本集体译作,参加其事者有九人之多,只是由我统一润饰而已。1973 年再版,出版社又让我校订修改一遍。"①另有"附录 1:1995 年来中国政府对外译介中国文学的重要工程/项目",表明对外译介的国家翻译实践属性,衬托出《中国文学》的时代语境,也是对英译本单行本的史料补充。

其三,视角新则观点新。《文学对外译介》对一些相关问题提出了自己的见解,对已有论点做了有益的扩充。例如,作者认为,*Chinese Literature* 译载的一些看似"负面"的作品,却有利于树立中国的国家形象,见解独特。具体来说,该刊从 1979 年第 1 期开始译介"伤痕"相关主题的作品,反映"文革"创伤、反思"文革"历史,"向英语世界的人民展示了蓄势复兴之中国"。对伤痕文学的译介证明,*Chinese Literature* "在译介选材上突破了原有诗学传统中的完全歌颂主题,通过对不同阶层人物在'文革'中所受劫难的描述、'文革'之后的新政带来的曙光,向英语世界读者展现出一系列他们想要了解的'文革'真实图景和文本背后中国社会在'文革'后正在进行的政治变革。"为了佐证此论点,作者特意以"表 2.1 *Chinese Literature*(1979—1989 年)译介伤痕文学、反思文学及知青文学

---

① 转引自:方梦之,庄智象. 翻译史研究:不囿于文学翻译——《中国翻译家研究》前言. 上海翻译,2016(3):4.

主要作品概览"给予实证。再有,附录 2 列举了该刊译载的文艺界会议、重要讲话、卷首语以及文艺简讯,与该刊同期的英译文学作品形成对照,将二者之间的关系呈现给英语世界读者。这种以副文本资料直接展示和描写英译作品的历史背景的新颖手法,不同于相关研究的论点,是创意之举,还可间接映衬译者和赞助人的动机。这样的视角可以更好地解释翻译方法等具体问题,因为翻译活动与文艺政策息息相关,当时的创作与翻译均受后者的影响。

乔洁的《文学对外译介》还有其他亮点,一时难以言尽,留给读者细细品读。

同时,毋庸讳言,如同任何一部学术著作,限于题目的范围,该书也留有未尽之处,有待来日,或来者。

例如,*Chinese Literature* 的译载篇目缺少一个完整的索引。目前仅见选择性统计,如《〈中国文学〉作品目录索引(英文版)1951—1986》(1986)的统计截至 20 世纪 80 年代中期,其中用中文列出的篇目包含原作者姓名、作品题名、所载期数,但缺少译者信息。《文学对外译介》的附录 3 的统计止于 20 世纪 80 年代末。而《中国文学作品英译本索引手册》(1993)的数据截至 20 世纪 90 年代,其中将《中国文学》刊载的英译作品以首字母缩略词"*CL*"标注,其条目分散在"小说""诗词""散文"三个类别(不按年代编排),各类别又分为"古代""现代""当代",查阅略显不便。张西平《20 世纪中国古代文化经典在域外的传播与影响研究》的附录 3"《中国文学》中国经典翻译统计表"①中仅列出该刊译载的中国经典文学作品的译本。作为中国文学"走出去"研究队伍的一员,我希望今后能看到一个总体的译介篇目索引(1951—2000),如能完成,功莫大焉。这将是一个庞大的工程,须借助团队和项目资金的支持。

此外,海外接受是对外译介研究的重要一环,但属于另一个话题的范畴。《文学对外译介》是文本研究,又因 *Chinese Literature* 是期刊而非单

---

① 张西平. 20 世纪中国古代文化经典在域外的传播与影响研究. 北京:经济科学出版社,2015:515-534.

行本,发行量及国外评论等读者接受情况的关键信息难觅,只得留待日后另行解决。

再有,史料的挖掘仍有余地,可扩大搜集的文本类型,各种报刊论文、专著、资料汇编,以及非正式出版物(学位论文、科研项目等)都可能包含涉及 Chinese Literature 的信息。比如《中国翻译词典》《中国国际图书贸易总公司 40 周年纪念文集》《中国文化对外翻译出版发展报告(1949—2009)》等。此外,关于接受和影响研究,可考虑英译本的底本在国内的影响,如 Chinese Literature 译载的《铁道游击队》《保卫延安》《林海雪原》《红岩》《创业史》《山乡巨变》《三里湾》《青春万岁》等作品,于 2019 年入选"新中国 70 年 70 部长篇小说典藏"。另有红色经典作品如《暴风骤雨》《青春之歌》《太阳刚刚出山》《红旗谱》《苦菜花》等,除了在 Chinese Literature 译载,也被用来当作高校英语专业统编教材《英语》的课文或汉译英练习材料,这些作品具有的思想性或可解释为何被选为英译本的底本(与历史语境有关)。

最后,我想说的是,获得博士学位并出版学术专著是一段学习的结束,也是一个新的开端(开启了学术发展的新征程)。希望乔洁沿着《文学对外译介》的路子继续努力,也期待她的更多成果问世。

王建开

前　言

　　文学作品的翻译传播塑造国家形象的功能近年来成为学界研究的一个关注点。在此背景下，本书以英文版《中国文学》（*Chinese Literature*）1978—1989 年中国新时期文学的外译实践为研究对象，探索文学对外译介、塑造国家形象的基本机制与策略。文学对外译介是与国际惯例方向相反的文学译介活动。国际惯例下的文学译介是指由译入语国家或译入语为母语的译者发起的文学译介，通常是出版商或译者的个体行为；文学对外译介则是原语国家主动发起、为突破现有话语机制而进行的文学译介，这种译介多为弱势文化向强势文化的译介，是一种国家行为。在这一译介方式中，译者受雇于原语国家机构，他们的母语可以是原语也可以是译入语，但总体上要服从于原语国家机构。最初的文学对外译介是世界上部分弱势文化国家（如苏联、中国、朝鲜）为寻求国际社会认同、建构自我形象所采取的一种对外宣传方法。中国作为实施文学对外译介的少数国家中的重要一员，自 1951 年以来就开始了以 *Chinese Literature* 为载体的文学对外译介实践。但是在世界"冷战"格局下，1978 年以前，这一实践如鱼离水，难以酣畅。1978 年以来，随着国际环境的变化、国家整体政策的改变，中国面临的外交环境不断改善，对外宣传政策有了重大调整，文艺活动迎来春天，翻译事业得到发展，文学对外译介如鱼得水，开启了中国国家形象"自塑"的新时代。

　　因此，本书以 *Chinese Literature* 1978—1989 年的新时期文学对外译介实践为研究对象，从国家形象视域出发，考察其国际传播的生存环境、译介选材、文本构建和翻译策略等具体方面，从而确立其内部运行机制。

本书认为,这个时期 *Chinese Literature* 通过文学对外译介为我国对外宣传事业和国家形象塑造付出了巨大努力,这对今天的文学外译仍然有积极的借鉴意义:在良好的国际生态环境下,反映中国当下的多元文学作品借助原文本、译文本以及其他互文本的相互作用,辅以恰当的翻译策略,形成构建中国现实语境、反映中国国家话语、突出中国特色文化、塑造中国国家形象的一种可取途径。

本书正文主要分为三个部分:绪论部分、第一至四章构成的主体部分,以及结语部分。

绪论部分从研究缘起谈起,简析中国文学的异域"译入"和本土"译出"两个方向与国家形象塑造的密切关系,在已有研究基础上对"国家形象"做出进一步界定,指出国家形象视域对于 *Chinese Literature* 研究的重要意义;随后对 *Chinese Literature* 的前期研究、翻译与国家形象的已有研究进行回顾和梳理,指出 1978—1989 年是 *Chinese Literature* 最为繁荣和辉煌的一段时间,它在中国当代文学尤其是新时期文学对外译介方面和中国国家形象塑造方面付出的努力有目共睹,这不仅对于当时中国的对外宣传工作和国家形象塑造具有非凡的历史意义,对于今天中国文学走向世界、塑造国家形象也具有重要的借鉴意义。因此,该部分旨在指出,对 *Chinese Literature*(1978—1989 年)进行从语境到文本的层层深入的研究,探寻文学对外译介塑造国家形象的有效途径将是本书研究的现实意义所在。

第一章旨在对 *Chinese Literature* 1978—1989 年所处的历史语境,即 1978—1989 年 *Chinese Literature* 所处的国内外环境进行外部考察。1978 年以来世界格局发生整体变化,中国与世界各国尤其是美国等资本主义大国之间的外交关系逐渐改善,开始走向邦交正常化,这使中国与世界多国之间的文化交流成为可能,为双方的相互了解打开了一扇大门,也自然成为中国与外界交流阻断多年后进行自我形象调整的一个良好契机。此外,这一时期国内拉开改革序幕,新的国家路线和发展策略出台,"解放思想,实事求是"成为各行各业新的思想路线和指导方针。对外宣传部门、文艺战线、翻译行业都因此得到了恢复和振兴,为 *Chinese*

Literature 的发展提供了内在驱动和保障。

第二章开始对 *Chinese Literature* 进行内部研究。在国际环境和国内政策提供有力保障的前提下,内在文本成为 *Chinese Literature* 研究中最为重要的部分。译介选材是国家形象塑造的基础。1978 年后中国当代文学取得井喷式的发展,反映中国新时期变化的作品数不胜数,选择哪些作品才能"真实、全面、及时"地向英语世界读者呈现新时期的中国,是中国文学对外译介需要首先考虑的问题。该章以中国新时期文学发展的脉络为基本线索,整理出 1978—1989 年 *Chinese Literature* 所选择的不同类型的中国新时期文学作品,包括伤痕/反思文学、改革文学、乡土寻根文学、少数民族文学和流行大众文学,并分别从主题、人物形象和文化折射等几个方面分析所选文学作品中中国国家形象的具体呈现。

第三章重点探讨 *Chinese Literature* 在塑造国家形象过程中其内部不同类型文本的互动作用。对于实现我国的对外宣传任务而言,单纯向英语世界推送中国文学作品的英译本发力不足,毕竟文学作品背后的社会语境和文学作品内部蕴含的内容是复杂而丰富的。"译介"中的"介"也是不可忽略的重要一环。该章讨论的重点即 *Chinese Literature* 是如何通过"译""介"并举,实现国家形象塑造的。为了将文学的现实性更加真实地呈现于读者面前,*Chinese Literature* 采用了非常重要的文本构建手法——互文构建。这一手法可大致归于两类,一是文学"译"文本互文,二是"译""介"文本互文。文学"译"文本互文主要指中国新时期文学中同一流派、同一时期不同作家作品的互文构建,以及它们与当时中国政治语境的互文;也指同一作家不同作品之间的互文,以及最终形成的与中国历时语境的互文。"译""介"文本互文主要指文艺界会议、重要讲话英译文本、卷首语,以及文艺简讯与所译介新时期文学作品形成的互文建构,它们合力为英语世界读者呈现中国现实。

第四章着重讨论 *Chinese Literature* 中文学作品的翻译规范是如何协助进行国家形象塑造的。*Chinese Literature* 是由中国国家机构发起的文学外宣实践,其翻译行为首先得服从于当时国家外宣意识形态的需要和与此相符合的翻译政策,其次要服从于国家机构的相关规章制度,以此达到塑造国家形象的目的。所以该章从 1978 年以来国家的翻译政策入手,探究 *Chinese Literature* 的国家翻译行为实践,分别论及翻译过程的主体——译者和 *Chinese Literature* 的文本英译策略,旨在探讨在译者众多的情况下,*Chinese Literature* 是如何遵循总的对外宣传原则,通过具体翻译方法将中国话语、中国文化和中国国家形象传递到英语世界读者面前的。

结语部分在总结 1978—1989 年 *Chinese Literature* 通过文学对外译介进行国家形象自塑的经验基础之上,探讨了它对目前中国文学对外译介实现国家形象自塑的可能性与出路的启示,并在最后提出本研究的不足和可以拓展的几个方面。

总之,*Chinese Literature* 1978—1989 年的文学对外译介实践以其独特的方式为我国对外宣传事业和国家形象自塑做出了十分重要的努力,为学界研究二者之间的关系提供了典型例证。而本研究囿于有限资料,尚没有对 *Chinese Literature* 的影响展开研究,但 *Chinese Literature* 是中国现今和未来向世界译介中国文学,通过文学讲好中国故事的重要借鉴。未来还可以通过不同文类英译研究、语料库建设,甚至结合当下的新媒体翻译平台探讨在新的历史时期,如何通过文学作品的对外译介塑造我国的"文化强国"形象。

目　录

绪　论 ……………………………………………………………（1）

   第一节　中国文学的异域"译入"与本土"译出" ………………（3）

   第二节　翻译与国家形象塑造 ………………………………（9）

   第三节　*Chinese Literature* 的研究现状 …………………（13）

第一章　社会语境　国家形象重塑之契机 ………………（26）

   第一节　1978—1989 年 *Chinese Literature* 的繁荣景象 …（27）

   第二节　"解冻"后国际社会的"中国热" ……………………（31）

   第三节　"复苏"后中国社会的"大变局" ……………………（34）

   小　结 ………………………………………………………（45）

第二章　译介选材　国家形象之具体呈现 ………………（47）

   第一节　"伤痕"主题作品与"文革"镜像 …………………（54）

   第二节　改革文学与改革中国 ………………………………（67）

   第三节　乡土寻根作品与民族中国 …………………………（74）

   第四节　大众通俗作品与民间中国 …………………………（85）

   小　结 ………………………………………………………（94）

第三章　"译""介"互文　国家形象塑造之文本架构 ………（97）

   第一节　互文性与文学对外译介 ……………………………（99）

第二节　中国国家形象与 *Chinese Literature* 之互文建构 ······ (106)

第三节　*Chinese Literature*(1978—1989)之"译""介"互文 ······ (111)

小　结 ······ (153)

第四章　译介规范　国家形象塑造之实现途径 ······ (155)

第一节　社会规范:翻译政策 ······ (157)

第二节　机构规范:责任分工 ······ (166)

第三节　译者规范:翻译策略 ······ (172)

小　结 ······ (203)

结　语 ······ (205)

参考文献 ······ (215)

附　录 ······ (228)

附录1　1995 年来中国政府对外译介中国文学
　　　的重要工程/项目 ······ (228)

附录2　*Chinese Literature*(1983—1989 年)文艺简讯
　　　之文艺动态一览表 ······ (231)

附录3　*Chinese Literature*(1983—1989 年)新时期文学作品
　　　英译译者与译作一览表 ······ (241)

后　记 ······ (259)

绪　论

"东学西渐",或者更准确地说是"中学西渐",与"西学东渐"相呼应,是中西文化交流中不可或缺的一部分。但长期以来,中国对西方文学的译介远远大于中国文学向西方的译介,"进口"大于"出口",中西文化交流处于不平衡的状态。所以,本着既要"拿来",也要"送去"的宗旨,中国从1949年新中国成立之日起,便逐步构建并实现国家层面上的文学对外译介。近年来,中国国家实力不断增强,文化软实力不断提升,让我们"送去"的意愿更为强烈,希望通过"送去"让西方世界更加了解中国。为此,国家制定了相关的文化战略计划——"中国文化'走出去'",这也成为"东学西渐"更为通俗的一种表达。在这一国家战略中,文学作品作为普罗大众的一种精神产品自然不可缺席,甚至占有重要地位。它既反映一国的社会现实、人民生活,体现该国文化中蕴含的价值观、哲学观、道德观、信仰、艺术审美等诸多方面,具有鲜明的民族性;同时又通过具体的社会生活、鲜活的人物描写对人性做出多方位的思考,具有相对的共通性。因此,中国文学在英语世界的译介不仅符合目前国家文化战略的需要,从长远来看,也是中国文学在与世界文学的交流中保持"和而不同",在差异中与他者共同发展、互相促进的根本途径,是世界人民了解中国的有效途径。

据统计,从2004年国家实施文化"走出去"战略以来,各种文学英译工程、项目和丛书也在逐年增加(见附录1)。据每年全国图书选题报告分析,自2015年以来,在"走出去"专题图书选题中,文学类图书数量逐年增长,中国文学的本土英译日趋繁荣。这一热潮也影响到了学术界,专家学者对中国文学在英语世界译介的现状、问题、历史,以及所涉及作家、作品等不同方面展开研究,呈现出"古典与现当代并重","宏观与微观结合","范围广泛、类型多样","研究热度与作家作品知名度呈正相关"①的态势。其实,中国文学的英译及其研究并非三言两语所能说明白的,其自身发源的背景、路径和过程就具有一定的复杂性,加之目前各学科之间的交叉性日益增强,它所涉及的内容将远远超越翻译本身。其中之一就是中国文学英译中中国国家形象的"他塑"与"自塑"。相对于"他塑"研究,中国文学英译的国家形象"自塑"研究乏善可陈。有鉴于此,本书拟将新中国成立以来创办的第一份文学对外译介期刊 Chinese Literature 作为研究对象,探索其对中国国家形象的"自塑"作用。

Chinese Literature 自 1951 年创刊至 2000 年终刊,历经约半个世纪。作为中国文学对外译介的头号功臣,它是通过文学译介进行国家对外宣传工作的重要载体。在约 50 年的时间里,出版发行 590 期,译介了 2000 余位作家、艺术家的共 3200 篇文学作品②,其中以反映中国社会现实的现当代作品为主,"负责向国外介绍中国的政治、经济和文化,树立新中国的国家形象"③。在此期间,Chinese Literature 见证了新中国成立以来国家发展建设中的不同历史时期——新中国成立后十七年、"文革"、改革开放,塑造了各个时期相应的中国国家形象。它折射着中国不同时期的政治、社会、经济、文化,在某种程度上来说就是中国社会发展史的英译,具有一定的整体性。1949 年至 2000 年,中国社会历经四个阶段:新中国成立后十七年(1949—1966)、"文革"(1966—1976)、改革发展期(1978—1989)和改革深化期(1990—2000)。这些阶段在中国社会发展历程中有其相对的独立性,因此每一阶段的文学译介也有其具体特征,是相对独立的。由此,本书对 1978—1989 年 Chinese Literature 的外译实践进行梳理、探索和总结,对当前全球化背景下中国如何保持并展现自己的民族身

① 朱振武,袁俊卿. 中国文学英译研究现状透析. 当代外语研究,2015(1):53-58.
② 徐慎贵.《中国文学》对外传播的历史贡献. 对外大传播,2007(8):46-49,50.
③ 徐慎贵,耿强. 中国文学对外译介的国家实践——原中国文学出版社中文部编审徐慎贵先生访谈录. 东方翻译,2010(2):50.

份和形象有着重要意义：

第一，选取 *Chinese Literature* 的一个具体阶段进行研究，是对以往关于该杂志整体研究的有益补充。

第二，通过探究 *Chinese Literature* 在 1978 年改革开放到 1989 年改革持续深化的这一阶段开展新时期中国文学的译介实践来塑造中国国家形象的历史成因，包括国际局势和国内政策、具体选材、译介方法和翻译策略，可以为深入探讨文学对外译介是否可以在进行文学交流、文化传播的同时实现国家形象塑造这一问题提供重要参考。

第三，在新的历史时期，国家形象塑造在新的国际环境和媒体环境下，面临着多重挑战。我们更需要回顾历史，总结得失，从而找到更加适合新形势的文学对外译介路径，实现中国国家良好形象的塑造。

第一节　中国文学的异域"译入"与本土"译出"

中国文学向英语国家的译介较其他国家文学作品的英译而言，稍显复杂。中国文学向英语国家的译介有两种形式：一是英语国家发起的"译入"；二是中国本土发起的"译出"。[①]

中国文学在英语国家的"译入"始于 18 世纪的英国——《好逑传》的英译，于 19 世纪末到 20 世纪 20 年代传教士来华后达到繁荣，主要阵地为英国和美国。在 20 世纪 30 年代到 40 年代处于相对沉寂期，第二次世界大战结束后开始复苏。[②] 这期间，鲁迅、茅盾、老舍、丁玲、郭沫若等人的作品获得国外汉学家和出版商的青睐。但是 1966—1977 年，中国与英语国

---

① 关于"译入""译出"到目前为止学界并没有统一的概念。参见：李越. 老舍作品英译研究. 北京：知识产权出版社，2013. 该书作者在总结前人定义的基础上，提出"以中国文学作品为原本，根据翻译路径确定译出或译入，根据翻译出版是原语国或目标语国发起而界定，如果原语国负责翻译出版，无论文本译者为原语译者还是目标语译者，该译介模式视为'译出'，另外一种译介模式'译入'，属国际通行翻译模式，即作品由目标语国负责翻译出版，不区分文本译者是否华裔或目标语译者"。

② 马祖毅，任荣珍. 汉籍外译史. 武汉：湖北教育出版社，1997：222-282，347-407.

家的文学交流再次中断,中国文学的域外译介也再一次陷入萧条。1978
年后,随着国际形势的转变和我国改革开放政策的出台,中外文学交流逐
渐加强,英语国家对中国文学的"译入"也进入一个新的时期。英语世界
对中国文学的"译入"呈现出的总体特征是以中国古典文学作品为重,现
当代文学作品的"译入"相对薄弱。

　　相对于中国文学在英语国家的异域"译入",中国文学的"本土"译出
显得较为迟钝和曲折。据史料记载,中国的本土"译出"实践可追溯到南
北朝时期佛经典籍的外译,后历经多个朝代,直至清末民初,在辜鸿铭、张
庆桐、苏曼殊等大家的个人努力下,始有中国文学向英语国家的"译出"。
其后的 20 世纪 20 年代至 40 年代,中国文学向英语世界的"译出"也多是
个人所为,呈散兵游勇之状。1949 年中华人民共和国成立后,中国有了专
门的外宣机构,中国文学的"译出"才逐步走入正轨,形成古典文学与现当
代文学同时并举的系统译出。①

　　中国文学的异域"译入"与本土"译出"构成了中国文学外译史上相互
独立、互为补充的两种形式。埃文-佐哈尔的多元系统论认为,各种由符号
支配的人类交际形式,如语言、文学、经济、政治、意识形态等,是一个由不
同成分组成的、开放的结构,即一个由若干个不同的子系统组成的多元系
统。中国文学的这两种译介形式正是在这样一个互相交叉、部分重叠,在
同一时间内有不同的项目可供选择,却又互相依存,并以一个有组织的整
体的形式运作的系统中发生的,生态环境复杂,涉及因素众多。如图 1.1、
图 1.2 所示。

　　在这两个子系统中,翻译活动在两种不同的政治、经济环境下运行,
受意识形态、诗学观念等的影响,经过各自语境中的赞助人推动,由译者
生产出不同的翻译产品,最终传播给目标语读者。这些翻译产品一方面
帮助英语世界不懂中文的读者了解中国文学、了解中国,另一方面因为生
产过程的复杂性,受到中国和英语国家的具体语境、意识形态、诗学传统
等客观因素,以及原作者和隶属于不同意识形态下的译者、赞助人等主观

---

① 　马祖毅,任荣珍. 汉籍外译史. 武汉:湖北教育出版社,1997:678-705.

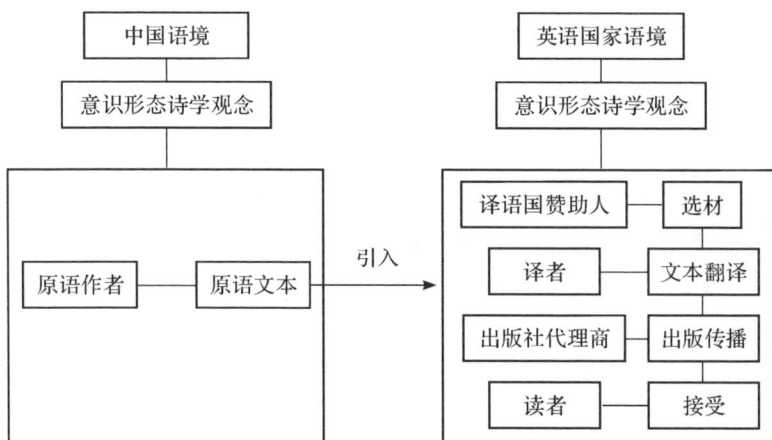

图 1.1　中国文学的异域"译入"

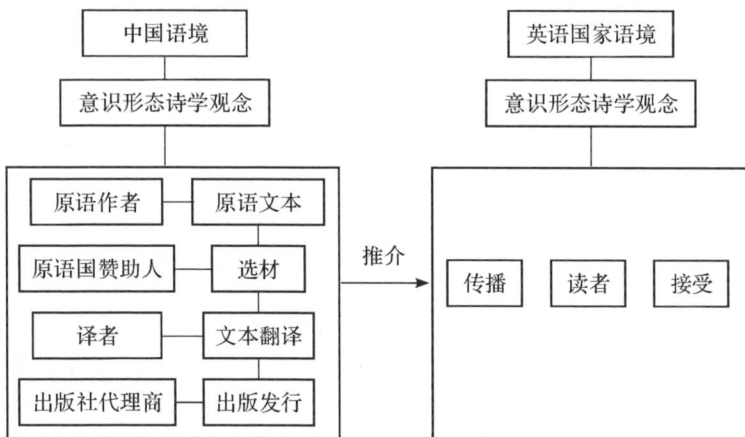

图 1.2　中国文学的本土"译出"

因素的影响,呈现出不同的面貌和意义,成为英语世界读者与中国文学乃至中国之间"隔着面纱的亲吻"①。面纱背后的中国成为异国读者的具体想象,这种异国读者对他者的想象,推而广之,成为一个民族对于他民族

————————

① 参见:Riley,Parker William. *The Language Curtain*. New York:Modern Language Association,1966:98. 欧阳桢在《透明之眼》中引用并加以阐释,详见:Eoyang,Eugene Chen. *The Transparent Eye*. Honolulu:SHAPS Library University of Hawaii Press,1993:79.

的想象,这便是跨文化形象学中的形象。

　　形象具体表现为各种形态的文本,这些具体的符号形态的文本/图像系统自身具有运行规则,具有内在的运行机制,而具象符号之所以变成形象,则又与外在的条件或背景有直接关系。具象符号在这些具体的条件或背景中得到特殊的阐释或征用而使得符号性的文本、图像系统产生出了特定的意味,具体文本、图像就实现了向形象的转换。①

这一想象在不同方向的文学译介中所获得的形象并不相同。在翻译的文化多元系统中,具体文本的内在运行机制就是译作的生产过程,即从选材、翻译、出版传播到最后读者接受的过程;外在条件或背景则指历史语境、意识形态和诗学观。历史语境首先包括原语国家和译入语国家各自复杂的社会关系、社会矛盾的综合反映,其次是在此基础上所生成的社会话语空间,再者便是跨文化交流所涉及的两国之间的外交关系。随着历史语境的变化,社会历史发展产生不同的时代主题,翻译系统中的具体文本/图像便会因具体语境而产生变化。倘若是异域"译入",在异域意识形态的作用下,长期生活在异域社会历史文化环境下的赞助人、译者所呈现的译本,会在不同程度上体现其在自身价值认知体系下对他者的理解,从而影响异域读者对他者的想象;但倘若是本土"译出",原语文本则会在原语意识形态的作用下,产生代表原语国家价值体系的具体内涵,形成形象的自我构建,为异域读者提供另一个想象的空间。

下面我们以中国文学异域"译入"与本土"译出"的大致历程为例进行进一步论证。18 世纪,《赵氏孤儿》的译本在欧洲引起巨大轰动。无论是法国伏尔泰译本还是英国墨菲翻译的《赵氏孤儿》,虽遭受翻译改写,但终究跨越异质文化的障碍,从不同侧面展现了中国文化的理性、人性本善的文明形象。② 这一中国形象的正面传播,不得不说是得益于西方社会正经

① 李勇. 西欧的中国形象. 北京:人民出版社,2010:11.
② 吕世生. 18 世纪以来"走出去"的中国文学翻译改写模式. 中国翻译,2013(5):29-34.

历一个社会文化发展的重要阶段——启蒙运动。启蒙运动中，西方中世纪时期的传统观念遭遇危机，希望从差异性较大的东方文化中汲取营养，《中国孤儿》恰恰迎合这一契机，带给西方民众关于中国充满神圣、美好、智慧的想象。欧洲在此时出现"中国热"，中国儒家典籍得到大量译介，并有较多溢美之词。之后，清政府闭关锁国，马戛尔尼使团的影响在欧洲逐渐蔓延，西方世界中的中国形象一落千丈，由原来众人仰慕的"理想国"沦为腐朽野蛮的代表。① 这一时期中国文学在西方的译介影响力下降，以致否定之声盖过了肯定之声。20 世纪初，中国社会进入巨大的变革时期，无论是政治经济体制还是文学文化思想都在经历着前所未有的革新。但是西方世界对中国革命、中国革命文学和艺术表现出的更多是迷惑不解。② 1949 年新中国成立后，由于意识形态的巨大差异，西方资本主义世界与中国进入冷战，双方的文学交流也基本中断。这一状态在"文革"期间达到极致。直到 1978 年以后，中西方的交流逐步复苏，西方学者以超越以往的热情关注中国当代文学，他们大量翻译毛泽东时代文学，"以此作为了解中国革命的社会学文献"③；他们吹捧改革开放后的新时期文学，"注重的是其政治和社会方面的优点而不是艺术的优点"④。直到今天，西方读者对中国当代文学"文化解读的潮流远远多于基于文本的审美解读"⑤。因此，中国当代文学作品，尤其是 20 世纪 70 年代末以后的作品，成为西方读者解读当代中国的一种具体途径，成为西方世界对当代中国形象的阐释和想象。

---

① 葛桂录. 他者的眼光：中英文学关系论稿. 银川：宁夏人民教育出版社，2003：14-15.

② 伯宁豪森，赫特斯. 《中国革命文学》引言. 周发祥，陈圣生，译. 北京：中国文联出版公司，1985：111-112.

③ 金介甫. 中国文学（一九四九——一九九九）的英译本出版情况述评. 查明建，译. 当代作家评论，2006(3)：69.

④ 金介甫. 中国文学（一九四九——一九九九）的英译本出版情况述评. 查明建，译. 当代作家评论，2006(3)：71.

⑤ 刘江凯. 认同与延异——中国当代文学的海外接受. 北京：北京大学出版社，2012：33.

中国的本土"译出"始于南北朝时期的典籍外译,主要是基于中国早期自身强盛的国力,在"对方的请求"下作为外交回赠的"被动译出"。① 此后,译出活动几近无存。进入 19 世纪之后,封闭自守的中国屡遭外侵,被扣上"东亚病夫"的帽子。以辜鸿铭为代表的一批有识之士为使西方世界改变对中国人乃至中国的成见,改变其原有的国际交往态度②,逆势而行,主动译出:辜鸿铭英译《中庸》《论语》,张庆桐俄译《李鸿章》,苏曼殊英译《诗经》及李白杜甫诗歌等。这一时期精英知识分子个人发起的对中国文学的主动译出立足于他们对中西文化交流状况的反思、对自身文化责任感的主动担当,他们希望通过个人的努力改变西方对中国人乃至中国的印象。进入 20 世纪后,中国社会处于不断的变革与战乱之中。西方世界对中国的印象并没有很大提升。中国文学对外译介的主体仍为个人,如敬隐渔、萧乾、凌叔华、梁实秋、杨宪益、戴乃迭等都曾致力于中国文学向英语世界的译介,希望能促进中西文学文化交流。较为典型的例子是吴经熊与温源宁主办的《天下月刊》(*T'ien Hsia Monthly*)(1935—1941)。该刊以"向西方解释中国文化"为宗旨,也是应 20 世纪 30 年代"笼罩于战争阴云之下南京政府对外宣传之需要",希望能"实现中西方之间更好的文化理解",消除隔阂,实现和平。③ 无奈战争终究摧毁了这份努力。新中国的成立,标志着历经外乱与内患的中华民族终于步入一个新的历史阶段,成为中国形象塑造的一个巨大转折点。但由于中国与西方截然不同的国家性质和意识形态,在以美国为主导的西方话语体系下,中国与西方国家进入冷战,中国从一开始就在西方世界背上了负面的形象。由此,党和国家更加重视中外文化交流,希望世界能够了解新中国。1951 年,新中国第一份文学译出期刊英文版《中国文学》——*Chinese Literature*④ 诞生,承担起向国外介绍中国优秀作品、"让世界了解中国"的重任。至此,

---

① 马祖毅,任荣珍. 汉籍外译史. 武汉:湖北教育出版社,1997:699,703.

② 辜鸿铭. 辜鸿铭文集. 黄兴涛,等译. 海口:海南出版社. 1996:346-347,513.

③ 严慧.《天下》与中西文学交流. 苏州:苏州大学,2009.

④ 目前关于这份期刊的研究多数是以《中国文学》(英文版)命名的,本书中为了研究论述的准确性采用该期刊的原刊名 *Chinese Literature*。

中国文学的主动"译出"从个体译介为主导的模式转为国家机构为主导的模式,成为一种国家层面上主动的文化输出手段,旨在让译作"代表本文化,充当其参照,试图让目的语读者据此形成对原作、原语文化和原语社会的印象","在异文化中塑造本国文化'自我形象'"。① 1981 年,中国外文局又推出"熊猫丛书"(Panda Books)配合 *Chinese Literature*,以单个作家或某个流派,以及女性作家等为主题进行文学对外译介。这种国家外宣机构主导下的文学译介方式为塑造中国在国际社会中的形象提供了重要手段。

由此可见,中国文学的域外"译入"或本土"译出"与具体的历史语境密切相关,两种不同方向的译介方式以各自不同的言说方式向英语世界传递着中国的形象,形成对中国形象的他塑与自塑。

第二节　翻译与国家形象塑造

国家形象的定义最早起源于 20 世纪 20 年代西方国家所提出的"stereotype"(刻板印象)一词②,而严格意义上的国家形象研究则开始于20 世纪 50 年代,当时国家形象被定义为"一个国家对自己的认知以及国际体系中其他行为体对它的认知的结合"③。此后,国家形象的概念和意义在西方和中国得到了不同的阐释和发展。在西方,国家形象的界定经历了从笼统的抽象概括到具象表达的变化。笼统的国家形象或被界定为一种"信念体系",或被总结为一种"心理认知"。在具象表达中,国家品牌成为国际形象的代名词,它可以是政治、经济、文化等任何领域的经典载

①　马士奎. 塑造自我文化形象——中国对外翻译现象研究. 东方论坛,2010(3):34.
②　刘继南,何辉,等. 中国形象:中国国家形象的国际传播现状与对策. 北京:中国传媒大学出版社,2006:5.
③　美国政治学家布丁语。引自:李智. 中国国家形象——全球传播时代建构主义的解读. 北京:新华出版社,2011:10.

体、产品或元素。① 如美国的自由女神像作为美国的基本价值载体成为美国的政治品牌,又如孔子被视为中国的文化品牌。在中国,对于国家形象更倾向于进行本质化定义,即主要根据国家形象形成过程中所涉及的主体、客体、行为、结果等本质因素进行界定。如"其他国家(包括个人、组织和政府)对该国的综合评价和总体印象(主要体现在别国的大众媒体上)"②,"国际社会公众对一国相对稳定的总体评价"③,"一国内部公众和外部公众对该国政治、经济、社会、文化与地理等方面状况的认识和评价"④,"在物质本源基础之上、人们经由各种媒介,对某一国家产生的兼具客观性和主观性的总体感知"⑤,"一个'主权国家系统'运动过程中发出的信息被国际公众印象后在特定条件下通过特定媒介的输出"⑥,等等。由此可见,国家形象的定义一直处于开放、游移和不确定的状态之中。

尽管如此,学界一致认为,良好的国家形象对于中国国际地位的提升有着极其重要的意义,其中文化形象的塑造尤为重要,而文化的传播离不开翻译。

翻译与国家形象的研究是近年来翻译研究领域出现的一个新趋势,大致可以分为两类:第一类是借鉴比较文学形象学的研究成果,研究译入语国家构建的中国形象,即"他塑"的中国。第二类则是将翻译研究置于国家形象理论视域下,探讨翻译如何塑造中国形象,主要研究中国国家形象的"自塑"。

到目前为止,第一类研究有对某个作家某部小说的英译本研究、某一

---

① 李智. 中国国家形象——全球传播时代建构主义的解读. 北京:新华出版社,2011:13.

② 刘继南. 大众传播与国际关系. 北京:北京广播学院出版社,1999:25.

③ 杨伟芬. 渗透与互动——广播电视与国际关系. 北京:北京广播学院出版社,2000:25.

④ 孙有中. 国家形象的内涵及其功能. 国际论坛,2002(3):14-21.

⑤ 刘继南,何辉,等. 中国形象:中国国家形象的国际传播现状与对策. 北京:中国传媒大学出版社,2006:5.

⑥ 张毓强. 论国家形象传播的基本模式//苏志武,丁俊杰. 亚洲传媒研究. 北京:中国传媒大学出版社,2009:163.

英语国家中译英的翻译实践研究、某部中国作品的英译研究。黄庆华 2010 年的研究主要以虹影的小说《K》为个案，探讨译文对中国形象的叙述是否忠实、客观，有无变形与扭曲，变异的形象如何，是怎样通过翻译建构起来的，以及译者在其中充当了什么角色。① 陈吉荣 2012 年的研究以澳大利亚的中国现当代文学英译实践为研究对象，描述了澳大利亚译者在翻译中建构的中国形象，包括性别形象、诗歌形象、语言形象，从转换性形象的角度对翻译形象建构进行了理论上的解读。她随后于 2014 年发文，将《论语》本身传递的中国形象与西方译者英译本所传播的中国形象进行对比，认为西方译者英译《论语》时对中国形象的塑造有一定偏差。这些偏差可能是文化背景、思维模式、社会因素等方面的差异导致的，但如果要塑造准确真实的中国形象，这些因素都应该引起译者的注意。② 王璇 2014 年的研究涉及《红楼梦》"他塑"与"自塑"的对比，以文化外交为研究视角，以《红楼梦》的杨译本与霍译本为研究对象，探讨《红楼梦》在英译传播中塑造了怎样的中国的国家文化形象，存在哪些不足，对未来中国古典文学作品的对外译介有哪些启示。③

　　这类研究的关注焦点主要是英语国家译者在翻译过程中所构建的中国形象，这些研究一方面有助于我们认识到不同文化背景下的译者，或者说译者所代表的国家在翻译过程中如何解读一个他者国家，如何在其本土文化中构建一个异域国家形象，他们对于中国国家形象的构建对我们有什么借鉴意义，存在哪些问题。这些对于我国自发的文学对外译介均有重要的参照价值。另一方面，这些研究虽然都以比较文学形象学为出发点，但对于中国形象的界定及内涵各不相同，具体分类缺乏一定的

---

① 黄庆华. "对岸的诱惑"虹影小说《K》译本中的"中国形象"研究. 重庆：四川外语学院，2010.
② 陈吉荣. 翻译建构当代中国形象：澳大利亚现当代中国文学翻译研究. 北京：中国社会科学出版社，2012；陈吉荣. 形象学视域下翻译作品中的中国形象. 辽宁师范大学学报（社会科学版），2014（4）：570-575.
③ 王璇.《红楼梦》在美国的传播研究及其对文化外交的启示. 北京：北京外国语大学，2014.

依据。

第二类研究主要从国家形象的视域出发,研究如何塑造积极正面的中国国家形象。主要包括以非文学(应用文体)翻译为主的外宣翻译研究和承担外宣任务的文学译介研究。胡洁、仇贤根、何苗、卢小军、赵欣等人先后主要以外宣材料(政府工作报告、白皮书等政府文件、地方对外宣传报道、对外宣传画册、会展资料及公示语等)或外宣纪录片为研究对象,探讨外宣翻译如何塑造国家形象,是维护、提升还是破坏;要塑造正面积极的国家形象,应该注意哪些问题,使用怎样的翻译策略;等等。① 这一类研究多未将文学译介作为外宣工作的一部分讨论其塑造国家形象的使命。其他一些学者对于文学译介中的国家形象塑造展开研究,弥补了这一不足。马士奎探讨了文学对外翻译与中国自我形象塑造的关系,分析了该翻译模式在塑造国家形象中的利与弊,并提出一些建议。② 林文艺以 *Chinese Literature* 为例,探讨了该刊为塑造中国国家形象,在新中国成立后十七年间对外译介中国当代文学作品的选材策略,以及选择少数民族题材作品对于国家形象塑造的积极作用。③ 李征探讨了以国家形象塑造为目的的中国典籍英译,讨论了应如何选择文本、发挥译者主体性与选择翻译策略。④ 付文慧以中国文学出版社出版的中国当代女作家作品英译合集为研究对象,从编辑原则、翻译特点等方面探讨中国国家机构主导下

① 胡洁. 建构视角下的外宣翻译研究. 上海:上海外国语大学,2010;仇贤根. 外宣翻译研究——从国家形象塑造与传播角度谈起. 上海:上海外国语大学,2010;何苗. 从目的论角度看中国国家形象宣传片的翻译. 成都:四川师范大学,2013;卢小军. 国家形象与外宣策略研究. 上海:上海外国语大学,2013;赵欣. 基于国家形象传播视角的外宣纪录片翻译研究. 兰州:兰州理工大学,2014.

② 马士奎. 塑造自我文化形象——中国对外翻译现象研究. 东方论坛,2010(3):33-37,43.

③ 林文艺.《中国文学》(英文版)少数民族题材选材作品分析. 武夷学院学报,2012(1):44-48;林文艺. 建国十七年中国国家形象的塑造与传播——以《中国文学》(英文版)革命历史题材作品的选取为例. 福建论坛(人文社会科学版),2012(10):108-113.

④ 李征. 中国典籍翻译与中国形象——文本、译者与策略选择. 长春大学学报,2013(9):1147-1151.

的外宣机构如何通过文学译介塑造中国国家形象。① 姜智芹以历时研究的方法梳理了1950年至2013年中国文学海外传播过程中,外方塑造的他者形象和中国政府基于外宣需求塑造的自我形象间的铰接状况,希望未来双方能通过文学译介增进共识,缩小差距,使外方认可中国的自我形象塑造。② 近年来,文学"译出"对中国国家形象的构建和塑造进一步受到广大学者关注,相关理论思考和翻译实践思考都更具深度、高度和广度。如任东升发文多篇,从国家翻译实践的角度出发,探讨国家叙事方式的中国国家形象建构;吴赟2019年曾撰文探讨翻译规划与国家形象建构之间的关系;罗选民2019年的研究从翻译与文化记忆的视角探讨中国国家形象建构与传播的策略。③

综上所述,中国国家形象可以通过"他塑"和"自塑"两种方式得以构建。学界关于"他塑"的研究发端较早,主要基于比较文学形象学。"自塑"研究于近年逐渐活跃起来,研究对象虽然包括非文学翻译和文学翻译两种,但由于非文学翻译在对外交流中占有主导地位,研究者的注意力更多聚焦于应用文体翻译在外宣工作中对国家形象塑造的作用和策略。由此可见,文学翻译与国家形象塑造的研究正在兴起。

第三节 *Chinese Literature* 的研究现状

Chinese Literature(以下表格中等需要省略的地方简称为 *CL*)作为国家主导、对外译介中国文学的首份期刊,如前所述,从1951年创刊到2000年终刊,历时半个世纪,出版发行590期,译介2000余位作家、艺术

---

① 付文慧. 中国女作家作品英译合集:文学翻译、性别借用与中国形象构建. 外国语,2013(5):67-71.

② 姜智芹. 中国当代文学海外传播与中国形象塑造. 小说评论,2014(3):4-11.

③ 任东升. 从国家叙事视角看沙博理的翻译行为. 外语研究,2017(2):12-17;任东升. 国家翻译实践视域下的戴乃迭独译行为研究. 当代外语研究,2016(5):81-85,93;吴赟. 国家形象自我建构与国家翻译规划:概念与路径. 外语研究,2019,36(3):72-78;罗选民. 大翻译与文化记忆:国家形象的建构与传播. 中国外语,2019,16(5):95-102.

家的共3200篇文学作品①,为世界了解中国做出了巨大贡献,其历史作用与地位不可低估。

目前,研究 Chinese Literature 的相关文献可分为两类:一类是历史回顾型文献;一类是外宣研究型文献。

历史回顾型文献以新闻报道、回忆录、访谈、讲话稿、个人传记等为主。这些文献主要来自外文出版社,中国文学出版社(1951—2000)的编、审、译人员,详细记述了 Chinese Literature 的创刊、办刊方针,选材倾向,翻译,发行,读者反应以及历史贡献。

这部分文献中最早的是1953年第3期《人民文学》刊登的《介绍英文版〈中国文学〉》。文章对1951年和1952年 Chinese Literature 译介的作品、发行国家、读者反应、季刊计划和刊物任务一一做了介绍,具史料价值。此后有了再现 Chinese Literature 相关信息和研究资料的文章,即随刊出版的刊物主编等对 Chinese Literature 历程的回顾,如杨宪益的"Thirty Years of Chinese Literature"等。1986年,中国文学杂志社在《动向与线索》第11期上发文《丰富多采的〈中国文学〉杂志——国外读者对〈中国文学〉的评论》,让国内学人首次了解到了《中国文学》在海外的接受状况。随后,《对外大传播》陆续发表中国文学出版社相关人员的文章、讲话等,为研究者提供了重要的资料。1995年第5期发表了阿卞的《读者对〈中国文学〉的反应》,对1994年中国文学出版社收到的110多封国外读者来信进行总结,并摘录部分信件内容,以此肯定杂志社对中国文学译介所做的努力和取得的良好译介效果,为 Chinese Literature 的海外接受提供了重要的研究史料。1996年第3期选登了郭林祥在"外文局加强外宣针对性研讨会"的讲话,该讲话就外宣工作中文学艺术的针对性和"如何通过文学艺术做好外宣工作"提出看法,认为中国的文学艺术最重要的针对之处就是"人性和人学的共通之处","生动的文学艺术形象和我国人民丰富多彩的社会生活可以把我们的社会制度更加具体地展示给外国读者,在世界人民面前树立起中国的光辉形象"。而要想通过文学做好外宣

---

① 徐慎贵.《中国文学》对外传播的历史贡献. 对外大传播,2007(8): 46-49,50.

工作，必须注意"文学与宣传之间的内在联系和规律……掌握编辑工作的主动性"，从编辑、翻译、发行等方面发现问题，解决问题，促进中国文学的对外译介。① 1997 年第 7 期刊登的《外宣工作中的新考验》中，郭林祥又针对 *Chinese Literature* 和"熊猫丛书"所取得的成就和面临的新挑战进行了论述，认为目前外宣工作中面临的最大挑战就是市场问题，在保证编辑、翻译质量的前提下，解决好 *Chinese Literature* 和"熊猫丛书"的发行问题才是外宣工作中的重中之重。1998 年第 7 期，唐家龙发文提出面向世界的中国文学出版社应该在新的社会主义市场经济形势下，将自己重新定位，发掘新的途径和渠道，让自身发展壮大。1998 年 Z1 期上刊登了 *Chinese Literature* 美籍专家卓科达在招待会上的讲话，展现了一个外籍专家对外文局工作任务的认识——"告知世界中国正在发生的事情，以及中国的进步"②。1999 年第 6 期吴旸的《〈中国文学〉的诞生》让世人对 *Chinese Literature* 筚路蓝缕的创刊之路又有了更为细致的了解。2007 年第 8 期中，徐慎贵的《〈中国文学〉对外传播的历史贡献》更是详尽记录了 *Chinese Literature* 的创刊、发展历程和辉煌的译介成果，为 *Chinese Literature* 和"熊猫丛书"的研究提供了丰富的史实资料。值得一提的是，1999 年，新星出版社出版了中国外文局 50 周年纪念文集，包括大事记两卷、史料汇编两卷及对外宣传理论和实践一卷，为研究者提供了很有价值的第一手资料。

还有一些史料来自研究者和 *Chinese Literature* 编、译人员的访谈对话，如何琳对陈海燕女士的电话采访，吴自选对王明杰先生的采访，耿强对徐慎贵先生、熊振儒先生的采访等。③

① 郭林祥. 为中国文学走向世界架起桥梁. 对外大传播,1996(3):12-13.

② 卓科达.《中国文学》美籍专家卓科达在招待会上的讲话. 对外大传播,1998 (Z1):11.

③ 何琳.《中国文学》的文化研究. 天津:天津师范大学,2003;吴自选.《中国文学》杂志和中国文学的英译——原《中国文学》副总编王明杰先生访谈录. 东方翻译, 2010(4):52-55;耿强. 文学译介和中国文学"走向世界". 上海:上海外国语大学, 2010.

此外,和 *Chinese Literature* 密切相关的编、译人员的传记和文章也从另一个侧面为研究者提供了非常丰富的史料,如任生名,沙博理(Sidney Shapiro)、邹霆、李辉、杨宪益、雷音、宋蜀碧、苑茵等人的著作。①

在以上史料基础上,学界对 *Chinese Literature* 的译介实践进行了不同角度的考察,研究涵盖较为微观的译介活动整体考察、译介选材研究、某一特定历史时期的译介考察、对某一文学作品或某一类题材的译介研究、*Chinese Literature* 的译者研究和宏观的理论探索。

何琳、赵新宇可以说是国内最先对 *Chinese Literature*“东学西渐”的先驱作用进行介绍的。他们 2003 年发表的文章在简要回顾 *Chinese Literature* 从创刊到停刊的历史后,对该刊的翻译选材特色、栏目设置以及译者队伍建设做了梳理,为后来 *Chinese Literature* 的研究提供了基础。② 随后,两位学者于 2011 年再次发文,从 *Chinese Literature* 的历史、贡献和文化价值三个方面进行了论述。③ 这一次,他们根据社会历史文化语境对 *Chinese Literature* 的历史进行了分期探讨,将其分为“创刊与成长期”“波折与停滞期”“繁荣与成熟期”;肯定了该刊的译介实绩、跨文化交流作用和作为首份文学对外译介期刊的重要办刊经验。该文对后续研究者最具有启发性的是对 *Chinese Literature* 文化价值的探讨,对此作者主要从两个方面进行了说明:一是 *Chinese Literature* 在汉籍外译史、中外文学及文化交流史上的重要地位;二是 *Chinese Literature* 作为个案,在翻译批评和翻译理论建设方面所具备的重要研究价值。此后,*Chinese*

---

① 任生名.杨宪益的文学翻译思想散记.中国翻译,1993(4):33-35;Shapiro,S. *My China*. Beijing:Foreign Language Press,1998;邹霆.永远的求索——杨宪益传.上海:华东师范大学出版社,2001;李辉.杨宪益与戴乃迭:一同走过.郑州:大象出版社,2001;杨宪益. 漏船载酒忆当年.薛鸿时,译. 北京:北京十月文艺出版社,2001;Yang,Hsien-yi. *White Tiger:An Autobiography of Yang Hsien-yi*. Hong Kong:The Chinese University Press,2002;雷音.杨宪益传. 香港:明报出版社,2007;宋蜀碧.我的中国.北京:中国画报出版社,2006;苑茵.重温往事. 上海:华东师范大学出版社,2008.

② 何琳,赵新宇. 新中国文学西播前驱:《中国文学》五十年. 中华读书报,2003(24):5.

③ 何琳,赵新宇.《中国文学》的历史与文化价值. 文史杂志,2011(2):50-53.

Literature 进入更多国内研究者的视野。田文文从政治环境、文学生态以及中外文学交流的角度对 1951—1966 年 Chinese Literature 的编辑群体,该刊的内容、形式以及翻译(译者及其风格等)和影响(读者身份、动机、评价)等进行了详细考察;倪秀华在 2013 年同样对 1951—1966 年 Chinese Literature 的译介活动进行了考察,考察对象为 Chinese Literature 的创刊动机、翻译选材(中国文学经典化、政治文化外交作用)和翻译策略。①

Chinese Literature 外部研究中,最重要的一部分就是理论阐释和探索。现有的理论阐释主要运用了勒菲弗尔(André Lefevere)的文化翻译理论、译介学理论和生态翻译学理论。文化翻译理论研究的关键词聚集于意识形态、赞助人和诗学,如何琳和赵新宇从赞助人的意识形态角度出发,探讨了中国社会不同阶段中,在经济、社会、意识形态领域处于绝对优势的赞助人对诗学的操控和对翻译的影响。② 徐巧灵通过对中国社会发展中三个不同时期(1951—1966、1967—1976、1976—1989)的主流意识形态和诗学的考察,进一步探析了原语文化因素对杨宪益翻译、编辑工作的影响。③

还有研究从译介学所涉及的相关理论问题出发进行探索,提出一些建设性意见。其中一项主要研究成果是郑晔的博士论文。④ 文章将 Chinese Literature 的文学译介活动界定为"国家机构赞助下的文学译介",以译介学和文化翻译理论为基础,考察了国家机构这一特殊赞助人在不同历史时期对文学译介活动的操控和影响。吴自选以 Chinese Literature 的历程与成就为基础,从"翻译"和"翻译之外"两个层面提出了

---

① 田文文.《中国文学》(英文版)(1951—1966)研究.泉州:华侨大学,2009;倪秀华.翻译新中国:《中国文学》英译中国文学考察(1951—1966).天津外国语大学学报,2013(5):35-40.

② 何琳,赵新宇."卅载辛勤真译匠":杨宪益与《中国文学》.文史杂志,2010(4):55-57;何琳,赵新宇.沙博理与《中国文学》.文史杂志,2010(6):37-38.

③ 徐巧灵.从改写理论看杨宪益与《中国文学》杂志.武汉:华中师范大学,2010.

④ 郑晔.国家机构赞助下的中国文学的对外译介——以英文版《中国文学》(1951—2000)为个案研究.上海:上海外国语大学,2012.

Chinese Literature 可以作为中国文学"走出去"的重点参考的三个方面，包括中国文学英译的选题问题、人才问题和市场运作问题。关于选题问题，该文主要从对外译介文学的层次性(现当代、古典)、代表性与意识形态的距离三方面进行探讨；关于人才问题，该文从译者的水平素养和中外合作模式两方面加以分析；关于市场运作部分，则对市场经济模式下中国文学对外译介的出版、销售传播等渠道进行了研究考察。① 葛文峰对 *Chinese Literature* 和香港中文大学出版的《译丛》(*Renditions*)的对外翻译出版模式进行了对比研究。② 文章从出版定位、译介内容、翻译模式和出版模式等方面进行分析，旨在为目前中国文学"走向世界"的战略计划提供一定的借鉴和启发。

　　生态翻译学理论方面，肖娴从生态翻译学的视角出发，对 *Chinese Literature* 的翻译生态环境进行考察，结合该理论的"译者中心"说和多维度适应性选择，对戴乃迭(Gladys Yang)在 *Chinese Literature* 杂志的译介活动和译介成就做出分析，认为戴乃迭的 *Chinese Literature* 翻译实践完全符合生态翻译学理论，是在特定的翻译生态环境下做出的适应性选择。③ 可以说，这项研究突破了长期束缚 *Chinese Literature* 研究的西方文化翻译理论框架。

　　以上基本属于对 *Chinese Literature* 的外部研究，与之相辅相成的还有对 *Chinese Literature* 的内部研究。内部研究之一是文本研究。林文艺曾对 *Chinese Literature* 关于《诗经》的译介进行了考察。④ 作者先对 *Chinese Literature* 中所译介的《诗经》篇目和题材进行了统计，然后对该刊选译《诗经》的翻译策略进行分析，进而提出 *Chinese Literature* 对外译

① 吴自选. 翻译与翻译之外：从《中国文学》杂志谈中国文学"走出去". 解放军外国语学院学报,2012(4)：86-90.

② 葛文峰.《中国文学》与《译丛》：中国文学对外翻译出版模式的范例. 史料研究,2014(9)：101-104.

③ 肖娴. 戴乃迭《中国文学》译介的生态翻译学解读. 河北工程大学学报,2014(3)：75-95.

④ 林文艺. 英文版《中国文学》译介《诗经》探究. 东南学术,2012(6)：342-348.

介《诗经》的价值和意义。可以说，这项研究成果是到目前为止为数不多的涉及 *Chinese Literature* 英译的文本研究，尤其值得称道的是，该文还将 *Chinese Literature* 中的《诗经》英译文本与《诗经》的其他译本进行了比较研究，这也为 *Chinese Literature* 的后续研究提供了一种新的思路和研究方法。

内部研究之二是译者研究。译者作为翻译工作的主体，自然是不可忽略的一个研究对象。*Chinese Literature* 最大的一个特点便是集中了国内外一些优秀的翻译专家。何琳和赵新宇对杨宪益作为 *Chinese Literature* 前期主要译者的译介成果及其成为主编后对杂志实施的改革、所取得的成就做了详细介绍。① 何琳和赵新宇又对 *Chinese Literature* 的另一主要译者沙博理的翻译思想、翻译成就做了一番简要描述。② 说"简要"，是因为作者只是从译者的只言片语中提取译者的翻译思想，缺乏系统性和科学性。随后，何琳又以 *Chinese Literature* 后来的译者葛浩文与 *Chinese Literature* 的渊源为出发点，对葛氏在该刊做出的翻译业绩加以描述，进而对其相关翻译思想进行了探讨。③

简言之，以上研究起始于 *Chinese Literature* 的整体译介活动，逐步深入到个别历史阶段、具体译介文本和译者个体，从微观的细致描述到宏观的理论探索，都为 *Chinese Literature* 的研究奠定了坚实的基础。但是 *Chinese Literature* 是新中国成立以来第一份外宣机构主办的外宣文学期刊，学者对其从外宣功能角度开展的研究相对较少。

林文艺算是对 *Chinese Literature* 的外宣功能研究较多的学者之一。她于 2011 年开始连年发文，从对 20 世纪五六十年代 *Chinese Literature* 的选译策略、翻译选材要求及影响因素、少数民族题材选材、革命历史题

---

① 何琳，赵新宇. "卅载辛勤真译匠"：杨宪益与《中国文学》. 文史杂志，2010(4)：55-57

② 何琳，赵新宇. 沙博理与《中国文学》. 文史杂志，2010(6)：37-38.

③ 何琳. 翻译家葛浩文与《中国文学》. 时代文学，2011(2)：164-166.

材选取以及农村题材翻译选材进行了描述性研究①,其立足点主要为国家
形象塑造、政治外交需要、文艺政策导向、诗学主流、作品的文学性及文学
地位、编审人员的个人价值取向和传统审美等,其中以 *Chinese Literature*
通过具体文学作品选材进行国家形象塑造为主。她还曾撰文就 *Chinese*
Literature 帮助异域读者了解中国文化的桥梁作用进行考察。② 该文从
Chinese Literature 的创刊意图、文化译介情况考察和其发挥的传播功能
等角度进行分析,认为 *Chinese Literature* 尽其力量向英语世界传达了被
西方霸权主义话语遮蔽的真实中国,从而推进了中国文化、文学与世界各
国文化、文学之间的平等交流,成为中国文学走向世界、中国文化融入世
界文化的一座重要桥梁。另外,林文艺对 *Chinese Literature* 所译介的少
数民族题材作品中具体的文学形象进行探析,确定了勇于反抗的阿诗玛
和幽默机智的阿凡提这两个少数民族文学中的典型形象。③ 在此基础上,
文章进一步分析了 *Chinese Literature* 英译少数民族文学作品的意义及
原因:其意义主要在于为西方读者塑造全面、丰富、充满魅力的中国形象,
向西方世界展示中国文学的丰富性,同时也促进少数民族文学的进一步
发展;译介少数民族文学作品的原因是多方面的,既包括对外宣传少数民
族文学成就和国家大团结和谐形象的需求,也体现出杂志编辑对此类题
材的一种个人偏好。林文艺还以 *Chinese Literature* 的史料整理为基础
出版了专著,旨在探寻新中国文学文化对外传播的渊源,并通过对其基本

---

① 林文艺. 二十世纪五六十年代《中国文学》(英文版)作品选译策略. 福建论坛(社
科教育版),2011(4):49-51;林文艺. 英文版《中国文学》作品翻译选材要求及影响
因素. 龙岩学院学报,2011(4):58-62;林文艺.《中国文学》(英文版)少数民族题
材选材作品分析. 武夷学院学报,2012(1):44-48;林文艺. 建国十七年中国国家
形象的塑造与传播——以《中国文学》(英文版)革命历史题材作品的选取为例.
福建论坛(人文社会科学版),2012(10):108-113;林文艺.《中国文学》(英文版)
农村题材小说翻译选材探析. 福建农林大学学报(哲学社会科学版),2013(1):
106-109.

② 林文艺. 为异域他者架设理解的桥梁——英文版《中国文学》的文化译介及其传
播功能. 福州大学学报,2012(4):79-87.

③ 林文艺. 英文版《中国文学》译介的少数民族形象分析——以阿诗玛和阿凡提为
例. 民族文学研究,2012(5):69-73.

路径和方法的考察获得对今天文学文化对外传播的重要启示。① 林文艺 2014 年的博士毕业论文可以说是以上文章和著作的总结,她在全面回顾 *Chinese Literature* 不同历史时期翻译选材特点的基础上,着重研究了该杂志如何通过古典文学、现当代文学和民间文学展示经典中国形象,从而为未来我国的文化对外交流提出了相应对策。②

另外还有部分文献虽不是直接研究 *Chinese Literature*,但与 *Chinese Literature* 有密切关系,如孔慧怡(Eva Hung)对三种中国文学英译期刊的研究,耿强关于"熊猫丛书"的研究,杜博妮(B. S. McDougall)关于中国文学对外译介模式的研究,金介甫(Jeffrey C. Kinkley)对 *Chinese Literature*(1949—1999)出版情况的述评,马士奎 2007 年对中国当代文学翻译的研究和马士奎 2010 年对中国对外翻译现象的研究。③ 这些研究都涉及 *Chinese Literature*,为 *Chinese Literature* 的研究提供了不同视角和坚实基础。

综观以上研究成果可以发现,其一,数量上,对 *Chinese Literature* 的直接研究成果包括期刊论文、硕士论文、博士论文,共有 28 篇,其中以期刊论文为主,硕士论文 3 篇,博士论文 2 篇。其总体数量与 *Chinese Literature* 的发行总量、译介的作家与作品数量以及其传播的国家数量相

---

① 林文艺. 1951—2001 年英文版《中国文学》研究. 重庆:重庆大学出版社,2013.

② 林文艺. 主流意识形态语境中的中国对外文化交流——以英文版《中国文学》研究为中心. 福州:福建师范大学,2014.

③ Hung,E. Periodicals as Anthologies:A Study of Three English Language Journal of Chinese Literature. In Kittel,H.(ed.)*International Anthologies of Literature in Translation*. Berlin:Erich Schmidt Verlag,1995:239-250;耿强. 文学译介和中国文学走向世界. 上海:上海外国语大学,2010;McDougall,B. S. *Translation Zones in Modern China—Authoritarian Command versus Gift Exchange*. New York:Cambria Press, 2011;金介甫. 中国文学(一九四九——一九九九)的英译本出版情况述评. 查明建,译. 当代作家评论,2006(3):67-76;金介甫. 中国文学(一九四九—一九九九)的英译本出版情况述评(续). 查明建,译. 当代作家评论,2006(4):137-152;马士奎. 中国当代文学翻译研究. 北京:中央民族大学出版社,2007;马士奎. 塑造自我文化形象——中国对外翻译现象研究. 东方论坛,2010(3):33-37, 43.

比较而言，无论从广度上还是深度上都还存在明显不足。另外，就
Chinese Literature 在中国对外宣传历史上的重要地位而言，目前的研究
数量也尚不尽如人意，不足以使人对其有全面客观的认识。

其二，就对 *Chinese Literature* 译介的现有研究而言，研究基本上侧
重于文本外研究，较少涉及文本内研究。而这些文本外研究的理论基础
比较单一，大多从勒菲弗尔的文化翻译理论出发，以意识形态、赞助人、诗
学为研究视角对 *Chinese Literature* 的译介活动进行考察，使现有研究成
果显得非常单薄。

其三，从现有的 *Chinese Literature* 的外宣研究中不难发现一个关键
词——"国家形象塑造"。这也是 *Chinese Literature* 的办刊宗旨之一，
Chinese Literature 以及整个外文局都负责向国外介绍中国的政治、经济
和文化，树立新中国的国家形象。① 完成这一历史使命的任务非当代文学
作品莫属，只有它们能够及时准确地反映新中国不同历史时期的社会生
活、文艺思潮、文学活动等，从而帮助英语世界的读者构建心目中的新中
国形象。但是，现有研究成果鲜有专门针对 *Chinese Literature* 对当代文
学作品的译介，除在译介选材研究中涉及国家形象塑造问题外，并没有对
文学译介塑造国家形象的具体问题如塑造主体、塑造媒介以及塑造方法
等进行深入研究。

其四，现有的关于 *Chinese Literature* 的研究尚以整体研究为主，从
不同侧面为学界展现了 *Chinese Literature* 的全貌。但正如前文所述，
Chinese Literature 的文学对外译介有明显的阶段性，各个阶段具有相对
的独立性，涉及当时的中国政治、经济、文化等诸多因素。所以，目前亟需
在整体研究的基础上补充深入细致的研究。

鉴于以上梳理，针对目前 *Chinese Literature* 的研究现状和问题，考
虑到该期刊译介阶段的复杂性、作家与作品的庞大数量和译者模式的多
样性，本书希望专注于 1978—1989 年，这也是中国对外宣传最为繁荣的

---

① 徐慎贵，耿强. 中国文学对外译介的国家实践——原中国文学出版社中文部编审
徐慎贵先生访谈录. 东方翻译，2010(2)：49-53，76.

一个阶段。

从国家整体形势来说，1978 年以来，在改革开放总路线的指引下，思想解放深入经济、文化等各个方面，使之逐步复苏、发展兴盛。文学创作和对外宣传亦不例外。在中共中央"文艺为人民服务，为社会主义服务"的总方针指导下，新的、较为健全的文学环境开始逐步形成，五四新文学传统又开始恢复生机，新老作家鼓足干劲，为中国文学的发展注入活力。这一时期的外宣工作也在"真实地(既不夸大也不缩小)、丰富多彩地(经济、政治、文化、人民生活、科技、文艺的以及中央和地方的)、生动活泼地介绍我国情况，主要是宣传报道新中国"①这一新标准下得到进一步开展。*Chinese Literature* 作为国家外宣机构主导的文学对外译介期刊，逐步增加译介国家语境、拓宽译介内容，使中国文学对外译介呈现出新的面貌，也在对外宣传中的国家形象塑造方面有了新的实践。因此，本书拟以这段时间几乎与发表出版同步的译介作品为研究内容，旨在发掘文学译介与国家形象塑造之间直接的内在联系。具体研究问题如下。

一是 *Chinese Literature* 在从 1978 年改革开放伊始到 1989 年改革持续深化的这一阶段是如何通过新时期当代中国文学的译介实践塑造中国国家形象的。具体研究问题包括：这一时期对外宣传中国家形象塑造的历史成因——国际局势和国内政策较之前有怎样的变化？*Chinese Literature* 选取了哪些典型作品？旨在塑造什么样的国家形象？为实现此目的又采用了什么样的译介方法和翻译策略？

二是文学对外译介是否可以在进行文学交流、文化传播的同时实现国家形象塑造。

三是 *Chinese Literature* 塑造中国国家形象的译介实践对目前及未来外宣工作中、国家形象塑造目的下的中国当代文学对外译介有何启示。

总之，研究 *Chinese Literature* 对于中国形象的塑造与传播，在当下的历史语境中具有重要的现实意义和理论意义。

目前，全球化进程日益加速，一国与他国之间的交往也越来越密切。

---

① 戴延年，陈日浓. 中国外文局五十年大事记. 北京：新星出版社，1999:331.

各国为不断提升自身在国际社会中的影响力付出不懈努力。但如前文所述,目前决定一个国家的影响力的重要因素是以综合实力为基础的文化软实力。对于长期以来在西方主导的话语体系下被误读的中国,提升文化软实力就显得尤为重要。

随着中国国际地位、经济实力和政治影响力的不断提升,为提升文化软实力,中国的对外文化传播作为一项国家战略被提上日程。国家形象作为软实力的一部分,与文化对外传播密不可分。文学译介作为文化对外宣传的一部分,也肩负重任。近年来,在国家战略的指引下,大至国家层面,小到省级、高校层面,关于中国文学作品对外译介的项目、工程呈逐年递增的趋势。其中大多将重心放在中国当代文学作品的对外译介上,呈现出中国文学英译的一种当代转向。① 当代文学作为反映当下社会现实的文学作品,能及时地向异域读者反映当下中国的现实状况,折射出当下中国的具体形象。在这个意义上,一国的文学作品被译介到另一国的过程中,翻译已超越了基本的语言转换,上升为国家形象建构的问题。中国文学的英译,既有英语世界的译入,也有中国本土的译出,两个相反方向的译介由于意识形态、艺术审美等方面的差异而形成对同一文学作品的"他塑"与"自塑",在译入语国家传递着不同的原语国家形象。原语国家的"自塑"往往成为对目标语国家"他塑"的某种矫枉与修正。*Chinese Literature* 便是外文局通过中国文学的对外译介进行中国自我形象塑造的典型。它在近半个世纪的文学外译与国家形象塑造的实践中积累了丰富的经验,深入把握 *Chinese Literature* 国家形象塑造实践的具体行为、具体策略、传播效果等,将为我国目前的文学对外译介提供宝贵的借鉴和参考。因此,在国家实施文化"走出去"战略的具体历史语境下,本书的研究具有一定的现实意义。

此外,以 *Chinese Literature* 为中国当代文学英译的个案开展研究,有一定的理论意义。中国文学的本土"译出"属于非国际通行惯例的翻

---

① 王建开. "走出去"战略与出版意图的契合:以英译作品的当代转向为例. 上海翻译,2014(4):1-7.

译,在一些外国学者眼中是一种中国人民执着而引以为豪的努力。① 到目前为止,对外翻译或"译出"这种翻译模式还没有统一的术语,这从一个侧面说明这种翻译模式并没有得到足够的重视。这种由原语国家发起的从原语到目标语的翻译实践,虽然在某些国家普遍存在,但属于国际上的非通用模式,与"外语译入母语"或"译入惯用语"的通用模式相比,其理论研究相对匮乏。虽然有个别国家的研究者对此做过一些理论研究,但多局限于二语习得领域或是关注应用文体类别,而关于文学的本土"译出"的研究较少,更不用说理论研究了。此外,由于语言文化差异等原因,中译外的研究就更是屈指可数。因此,本书希望通过 *Chinese Literature* 的对外翻译实践为中译外的理论研究以及"非母语翻译实践"②的理论研究进行一定的补充和丰富。同时为翻译与国家形象塑造的理论研究提供一个有力例证。

---

① 马士奎.塑造自我文化形象——中国对外翻译现象研究.东方论坛,2010(3):35.
正如勒菲弗尔所言:"中国学者曾不屈不挠地将本国作品文学作品译成英语,有些还译成其他西方语言。世界上较少有人自豪地将作品译入其他语言,中国人在这方面显得尤为突出。"

② 马士奎.从母语译入外语:国外非母语翻译实践与理论考察.上海翻译,2012(3):20-25.原文中术语为"非母语翻译实践",但该术语的潜在主体是母语为原语的译者,而并非原语国家。事实上,文中提到的这种"非母语翻译实践"属原语国国家资助下的文学对外译介,资助对象为本土或国外译者及出版机构,译者既有母语译者也有非母语译者,故将这种翻译活动称为"本土译出"更加符合现实情况。

第一章　社会语境　国家形象重塑之契机

　　一个国家的对外宣传通常指面向国际社会,以与境内意识形态、价值准则相去甚远的海外受众为主要目标群体的宣传活动①,是一种政治性较强的国际文化传播行为。其主要目的是增强国际社会对该国的了解,促进该国与其他国家之间的友好合作与往来,树立该国在国际社会中的良好形象,为该国的政治、经济、文化等诸方面的建设创造有利的国际条件和发展空间。这一目的主要通过该国的外宣媒体得以实现。就目前而言,可供使用的外宣媒体主要有报纸、杂志、广播、电视、互联网等。多样化的媒体使国与国之间、各国人民之间得到了非常及时也较为全面的交流和相互了解。但是在 70 多年前新中国成立伊始,甚至 40 多年前中国刚刚进入改革开放之时,中国的外宣媒体还都比较单一,主要依靠外宣期刊等平面媒体,如《人民中国》(*People's China*)、《人民画报》(*China Pictorial*)、《中国建设》(*China Construction*)、《中国妇女》(*Women of China*)和《中国文学》(*Chinese Literature*)等。在众多的外宣期刊中,作为文学作品的外译载体,*Chinese Literature* 减少了新闻报道的口吻,增加了包含生动人物形象和情节的文学故事。它以全世界人民普遍接受的方式讲述中国社会发生的故事,具有一定的亲和力。因此,其作为一份外宣期刊的意义就更加重大。毕竟,一个国家的对外宣传通常被认为是一国政府采用硬性新闻报道等手段对国外受众进行的信息输入,而以文学为

---

① 张健. 外宣翻译导论. 北京:国防工业出版社,2013:3.

媒介的软性外宣方式则显得更为特别与另类。它只是少数国家①所采用的一种外宣方式，是原语国家发起的一种主动译介活动，是从处于边缘的弱势文化走向处于中心的强势文化的一种"逆向"行为。这种"逆向"行为旨在让译入语读者通过阅读本国具有代表性的作品，了解原语文化和原语国家，以潜移默化的方式让译入语读者对原语国家形成一定的印象，实现原语国家文化和整体形象的"自塑"。但即使是这样一种软性的外宣方式，由于其本身属于一种有悖常态的"逆向行驶"，加之原语国家与译语国家意识形态的差别、两种文化的不平等地位以及两者关系长期以来的曲折变化，Chinese Literature 对外宣传历程的复杂性也就在所难免，其间有低谷有高潮，有停滞有发展，是我国对外宣传事业在特定时期的具体表征。换言之，中国在这些特定时期与国际社会的交往、自身的社会经济发展状态、政治变化因素、文学思潮、文化生态等都会影响 Chinese Literature，并在该期刊的整个文学"译出"行为过程中有所表现。

第一节　1978—1989 年 Chinese Literature 的繁荣景象

根据 Chinese Literature 前期研究资料，从 1951 年创刊至 2000 年终刊，Chinese Literature 历经了不同的发展阶段。以杂志本身的发展为出发点进行划分，可将其发展阶段分为创刊与成长期（1951—1965）、波折与停滞期（1966—1979）、繁荣发展与成熟期（1979—2000）②，或初创期（20世纪 50 年代初）、发展期（20 世纪 50 年代中期至 60 年代前期）、曲折期（20 世纪 60 年代中期至 70 年代前期）、蛰伏期（20 世纪 70 年代中期至 70年代末）、复兴期（20 世纪 80 年代）和成熟期（20 世纪 90 年代至 21 世纪初）③；根据杂志的国家赞助性质为基本出发点，参照影响杂志变化的国内

---

① 这些国家主要有苏联和朝鲜。马士奎. 从母语译入外语：国外非母语翻译实践和理论考察. 上海翻译, 2012(3)：22.
② 何琳, 赵新宇.《中国文学》的历史与文化价值. 文史杂志, 2011(2)：50-53.
③ 林文艺. 主流意识形态中的中国对外文化交流——以英文版《中国文学》研究为中心. 福州：福建师范大学, 2014：51-64.

重大政治事件,可划分为 1951—1965 年、1966—1976 年、1977—1989 年、1990—2000 年四个不同阶段①。无论这些阶段划分依据的标准是什么,也无论这些不同的划分方法服务于何种研究目的,有一点是可以肯定也是可以在学界基本达成一致的,那就是 *Chinese Literature* 在"文革"结束之后、改革开放以来,至少有近 10 年的辉煌历程,即"繁荣期"。这一"繁荣期"为 1979—1989 年(以 1978 年为过渡期),"繁荣"景象主要体现在以下三个方面。

第一,选材内容"丰富多样",反映中国社会现实。这一时期 *Chinese Literature* 译介的内容极为充实,除文学作品外,还有艺术作品,同时涉及作家及艺术家介绍、文艺动态介绍等。就文学作品而言,*Chinese Literature* 在这一时期大量译介彼时的当代作品,即中国当代文学史意义上的新时期文学,辅以经典的古典作品、现代作品以及少量新中国成立初期到"文革"前的当代作品。入选的新时期文学作品不再像新中国成立后十七年和"文革"时期那样只突出中国社会主义革命和建设成就,借助正面的文学作品、正面的文学形象来树立正面的社会主义国家形象,而是突出"真实性、客观性",选择反映当时中国社会现实的作品,有褒有贬、有正有反,有"文革"的创伤与反思,"改革"的先锋人物与矛盾,知青一代的激情、失落与迷茫,现代主义潮流下"现代人"的与时俱进与离经叛道以及文学寻根中的民族记忆。② 总之,这一时期 *Chinese Literature* 译介的当代文学选材丰富多样、紧扣中国文学的主旋律——文学与时代紧密相连,比较真实地反映了当时的中国社会,体现了当时中国的时代精神,为文学作为媒介的对外宣传提供了内容上的保障。

第二,编辑方针相对自主、不断调整。这一时期 *Chinese Literature* 在编辑方面实行了自外而内的改革。"外"的改革主要在于该杂志的编辑

---

① 郑晔.国家机构赞助下的中国文学对外译介——以英文版《中国文学》(1995—2000)为个案研究.上海:上海外国语大学,2012:22.

② 这一总结主要是参照 *Chinese Literature* 的译介目录(详见附录 3)以及中国文学史的相关叙述,可参见洪子诚《中国当代文学史》,陈晓明《中国当代文学主潮》,陈思和《中国当代文学史教程》等。

权力。"文革"前和"文革"期间上级部门对杂志编辑严格的行政管控在此时开始放松,具有专业技能和专业水平的编译人员、外国专家和文艺界专家在具体的编辑工作中发挥更大作用。① 如杨宪益、江帆、殷书训、唐笙、王明杰、熊振儒、喻璠琴等均先后在《中国文学》杂志社担任总编辑、英文部主任等重要职位。② 外国专家的意见得到重视,《中国文学》杂志社先后邀请多位外国友人如英籍华人韩素音,英国学者叶和达、格林等为 *Chinese Literature* 的发展建言献策。同时《中国文学》杂志社的外国专家队伍逐渐扩大,其中一些专家开始在 *Chinese Literature* 中现身,据统计,10 余年里,直接参与 *Chinese Literature* 当代作品翻译的外国专家达到了27 位。③ "内"的改革则集中表现于 *Chinese Literature* 的内容编排与内容表达上。自 1979 年第 4 期起,*Chinese Literature* 不再使用西方人创造的威氏拼音法,所刊作者姓名等均按照中国的《现代汉语拼音方案》标注。自 1980 年第 12 期起,*Chinese Literature* 增加年度中文索引。自 1981 年第 4 期起,每期封三都有当期的中文目录,在年末最后一期仍附加年度中文索引。自 1982 年第 1 期至 1984 年第 1 期,*Chinese Literature* 增设卷首语或编者絮语("To Our Readers")栏目,向读者简要介绍当期不同栏目主要的译介内容及译介缘由。自 1983 年起,*Chinese Literature* 的文学作品译介开始增加作者介绍,一开始采用文前详细介绍的形式并配有作

---

① 参见:戴延年,陈日浓. 中国外文局 50 年大事记. 北京:新星出版社,1999:353.
1979 年 7 月,《中国文学》编译委员会对该刊提出的改进意见 8—12 条:8.发挥翻译人员在编辑工作方面的作用。9.发挥外国专家的作用。10.为了加强刊物的业务领导,成立社的顾问委员会,聘请国内文艺界各方面的专家参加。11.提高编辑人员的业务水平,除约稿外,提倡自己的编辑编写稿件。12.逐步建立一支善于为《中国文学》写稿的队伍。需要注意的是,第 10 条中"社的顾问委员会"感觉有问题,通过对《中国外文局五十年史料选编》的阅读核查,发现应为"社外顾问委员会"。另据中国文学出版社内部资料记载,该意见的更为翔实的叙述是"发挥翻译人员在编辑工作方面的作用,可参与制定选题计划","发挥外国专家的作用,经常征求他们对选题和稿件的意见","在改稿中,允许他们在写法上做些加工"。

② 郑晔.国家机构赞助下的中国文学对外译介——以英文版《中国文学》(1995—2000)为个案研究. 上海:上海外国语大学,2012:41.

③ 参见本书附录 3。

者照片,后置于文末或以脚注形式出现。自 1984 年起,为"让读者读到篇幅更长的小说,更全面更好地了解中国的文学景象,*Chinese Literature* 将从月刊改为季刊,每期 200 页左右"①(作者自译)。自此,*Chinese Literature* 进入一个稳定发展期,这种内容编辑的方式一直持续到 1999 年,这期间基本没有大的变化。*Chinese Literature* 在编辑方面自外而内的诸多改革为其带来了繁荣发展的动力,改善了文学对外宣传的生态环境。

第三,翻译回归本位。这一时期关于 *Chinese Literature* 译介内容的具体翻译标准、翻译方法,外文局的相关文件中并没有做出明确陈述和规定,但是 *Chinese Literature* 的翻译工作依然有章可循。中国翻译界在这一时期以中国外文局 1979 年创办的"全国性的翻译理论研究中心刊物"《翻译通讯》②和其他学术期刊为阵地,以文学翻译为主要研究对象,对翻译原则、翻译标准及翻译方法等进行了理论上的深入探讨和新的探索③,参与讨论的不乏 *Chinese Literature* 的主编和副主编等人④。严复的"信、达、雅",尤其是"雅"的内涵在这一阶段引发了深入思考和探究。同时,以美国当代翻译理论家奈达为主的西方翻译理论家的翻译理论开始在我国产生影响,"等效翻译"成为 20 世纪 80 年代中国译学讨论中的一个热词。因此,隶属于中国外文局的 *Chinese Literature* 在进行翻译工作时势必要与外文局整体的翻译方针保持一致,积极修正之前"死译""对号入座"的方法,使文学翻译回归到本位,以"信、达、雅"为基本原则和标准,借鉴西方"对等"学说,形成了我国对外宣传中的文学翻译具体的方法依据。

综上所述,*Chinese Literature* 在 20 世纪 70 年代末中国进入改革开放新时期之际创造了文学译介新中国的"繁荣期",无论在译介内容、编辑

---

① Yang Xianyi. To Our Readers. *Chinese Literature*,1983(12):前言.
② 陈福康.中国译学理论史稿.上海:上海外语教育出版社,2000:460.该刊于 1980 年开始公开出版,1986 年更名为《中国翻译》。
③ 陈福康.中国译学理论史稿.上海:上海外语教育出版社,2000:464-467.
④ 郑晔.国家机构赞助下的中国文学对外译介——以英文版《中国文学》(1995—2000)为个案研究.上海:上海外国语大学,2012:53.

方针还是翻译规范及策略上都进行了重要的改革,这些改革使 *Chinese Literature* 在一段时间内"订数大增,每期曾达到四五万份,创(我刊)有史以来最高点"①,为国家的对外宣传事业做出了巨大贡献。当然,作为国家机构赞助下的对外宣传期刊,它的这一繁荣并非自身可以独立完成的蜕变,而是由于一定的历史契机。这一历史契机既涉及国际形势的嬗变,也得益于国内政治环境的改变、中国文坛的复兴和中国翻译事业又一次高潮的到来。

第二节 "解冻"后国际社会的"中国热"

Chinese Literature 的文学外译及外宣实践,是中西两种文化交流多元系统中的一个子系统,所以要研究它在 1978—1989 年的具体实践,自然离不开它所处的历史语境:1978 年之前的环境与 1978 年以后的转变。

一、从"冰冻"到"解冻":中国形象塑造之新语境

1978 年以前,在东西两大阵营"两极对立"的国际格局中,美国在世界各地与苏联抢夺地盘,全力遏制和干涉世界各地的社会主义国家发展和社会主义革命,作为社会主义新生力量的中国自然难以幸免。作为国家身份的反映,国家形象是通过相关国家基于国家间的交往互动构成彼此相互认同的关系,共同界定对方身份而确立起来的。② 因此,自新中国成立以来至 20 世纪 70 年代初,中西双方之间的这种两极阵营的互动造就了双方消极的相互认同关系。这段时间,西方构建的中国形象完全是负面的——"赤匪"和"蓝蚁","恐怖与谜"③。

1978 年后,东西两大阵营的内部分化导致世界格局开始呈现多元化趋势,冷战状态下的两极对峙出现松动。中美关系大幅缓和,中国与西方

① 郭林祥. 为中国文学走向世界架起桥梁. 对外大传播,1996 (3):13.
② 李智. 中国国家形象——全球传播时代建构主义的解读. 北京:新华出版社,2011:42.
③ 段连成. 对外传播学初探. 北京:中国建设出版社,1988:31-42.

各国的关系大幅改善。中美双方从各自的发展需要出发,重新调整与对方的交往战略。自 20 世纪 60 年代末至 1979 年 1 月中美建交,中美交往中出现了众多标志性事件:1969 年 6 月 26 日,美国国务卿基辛格签署《修改某些对华贸易限制》的文件;1969 年 7 月 21 日,美国宣布放宽美国居民到中国旅行和购买中国货物的限制;1969 年 7 月 25 日尼克松在关岛提出"尼克松主义",虽提出要保护台湾当局,但也要缓和与中国政府的关系;1970 年 8 月 26 日,美国第一次取消对华贸易限制的措施,之后又陆续取消贸易禁运的措施。1971 年 4 月,美国乒乓球队应邀访华,史称"乒乓外交",中美民间交往的大门就此打开,为中美双方日后的正式建交奠定了良好基础。随后,尼克松的国家安全事务助理基辛格秘密访华,为次年的尼克松访华铺设道路。同年 11 月,在第 26 届联合国大会上,中国政府的合法席位得到恢复,完全打破被西方孤立封锁的局面,进入国际体系。1972 年 2 月,尼克松访华,双方发表《上海公报》;1979 年 1 月的中美正式建交更是将中国带入全新的国际关系体系中。许多国家和国际组织纷纷与中国建立关系,到 1980 年,与中国建交的西方国家已达 124 个,中国在联合国及其附属的国际级组织中开始积极发挥作用。中国与美国以及西方各国的积极交往开始为双方构建积极的相互认同,中国在国际社会中甚至有了田园诗画的景象。①

因此,改善的中美关系、中国与西方国家的整体关系,使中国在国际社会中的负面形象有所转变,形成中国国际关系与国际形象的良性循环,为中国的经济发展、文化交流带来新的契机。

二、"解冻"后的"中国热"

"解冻"的国际环境推动着中国的国际关系不断改善,也推动着中国与世界各国之间的相互往来与沟通。1978 年以后,世界各国都对曾经被"妖魔化"的中国充满好奇。为了更好地了解中国,许多国外机构和组织纷纷来华访问,掀起了一股"中国热"。随之而来的便是我国外事活动的繁荣。

---

① 段连成. 对外传播学初探. 北京:中国建设出版社,1988:43-46.

首先,国际双向交流日益频繁,外宣工作渐入佳境。自 1971 年 9 月外文局的首次外事任务——接待美国共产党前主席福斯特的秘书舒尔曼及其夫人起,外文局便开始接待来自不同国家的不同身份的外宾。如 1972 年的朝鲜外国文出版社代表团;1973 年的加拿大友人文幼章、日本文化代表团团长土岐善麿、法国马赛"法中文化中心"访华团、美国进步刊物《前卫》周刊支持者旅行团、英籍华裔作家韩素音;1974 年的意大利东方出版社负责人雷吉斯夫妇等;1975 年的联邦德国法兰克福国际书展主席魏德哈斯等。这种外宾来访活动在 1978 年以后更是频繁,在 1979 年 4 月到 11 月间,外文局就接待了 14 批不同的客人。这些不同领域的访华嘉宾在来访期间与外文局各杂志社人员积极座谈,为我国外文期刊的建设、出版、发行等提出不同建议或提供友好帮助①,为中国对外宣传工作营造了良好的国际环境。当然,国际交流是双向的,在促进国际友人和专家来访中国的同时,国际关系的改善也为我国从事对外宣传的工作人员提供了去国外考察、进行实地了解的机会。1972 年,外文局派出人民画报社记者钱浩随中国体育代表团访问日本,开启了外文局的出访之旅。其后从 1973 年开始,外文局逐年派出多个新闻工作者代表团分赴不同国家进行访问、考察,参加相关的国际会议或参与具体国际赛事的采访报道。此外,中国国际关系的不断发展为我国对外宣传工作的技术人员提供了国际交流学习的平台。长期稳定发展的国际关系使外文局的翻译人员及其他工作人员从最初的短期派出学习到后来能够在国外知名大学交流项目下得到资助、进行中长期的学习,从而得以更好地服务我国的外宣事业。

其次,国际书店得到进一步发展,国际出版交流不断加强。自 1971 年中美关系缓和以来,国际书店与书业界的往来不断增加,并逐渐恢复参加各大国际书展。国际书店与书业界的往来也表现为双向交流。1971 年之后的最初几年,国际书店只是接受书业界朋友的诸多访问,如当年就有

---

① 戴延年,陈日浓. 中国外文局五十年大事记. 北京:新星出版社,1999:262-377. 该书以编年体形式编就,每个年代的记录末尾都有当年来访人员及来访活动主旨记录。

日本亚东社的漆户暾、乌拉圭新生书店的罗维塔、日本中华书店的陈文贵、日本内山书店的嘉吉夫妇及内山篱、日本东方书店的安井正幸、美国中国书刊社的派克·诺伊斯和法国凤凰书店的经理贝热龙等人来访。[①] 1980 年 9 月 4 日,外文局顾问、前国际书店经理邵公文应邀赴日考察中文书刊的发行状况;1982 年,应美国时代明镜公司所属艾布莱姆斯出版社邀请,外文局派出代表与其商谈合作出版业务,同年,应英国光华书店邀请,国际书店总经理曹健飞等人出访伦敦,参加该书店 10 周年庆典活动。国际书店与国际同行一直保持着积极的双向交往,为中国图书的印刷、出版、发行等具体方面提供了互相借鉴、学习的良好机遇。除此之外,随着中国国际关系持续稳定地发展,国际书店恢复参加国际书展。其历史性转折是 1975 年联邦德国法兰克福国际书展主席魏德哈斯的来华访问,此次访问为推动我国参加法兰克福国际书展发挥了积极作用。同年 6 月,国际书店先是在叙利亚参加大马士革国际博览会,后于 10 月参加第 27 届法兰克福国际书展,吸引了众多观众。作为一年一度的世界上最大规模的图书博览会,这次书展给国际书店和中国图书的海外传播带来了巨大的机遇。以此为发端,1976 年 5 月到 6 月,国际书店首次参加北美书展——加拿大蒙特利尔图书博览会,其后,中国国际书店参加的国际书展逐年增加。

国际社会了解中国的需求和国际交流平台的搭建与发展为我国书刊外宣事业的发展开启了新的征程。

第三节 “复苏”后中国社会的“大变局”

1978 年 12 月,中国共产党第十一届中央委员会第三次全体大会(以下简称党的十一届三中全会)在北京召开,确立了解放思想、实事求是的思想路线,国家政治、经济、文化、外交等诸多方面开始了体制上的修复、重建和发展。1981 年,中国共产党第十一届六中全会通过的《关于建国以

---

① 戴延年,陈日浓. 中国外文局五十年大事记. 北京:新星出版社,1999:270.

来党的若干历史问题的决议》确立了中国未来的发展路线,成为指导中国新时期发展的重要纲领。因此,自 1978 年以来,中国社会进入转型与发展的重要时期,中国国家政策和各领域的生产、生活开始发生深刻的变化。就本文的研究对象——*Chinese Literature* 而言,变化主要涉及三大领域——对外宣传政策、当代文坛动态和翻译发展走向。其涉及对外宣传领域,主要由该刊的性质所决定,它是新中国成立以来的外宣期刊之一;其译介内容主要为中国当代文学作品,这决定了它与中国文坛难以割裂的密切关系,中国当代文学的发展动态影响着 *Chinese Literature* 的具体译介;而翻译作为对外宣传的主要实现途径和文本转换的主要手段,其发展走向同样发挥着重要影响作用。

一、变局一——对外宣传政策的放开

良好的对外宣传是一个国家与域外他者建立良好连接的重要渠道。1978 年,基于党的十一届三中全会的指导精神,国家的对外宣传工作也开始发生转向。会后第三天(1978 年 12 月 25 日),胡耀邦出任中宣部部长,开始对中宣部的工作进行全面调整。在自上而下的各级会议中,胡耀邦一再重申党的宣传工作的根本任务,要求"一定要解放思想",对外宣传"要进一步打破闭关自守"。[①] 12 月 31 日,胡耀邦在全国政协礼堂召开中央宣传系统所属单位领导干部会议,就对外宣传问题提出建议:

> 关于对外宣传问题,据说在这方面也存在许多禁区、框框,主观主义,形式主义,不看对象,"对牛弹琴",效果甚差,笑话不少。我看这种状况也要尽快改革,跟上全国这个伟大的转变,更好地为四个现代化服务。[②]

---

① 韩洪洪. 胡耀邦在历史转折关头(1975—1982). 北京:人民出版社,2009:148-151.

② 参见:戴延年,陈日浓. 中国外文局五十年大事记. 北京:新星出版社,1999:323.

之前的对外宣传"一潭死水"①，要么"自吹自擂强加于人，使用不适当的语言，夸大的语言"，要么"对人家不知怎么是好，缩手缩脚"，总之，"不实事求是"的对外宣传终结了。②

1979 年 3 月 21 日，在中宣部召开的新闻、广播、刊物对国外宣传报道工作汇报会上，我国对外宣传的目的、任务、对象、标准得到了明确指示。我国对外宣传不再是"为了'促进世界和平'"，而是"为了增进各国人民对我国的了解和友谊，为了创造有利于我国实现四个现代化的国际环境，也包括尽可能有利于促进国际反霸斗争"；对象应是"尽可能多的外国人"，标准是"真实地(既不夸大也不缩小)、丰富多彩地(经济、政治、文化、人民生活、科技、文艺的以及中央和地方的)、生动活泼地介绍我国情况，主要是宣传报道新中国"。③ 这一指示在中央对外宣传小组于 1980 年 6 月 30日上报的《关于改进和加强对外宣传工作的意见》(以下简称《意见》)中得到进一步明确。该《意见》就新时期我国对外宣传的形势、根本任务，以及对外宣传对象和要求做出具体阐释。其中对外宣传的对象"应当包括世界各国各阶层、各种不同政治思想的外国人，还有港、澳同胞和华侨、华裔。……对外宣传对象应该尽可能广泛"④；对外宣传总的要求是"大胆、活泼、全面、及时"。"大胆"即"解放思想、消除余悸、反对墨守成规，敢想、敢说、敢干、敢于创新"。"活泼"即"丰富多彩，鲜明生动，引人入胜，克服刻板单调、照抄照转、套话连篇的毛病"。"全面"即"实事求是，既讲成绩、进步，也讲缺点、困难，不要浮夸、弄虚作假、文过饰非"。"及时"即"讲求时效，不失时机"。⑤

---

① 1971 年 7 月 2 日，周恩来总理在接见外文局军管小组、调查组全体成员时所提出的批评。详见：戴延年，陈日浓. 中国外文局五十年大事记. 北京：新星出版社，1999：265.

② 戴延年，陈日浓. 中国外文局五十年大事记. 北京：新星出版社，1999：265.

③ 戴延年，陈日浓. 中国外文局五十年大事记. 北京：新星出版社，1999：331-332.

④ 参见：中共中央宣传部. 十一届三中全会以来党的宣传工作文献选编. 北京：中共中央党校出版社，1989：400.

⑤ 中共中央宣传部. 十一届三中全会以来党的宣传工作文献选编. 北京：中共中央党校出版社，1989：400.

自此，中国的对外宣传工作从新中国成立以来单一、单调的政治宣传阶段进入"真实、客观、及时"的国家形象修复阶段。这一对外宣传方针也是我国 20 世纪 80 年代的对外宣传工作一以贯之的原则。1986 年 2 月 14 日至 18 日，外文局前局长段连成先后两次为外文局各单位业务人员做题为《新的机会，新的挑战——在开放形势下如何搞好对外宣传工作》的报告，再次强调"向全世界真实、客观地介绍中国"。党的十一届三中全会确立的实事求是思想路线在对外宣传工作中得到持续贯彻，"坚持真实性和客观性"成为我国对外宣传中的一个重点。

中国外文局在上述党的基本路线方针和对外宣传的基本政策指导下展开改革工作，具体体现在以下五个方面。

第一，曾经在对外宣传中发挥重要作用但被迫停刊的众多对外宣传期刊开始复刊。如《中国对外贸易》（*China's Foreign Trade*）（中、英文版）、《中国妇女》（*Women of China*）（英文版）、《中国体育》（*Sports in China*）（英文版）、《中国银幕》（*China's Screen* 及 *L'ecran Chinois*）（中、英、法、西文版）、《万年青》（*Evergreen*）（英、法文版）、《中国工会》（*Chinese Trade Unions*）（英文版）等陆续恢复工作，以迎接和承担中国新时期的对外宣传任务。

第二，外国专家重新受到重视，再次挑起中国对外宣传期刊的编辑任务。1979 年 3 月 13 日，中宣部部长胡耀邦在审阅中宣部对外宣传局简报所载《外文局和广播局德国专家对对外宣传工作的意见》后，专门做出指示："外国专家的意见，我们的同志长期无动于衷，应从根本上考虑专家的职权问题。可否先搞一两个刊物，请他们做主编，我们的人做顾问，试它半年，然后再定办法。"①其后在 3 月 21 日中宣部召开的新闻、广播、刊物对国外宣传报道工作会上，胡耀邦再次强调"发挥外国专家的作用，团结他们，关心他们的生活"②。随后外文局于 4 月 29 日召开全局外国专家和外籍人员茶话会，征求与会者意见。在这一改革过程中，曾经受到不公正

① 参见：戴延年，陈日浓. 中国外文局五十年大事记. 北京：新星出版社，1999：331.
② 参见：戴延年，陈日浓. 中国外文局五十年大事记. 北京：新星出版社，1999：332.

待遇或被辞退的外国专家逐渐恢复身份,如中国籍美国专家爱泼斯坦出任《中国建设》主编,中国籍美国专家沙博理和日本专家横川次郎加入《人民画报》编委会,日本专家村山孚加入《人民中国》编委会。1986 年 9 月 3 日,外文局向外国专家报送《关于"七五"期间聘请外国文教专家规划的请示》,报请外文局所需外国专家人数。

第三,编译人员曾经被剥夺的主体性在 1978 年后重新得到认可。1978 年前的一段时间,外文局各单位外行管内行的现象严重,外文期刊的文字工作受到严格审查①,编辑部门无法独立工作。1978 年后,在中宣部逐步改革的进程中,中宣部领导积极听取各单位贯彻胡耀邦关于对外宣传工作的指示的情况及工作问题时,进一步提出改革意见,明确指出要发挥编辑部门的作用。要求编辑部设立制度,明确岗位责任,能独立作战,自己解决问题。随后外文局各杂志社陆续成立自己的编委会。

第四,翻译人才培养得到重视。在国家的对外宣传工作中,翻译起着举足轻重的作用,误译或译得不准确等诸多现象都会影响一个国家的声誉和形象。因此,译者素养和能力的培养应该是对外宣传工作中的一个重点。为改变翻译人才青黄不接的局面,外文局积极改变策略,通过选派翻译人员出国学习和建立本地翻译者组织机构来对译者进行培养。据笔者统计,自 1975 年至 1989 年,外文局曾选派约 221 名、21 个语种的翻译人员出国学习、进修。② 此外,1982 年 6 月 23 日,中国翻译工作者协会成立,同时颁布《中国翻译工作者协会章程》。协会致力于"开展翻译工作的研究和国内外专业的和非专业的学术交流,提高我国翻译工作者的水平",为中国的翻译工作者提供一个良好的交流平台。

第五,奖励制度的建立。经过一系列的改革,我国的对外宣传在 20 世纪 80 年代中期基本步入正轨,为进一步完善对外宣传工作、提高对外宣传工作人员的积极性、保障对外宣传工作的有效性,自 1985 年起,外文

① 戴延年,陈日浓. 中国外文局五十年大事记.北京:新星出版社,1999:254-255.

② 参见:戴延年,陈日浓. 中国外文局五十年大事记.北京:新星出版社.1999:292-465;戴延年,陈日浓. 中国外文局五十年大事记 1949—1999. 北京:新星出版社.1999:1-166. 1975—1989 年的统计数据。

局开始出台不同奖励办法。一开始，外文局的奖励办法主要是召开多次表彰大会，对优秀外文书刊、对外宣传优秀工作者、对外宣传优秀供应单位进行表彰奖励。① 其中 *Chinese Literature* 1984 年春季刊、英文版《芙蓉镇》(*A Small Town Called Hibiscus*)获书刊二等奖。此外，中国文学杂志社编辑出版的英文版《中国当代女作家作品选》(*Contemporary Chinese Women Writers*)、法文版《中国女作家作品选》(*Œuvres Choisies des Femmes Écrivains Chinoises*)、法文版《中国文学》(*Littérature Chinoise*) 1984 年夏季刊获一等奖。随后，外文局在 1987 年制定颁布了《对非贸易书刊宣传工作人员实行奖励的暂行办法》。② 1989 年，韩素音女士为《中国翻译》杂志捐款，设立"韩素音青年翻译奖"，希望在"促进文学翻译的发展"之外，还能大力"培养科技翻译人才"。③

因此，就国家对外宣传工作而言，无论是总方针的调整还是具体措施的改进，都为包括 *Chinese Literature* 在内的承担我国外宣工作的报刊、书籍创造了改革的基本条件，为国际社会和世界人民，尤其是与中国隔绝多年、渴望了解中国社会现实状态的西方国家及人民认识中国提供了更加可信的基础。

二、变局二——新时期文学的繁荣

如果说对外宣传政策与方针的根本转变为 *Chinese Literature* 提供了外部改革的基本条件，那么中国文学的发展则为 *Chinese Literature* 承担新时期的对外宣传任务提供了巨大的内在动力。1978 年后的中国文学

---

① 参见：戴延年，陈日浓. 中国外文局五十年大事记 1949—1999. 北京：新星出版社，1999：48-50，80，90. 1985 年 3 月 20 日，外文局举行优秀外文书刊作品授奖大会，外文局全局 62 项优秀外文书刊作品获奖；1986 年 4 月 7 日，外文局召开全局对外书刊宣传优秀工作者表彰大会；同年 9 月 16 日至 20 日，外文局在武汉召开全国对外书刊宣传供应工作先进代表大会。

② 戴延年，陈日浓. 中国外文局五十年大事记 1949—1999. 北京：新星出版社，1999：103.

③ 戴延年，陈日浓. 中国外文局五十年大事记 1949—1999. 北京：新星出版社，1999：156.

"如开闸之洪水,创作十分高涨"①。

1977—1989 年的文学在中国文学史上被称为新时期文学,是继"五四"新文学之后 20 世纪中国文学的另一次重大"转折"②。这一"转折"主要表现为文学体制的修复、文艺政策的改变和文学规范的调整。

第一,文学体制的修复。首先,恢复了文学本身赖以生存的文化机构或其具体的组织形式。承载国家意识形态、把握国家文学发展方向的中宣部、文化部、全国文联和中国作家协会等国家机构逐步恢复工作,实施重建。其次,机构的组织分配和人员遴选逐步完成。在上述前提条件下,文学作品的重要载体——文学刊物和文学书籍在这一时期得到巨大发展:先是新中国成立后十七年中原有的刊物逐渐复刊;而后,大型文学刊物开始涌现,数量剧增;为了满足蓬勃发展的文学盛况、给数量庞大的作家作品提供一席之地,多种文学集刊陆续创刊。此外,新中国成立后十七年间受等级制限制的地方刊物在新的文艺政策、文学运动的带动下,也开始展现其活力。这样,一个多层次、多元并存的文学阵地为汹涌澎湃的新时期文学大潮创造了巨大的空间。③

第二,文艺政策的改变。当下的文艺政策决定着文学的具体内容和具体文学作品的命运。也就是说,文学作品的产生是文艺的政治性与作家的自主性之间调和的结果,关键是两者之间的比例孰大孰小。从新中国成立后十七年到 1978 年,文艺"为工农兵服务""为政治服务"的基本调子决定了文艺的政治性大于作家的自主性。1978 年以后,"五四的那种'多元共生'和'精神解放',成为文学界创造'新时期'文学的知识、想象的重要资源"④。在党的十一届三中全会"解放思想、实事求是"的基本思想指导下,1979 年 10 月,中断 20 年的全国文艺工作者代表大会再次召开,文艺政策得到重大调整,"文艺民主"的问题得到提出,"百花齐放、百家争

---

① 郭林祥. 为中国文学走向世界架起桥梁//书刊对外宣传的理论与实践. 北京:新星出版社,1999:462.
② 洪子诚. 中国当代文学史. 北京:北京大学出版社,1999:234.
③ 洪子诚. 中国当代文学史. 北京:北京大学出版社,1999:236-237.
④ 洪子诚. 中国当代文学史. 北京:北京大学出版社,1999:235.

鸣"的"双百"方针重新得到强调。1980 年 7 月 26 日,《人民日报》发表社论《为人民服务,为社会主义服务》,该文首次确认了"文艺为人民服务,为社会主义服务"乃社会主义新时期文艺工作的正确方向。该方向的确定也表明在社会主义新时期,文艺的发展要以尊重社会需求和满足读者需求为基本指导原则。这一点恰恰与作家创作的基本目的相吻合,作家的自主性开始得到提升。在新的文学体制下,作者有了相对自主的创作空间,很多作家都有被"解放"的感觉。在这样一个艺术生命可以自由绽放的"春天"里,中国作家形成"盛况空前""五世同堂"的局面。①

文艺政策的调整、作家自主性的提升和作家群体的多元化最直接的成果便是新时期文学的热烈繁荣,并形成了"潮流化"的特征,先后出现了朦胧诗、伤痕文学、反思文学、改革文学、寻根文学、第三代诗、先锋小说。这一时期,中国文学历经各种转折、历经多种多样的潮流和高潮,在中国社会发生转型、不断实践改革的过程中,进行着自我调整与探索。无论它与主导文化、主流意识形态之间的关系如何变化,中国文学都在以自己独特的方式直接或间接地叙述着发展中的中国社会的现实。

第三,文学规范的调整。文学规范调整最突出的体现是重视并建立文学奖励制度。为激励作家创作更多优秀作品,同时也为实现意识形态对文学艺术的权威引导和召唤②,从 1978 年起,各类文学评奖活动分别在国家、地方层面逐渐开展起来。先是《人民文学》杂志社受中国作协之托连续四年(1978—1981)举办全国优秀短篇小说奖评比;后有《诗刊》为诗歌文类专门创立举办全国优秀新诗奖,该奖曾连续举办两年(1979—1980);中国戏剧协会也于 1980 年举办全国优秀剧本奖。之后,中国作协亲自扛起评奖活动的大旗,在 1982—1986 年,按照文学体裁分门别类地为短篇小说、中篇小说、报告文学、儿童文学等进行评奖;同时,也针对专门性题材的作品设立奖项,如为军队题材所设立的解放军文艺奖和为少数民族题材所设立的少数民族文学创作奖等。此外,在 1981 年,代表中

---

① 朱寨. 中国当代文学思潮史. 北京:人民出版社,1987:562.

② 洪子诚. 中国当代文学史. 北京:北京大学出版社,1999:241.

国文坛最高成就和荣誉的茅盾文学奖设立。在众多国家级文学奖的促进下,中国文坛进入了蓬勃发展的阶段。

这样一来,*Chinese Literature* 的繁荣景象也就水到渠成。众多文学阵地为 *Chinese Literature* 保证了选材的来源,多样的文学题材为 *Chinese Literature* 丰富了选材的内容,不同门类的奖励为 *Chinese Literature* 提供了可靠的选材依据。

三、变局三——翻译事业的新高潮

"当一个社会从一种文化体制向另一种不同于以往的、更为先进的体制转化时,翻译活动往往会增加,因为转变的初始条件是有一种与新的社会、经济结构相对应的新的文化氛围,而这一条件只有通过翻译才能得以实现。"[1]"文革"结束后,中国进入改革开放新时期,翻译活动、翻译事业在各项政策的带动下,成为"最迅速地得到恢复和发展"的领域之一[2],翻译的政治性[3]在这一时期开始减弱,翻译事业、翻译工作回归到本位,无论是具体的翻译活动、翻译的理论研究还是翻译工作的规范化等都进入新一轮的高潮。

首先,翻译活动频繁、丰富。口译、笔译在这一时期都有一定的发展。

---

[1] 本书作者自译,详见:Aksoy, B. Translation as Rewriting:The Concept and Its Implications on the Emergence of a National Literature. *Translation Journal*, 2001,5(3). (2018-07-19)[2022-01-09]. http://translationjournal. net/journal/17turkey.htm.

[2] 陈福康. 中国译学理论史稿. 上海:上海外语教育出版社,2000:459.

[3] 参见:马士奎.中国当代文学翻译研究(1966—1976). 北京:中央民族大学出版社,2007:15-19. 此处翻译的政治性主要指文学翻译作为一种政治行为在新中国成立后十七年和"文革"时期的体现。新中国成立后十七年间,文学翻译主要是一种国家行为,所译介的外国作品主要为社会主义阵营的文学作品,中国文学的外译则主要针对社会主义阵营的国家,介绍我国革命斗争的经验和成就。"文革"期间,文学翻译的政治性达到极致,由于文化上的自我封闭,以及对外国文化的否定和怀疑,外国作品的翻译陷入空前低谷;中国文学的外译虽然在"文革"时期一直持续,但由于极"左"思潮的影响,文艺工作停滞,经典作品被否定,作为政治传声筒的"文革"文学成为主要的译介内容。

较笔译活动而言,口译活动虽然尚未形成较大规模,但已经在翻译活动中占有一定比例。笔译活动仍然以文学翻译为主,包含外国作品的汉译和中国作品的外译(以英译为主)两方面。对于外国作品的汉译,先是中国社科院编纂需要翻译的外国经典作品目录,邀请知名翻译家翻译,同时《世界文学》《外国文艺》《译林》等专业期刊成为新的媒介,不断译介新的外国文学作品和文学理论,而且译介作品的范围不断扩大,以代表西方最高发展水平的英美国家的作家作品为主。① 截止到 1989 年,外国文学作品及论著的翻译出版书目已涵盖 90 多个国家、品种数量激增到 7000 多种。② 与外国文学相对应的中国文学外译在这一时期也可谓热闹非凡。除了 *Chinese Literature* 这份专门从事中国文学外译的期刊外,《中国文学》杂志社还编辑出版了"熊猫丛书",将中国文学的外译推向高潮。

其次,翻译的理论研究发展迅速。翻译理论研究的发展首先得益于理论阵地的发展。"文革"结束后,由于党的十一届三中全会重要精神在学术界的贯彻执行,外语界的春天也如期而至,诸多外语教学研究类杂志相继创刊③,为外语教学与研究建构了重要的理论阵地,同时也为翻译问题的探讨和研究提供了一席之地。当然,最具影响力的当属 1979 年 3 月中国对外翻译出版公司创办,后由中国译协主办的《翻译通讯》(1986 年更名为《中国翻译》),以其为标志,中国的翻译研究者拥有了自己的全国性核心理论阵地。此外,1986 年《上海科技翻译》创刊,1988 年《中国科技翻译》创刊,更是为我国的应用翻译研究提供了重要阵地。正如陈福康所言,"从(20 世纪)70 年代末以来,我国已形成了一个具有相当规模的可供发表翻译研究论文的刊物系统,这对推动我国当代译学研究是极为有利的"④。另外,各类以翻译为主要议题的学术会议和翻译研究的学术专著也带动了翻译理论研究的发展。一个学科、一种理论的发展必须做到兼收并蓄,我国翻译研究的跨学科性质在这一时期逐渐显现,符号学、语言

---

① 滕梅. 中国翻译政策研究. 北京:中国人民大学出版社,2013:168-170.
② 林煌天. 略论我国外国文学翻译工作的发展. 福建外语,1995(Z1):92-95.
③ 陈福康. 中国译学理论史稿. 上海:上海外语教育出版社,2000:459-460.
④ 陈福康. 中国译学理论史稿. 上海:上海外语教育出版社,2000:461.

学、美学、文化研究等诸多学科的研究成果成为翻译研究的可鉴之物;国外翻译理论界先进的研究成果也为我国的翻译研究注入新的血液,翻译研究的核心刊物《翻译通讯》从 1982 年起不断刊载评介国外翻译理论的文章,如 1982 年第 1 期王宗炎的《纽马克论翻译理论和翻译技巧》、第 4 期谭载喜的《翻译是一门科学——评介奈达著〈翻译科学探索〉》、第 6 期蔡毅的《翻译理论的语言学派——介绍巴尔胡达罗夫的〈语言与翻译〉》、1983 年第 10 期蔡毅的《现实主义的翻译论——И. 卡什金的翻译理论简介》等等。在翻译实践、翻译理论和翻译研究发展的积极促进下,我国学者开始意识到翻译学科建设的必要性,并就此提出建议,从此,我国的翻译研究逐渐走向学科型建设。

再次,翻译工作的规范逐步形成。翻译活动的繁荣也促使翻译工作逐渐走向规范。翻译工作走向规范的标志之一是全国性翻译学术组织——中国翻译工作者协会(简称译协)的成立。该组织成立的目的是将全国范围内的外语人员、翻译人员集合起来,进行经验交流,展开学术探讨,进而提高翻译人员的业务水平,以促进我国翻译事业的发展。经过相关人员的多方走访和多次的会议筹备,该组织于 1982 年 6 月 23 日正式成立。译协同时出台会员章程,对协会的性质、任务做出了明确规定:协会是"中国共产党领导下中国翻译工作者的全国性群众学术团体"[1],具体任务是"举办各种与翻译有关的学术讨论会和报告会,开展国内各地翻译工作者以及各地协会之间或与翻译工作有关的学术团体之间的学术交流活动,出版会刊和编印有关的学术性资料,开展国际交流活动,从事有利于翻译工作者学习和工作的其他事宜"[2]。该章程于 1986 年得到进一步修改,但基本性质和任务并没有大的变动。译协的成立为我国的翻译工作者提供了交流、学习的重要平台。翻译工作进入规范化的第二个标志是相关制度和规定的出台。1978 年以后,国家相继出台了一系列关于翻译

---

[1]　中国翻译工作者协会. 中国翻译工作者协会章程. 翻译通讯,1982 (6):63.
[2]　中国翻译工作者协会. 中国翻译工作者协会章程. 翻译通讯,1982 (6):63.

出版的政策和规定。① 此外，为规范翻译工作、保护翻译工作者的地位，中国积极参照国际通行方法②，于 1986 年 3 月 31 日颁布了《翻译专业职务试行条例》。该条例的颁布首先确立了翻译作为一种社会职业的基本地位，同时对翻译这一职业中专业职务的不同级别和各级别的岗位职责做出明确说明。

综上，从"文革"到改革开放，中国社会从一种文化比较封闭的状态逐渐走向世界，与异域他者的交流日益频繁。翻译，作为不同语言文化交流的重要手段，在中国社会的重要转型期得到了极大的发展和繁荣，成为中国文化领域的一项重要事业，为 *Chinese Literature* 的对外宣传工作创造了良好的翻译生态环境。

小　结

Chinese Literature 能够在"文革"之后进入一个稳定发展的繁荣期，承担中国文学对外宣传当代中国形象的重任，是国际国内因素综合作用的必然结果。

首先，中国与以美国为首的西方大国之间关系的缓和为中国对外宣传工作的开展提供了温暖适宜的外部环境。国际社会对中国的印象开始转变，他们开始接纳并愿意了解这个东方大国，这就为 *Chinese Literature* 在新时期塑造国家形象的文学对外译介实践创造了基本条件。其次，中国对外宣传政策在 1978 年以后也进行积极调整，以适应不断变化的世界格局和中国自身的社会变革，中国对外宣传的主要阵地得到恢复，专业人员的主体地位得到正名。*Chinese Literature* 因此获得了相对自由和自主

---

① 滕梅. 中国翻译政策研究. 北京：中国人民大学出版社，2013：171-172. 这里提到的主要是外译中的一些相关规定和政策。

② 中国译协的会刊《翻译通讯》曾在 1984 年第 6 期和 1985 年第 6 期分别刊登《关于翻译工作者和翻译作品的法律保护及改善翻译工作者地位的实际办法的建议书（1976 年 11 月联合国教科文组织内罗毕大会通过）》（简称"内罗毕建议"）和《翻译工作者宪章》（王承时译）。

的内部环境,编译人员、外国专家的工作职权开始恢复。再者,中国文学在这一时期的繁荣发展成为 *Chinese Literature* 得以前进的内在源泉——丰富多样的文学作品为它提供了重要的素材,多元共生的文学阵地和文学奖项成为它选择具体素材的重要保证,被称为新时期文学的中国当代文学作品所体现的重要主题和内容则成为它呈现国家形象的具象代表。最后,新一轮翻译高潮的到来为翻译工作带来宽松的政策,促进了翻译实践、翻译理论和翻译研究的发展,为 *Chinese Literature* 在进行跨文化传播和交际、塑造国家形象时的翻译策略使用提供了潜在指导。

第二章 译介选材 国家形象之具体呈现

　　文学译介是实现世界各国文学交流、世界人民互相了解的一种重要途径。它既可以是一种异域"译入",亦可以是一种本土"译出",这两种译介方式虽然最终都将文学作品带入相同的归宿,但其中文学作品的选择、翻译这两大重要环节分别在原语国家和译语国家两种不同的意识形态和诗学体系中完成(参见图 1.1 和图 1.2)。因此,作为文学译介初始环节的文本选择,表面上看起来是个别译者或出版社的行为,但实际上是社会规范在翻译领域的具体体现。其一,译者或者出版社植根于具体的原语文化或译语文化,在长期的社会化过程中习得了本文化中的社会规范,具体而言即为翻译规范,在选择所要译介的文本时会有意无意地将这一规范贯穿其中。其二,根据翻译目的论的说法,任何翻译都是有目的的。在文学译介的过程中,文学的异域"译入"与本土"译出"分别服务于两种不同文化的意识形态和诗学体系,实现着各自不同的译介目的,这就决定了译介主体会在译介实践中进行人为的干预和操控。于是,在不同的社会规范和翻译目的的影响下,中国文学的异域"译入"和本土"译出"呈现给英语文化读者不同的中国文本,形成了中国形象的"他塑"和"自塑"。

　　第一,西方"译入"的文本选择与中国形象的"他塑"。西方世界在译介中国文学时,会"按照西方人特定的标准,有选择地进行翻译、介绍、研究"[1],对中国进行"他者化"塑造。这种"他者化"塑造早期是相对正面的,后期多显负面,这都是根据西方世界的自身需要出发的。18 世纪,当欧洲

---

① 李朝全. 文艺创作与国家形象. 北京:华艺出版社,2007:2.

国家正经历启蒙运动,需要注入新的他者的力量之时,中华民族向善、崇礼的儒家伦理价值观念受到追捧,体现这一文化的代表作品《赵氏孤儿》便成为西方世界的宠儿,它不断被翻译改写,成功塑造了中国的正面形象。此外,同一时期还有三部小说在西方国家得到译介,一为《今古奇观》,二为《好逑传》,三为《玉娇梨》,均是因为这些文学作品既"包含浓重的中国社会伦理观念",所讲述的故事又很新奇,能"满足欧洲人对中国文化的好奇心理"。①19 世纪,在来华传教士的有力推动下,中国文学在西方世界的翻译传播取得了重要成就,不仅有众多中国文学作品不同语种的译本出现,关于中国文学的研究也开始形成。这一时期得以在西方国家翻译出版的中国文学作品主要是中国古典文学作品,即清代及以前的中国文学作品,"据王尔敏的《中国文献西译书目》,十九世纪的中国古典小说西译本(包括转译本)达 163 种以上,戏曲译本(包括转译本)达 126 种以上,诗歌译本(包括转译本)达 56 种以上,散文译本(包括转译本)有 14种"②。古典文学在西方译介的热闹场面与清代以后的作品在西方的相对缺场从另一个侧面说明西方人对中国文化和中国文学的厚古薄今。在他们看来,中国的辉煌与成就只属于过去,闭关锁国的中国不过是愚昧落后的"东亚病夫"。这种价值判断自然决定了这一时期西方世界在选择中国文学作品时的价值取向。进入 20 世纪上半叶后,中国问题成为欧美汉学界的重点研究课题之一,但中国文学在西方的译介却显得缓慢和稀少,无论是古典文学还是现代文学(在当时而言为当代文学)在西方的译介都不活跃,只有个别作家受到西方青睐。这一时期,鲁迅作品在欧洲和美国的重点译介便是最恰当不过的例子。在其艺术价值之外,鲁迅作品因其对中国社会现实敏锐、透彻的观察而具备不可多得的社会价值,成为西方人了解现代中国"最为简便易行并且会大有收获的途径"③。20 世纪 50 年

① 孔许友. 中国文化软实力与中国文学对外传播的变迁. 成都:四川大学,2010:90.
② 孔许友. 中国文化软实力与中国文学对外传播的变迁. 成都:四川大学,2010:110.
③ 顾钧. 王际真的鲁迅译介. 新文学史料,2012(3):176-180.

代到 70 年代,由于意识形态的巨大差异,世界形成东西两大阵营,双方的文学交流在意识形态的强大作用下基本中断。之后,这种状态随着 1979 年中美建交开始改善,长期的隔绝使得双方都迫切渴望了解对方的状况,尤其是西方国家,对刚刚经历"文革"的中国充满极大的好奇,因此,整个 20 世纪 80 年代,"文革"始终是西方国家中关于中国的畅销书籍和流行故事的重要主题。在中国当代文学的英译方面,尤其是 20 世纪 70 年代末至 80 年代初,各种"文革"后中国当代文学英译选集在西方国家不断出现。这些选集的体裁以小说为主,诗歌和戏剧(话剧)为辅。最早的是 1979 年佳作书局(Paragon Books)出版的《中国当代短篇小说选》(*Stories of Contemporary China*),选集选取了 1977 年至 1979 年中国的 7 篇短篇小说,随后有 1979 年香港联合出版社出版的白杰明(Geremie Barme)和李孟平(Bennett Lee)编译的《伤痕:"文革"新小说 1977—1978》(*The Wounded:New Stories of the "Cultural Revolution"*)。1980 年,由许芥昱(Kai-yu Hsu)选编、印第安纳大学出版社出版的《中华人民共和国文学》(*Literature of the People's Republic of China*),选编了个别新时期文学作品,以突出 1978 年以后中国文学中与主流意识形态相异的声音。1983 年是中国当代文学选集出版最多的一年,有英国普鲁托出版社出版的班国瑞(Gregor Benton)主编的《野百合花,毒草:人民中国的异议之声》(*Wild Lilies,Poisonous Weeds:Dissident Voices from People's China*),林培瑞的两部合集《顽强的野草:"文革"后中国大众争议文学》(*Stubborn Weeds:Popular and Controversial Chinese Literature after the "Cultural Revolution"*)、《人妖之间及毛泽东时代以后的其他中国小说与报告文学》(*People or Monsters? and Other Stories and Reportage from China after Mao*),牛津大学出版社出版的萧凤霞(Helen Siu)和斯特恩(Zelda Stern)主编的《毛泽东的收获:中国新一代声音》(*Mao's Harvest:Voices from China's New Generation*),香港联合出版社出版的詹纳尔(W. F. J. Jenner)主编、白杰明和李孟平翻译的《香花毒草:中国短篇小说选》(*Fragrant Weeds:Chinese Short Stories Once Labeled as Poisonous Weeds*)。1984 年林培瑞再度出版了《玫瑰与荆棘:中国小说的第二次百花时期(1979—1980)》(*Roses and Thorns*: *The Second Blooming of the Hundred Flowers in Chinese Fiction*, 1979—1980)。这些作品一度成为西方人了解"文革"时期的中国和"文革"后中国最新状况的"社会历史文献",而他们的选材更侧重于那些在中国国内"有争议的""发出不同声音的"作品。以林培瑞的《顽强的野草:"文革"后中国大众争议文学》为例,其中收录的主要作品包括郑义的小说《枫》、蒋子龙的小说《基础》、白桦的小说《一束信札》、沙叶新的话剧《假如我是真的》等,这些作品都以完整版本在该选集中出现,且均属于同时期在国内饱受争议,或禁止出版的作品。正是通过这一"噱头",该书自出版后广受关注,1984 年至 1985 年,相关汉学家对其所做评论多达 4 次(通过 JSTOR 数据库搜集得到)①,多于其他选集。这些著名的中国当代文学权威研究者对该书所做的评论对其在西方的传播起到了至关重要的作用,该书在欧美图书馆的馆藏量也达到了迄今为止的历史之最(988 家图书馆收藏)②。这些作品虽然成为中国社会思想解放在西方的第一波传播,但由于所含作品的时间性和争议性,整个 20 世纪,西方人眼中"饥荒动乱、暴政恐怖、邪恶堕落"的中国形象并没有很大改观。③

　　第二,中国"译出"的文本选择与国家形象"自塑"。这种"自塑"相对于西方的"他塑"似乎有点姗姗来迟,且显得势单力薄,主要是中国一些有识之士的个体行为。最早认识到中国形象自我塑造重要性的是中学西传

①　这 4 篇同名标题的评论分别是:Leung, K. C. Stubborn Weeds: Popular and Controversial Chinese Literature after the "Cultural Revolution". *World Literature Today*, 1984 (4): 663; King, R. Stubborn Weeds: Popular and Controversial Chinese Literature after the "Cultural Revolution". *Pacific Affairs*,1984(3) 498-500; Siu, H. Stubborn Weeds: Popular and Controversial Chinese Literature after the "Cultural Revolution". *The Journal of Asian Studies*. 1985 (2): 377-378; Louie, K. Stubborn Weeds: Popular and Controversial Chinese Literature after the "Cultural Revolution". *The Australian Journal of Chinese Affairs*, 1985(14):158-160.

②　何明星. 欧美翻译出版中国当代文学作品的现状及其特征. 出版发行研究,2014 (3): 17.

③　周宁. 世纪末的中国形象:莫名的敌意与恐慌. 书屋,2003(12): 50.

的三大代表人物——陈季同、辜鸿铭和林语堂。陈季同以《聊斋志异》为基础编译《中国故事集》，因为这些故事能比较完整地呈现中国社会的风俗习惯，表现中华民族理解幸福的独特方式。① 辜鸿铭译介《论语》《中庸》，认为这两本书能够向英语国家的人们展现中国自古以来丰富的道德阐释，希望通过这两本小书的译介，阐明中国之"道"的精深微义，引起西方人反思自身对中国人乃至中国的成见以及双方交往的态度与方式。② 林语堂的经典译著《浮生六记》则是带领西方人了解中国人的生活态度和哲学的优秀作品。

中国古典文学反映中国传统文化，但中国传统文化只是中国文化的一部分，是中国形象的部分呈现。"五四"后的中国，尽管长期处于战乱状态，向英语世界译介现代文学困难重重，但终究还是有所作为。旅华美国人威廉·阿兰出资，创办了中国国内首份译介中国现代文学的私人期刊《中国简报》(*China in Brief*)，由萧乾担任主编。之后，《天下月刊》打破了"现代文学西传的非系统性和私人性格局"，以"思想性"和"普遍性"为选稿标准，1935—1937 年以反映中国新文学的发展为主，译介现代文学各类流派作品；1937—1941 年主要译介抗日战争题材的作品，向英语世界的人民展示中国人民救亡图存的革命精神。③

新中国成立后，负责中国对外宣传工作的中国外文局创办多种对外宣传期刊，进行中国形象的自塑，*Chinese Literature* 便是中国国家政府通过文学树立中国新形象的重要途径。*Chinese Literature* 在选材时严格遵守国家对外宣传原则，20 世纪 50 年代面向亚非拉的读者，20 世纪 60 年代面向民族主义国家和资本主义国家的知识分子，重点译介"反映我国人民的革命斗争和社会主义的建设事业"④的文学作品，让"读者通过《中国文学》了解中国的文学，了解中国是支持和平，热爱和平的；可以看到过去

---

① 陈季同. 中国人自画像. 黄兴涛，等译. 贵州：贵州人民出版社，1998：297.
② 辜鸿铭. 辜鸿铭文集. 黄兴涛，等译. 海口：海南出版社，1996：346,512-513.
③ 严慧.《天下》与中西文学交流. 苏州：苏州大学，2009：137.
④ 周东元，亢文公. 中国外文局五十年史料选编（一）. 北京：新星出版社，1999：161.

灾难的中国现在怎样翻过身来,可以看到中国的新气象"①。《保卫延安》《山乡巨变》《创业史》等革命建设题材和《红日》《上甘岭》《红岩》《红旗谱》等革命战争题材的"红色经典"成为译介重点。20 世纪 70 年代,党的十一届三中全会后,中国进入全面改革开放阶段。新的时期,结合全新的国际环境和国内政治局势,我国制定出全新的对外宣传工作战略方针和目标,即"向尽可能多的外国人","真实地、丰富多彩地、生动活泼地、尽可能及时地介绍我国情况"。② Chinese Literature 作为我国的外宣期刊之一,积极贯彻这一方针,面向国外一切读者发刊,将反映中国当下现实的中国文学最新成果带给世界人民,让他们重新认识新中国,对新时期中国国家形象的塑造发挥了至关重要的作用。

第三,1978—1989 年 Chinese Literature 新时期文学译介概况。从 1978 年末开始,Chinese Literature 基本同步译介我国新时期的文学作品,首先保证了对外宣传工作的及时性。"真实、丰富多彩、生动活泼"则主要依赖于文学作品的译介选材。两篇新时期标志性的文学作品拉开了 Chinese Literature 新时期译介的序幕:一是苏叔阳的话剧《丹心谱》("Loyal Hearts",1978 年第 10 期)③,二是徐迟的报告文学《哥德巴赫猜想》("The Goldbach Conjecture",1978 年第 11 期)。

《丹心谱》于 1978 年 3 月 25 日在首都剧场公演,受到观众的热烈欢迎,被评论界称为中国新时期文艺复活的第一炮,后刊登于《人民戏剧》1978 年第 5 期,同年得到 Chinese Literature 译介,1979 年荣获庆祝中华人民共和国成立三十周年创作一等奖。这部戏剧依据当时"真实地再现典型环境中的典型人物","根据实际生活创造出各种各样的人物来,帮助群众推动历史的前进"的马克思主义创作原则,以老中医、党的干部、记者、舞蹈演员等为时代代表,将广大人民的共同心声——遭遇压迫时的苦

---

① 周东元,亓文公. 中国外文局五十年史料选编(一). 北京:新星出版社,1999:316.
② 戴延年,陈日浓. 中国外文局五十年大事记 1949—1999. 北京:新星出版社,1999:348.
③ 本章均在括注中写明译本在 Chinese Literature 上发表的年份和期号。

闷、最终胜利后的欢欣——表达出来。① 作品"通过现实生活的真实再现，通过斗争生活的生动图景的描绘，通过真实可信、有血有肉的人物形象的展现，使这样一个'人同此心、心同此理'的真理，娓娓动听地合情合理地表达和流露出来"②。这种"真实"给人带来畅快淋漓的感觉，将知识分子坚定、有风骨、勇于创新的一面展现出来，以文学的隐喻修辞阐述"文革"后中国的变化：知识分子不仅迎来了科学的"春天"，也迎来了自己在社会主义革命和建设中的"春天"。作为社会主义文化和科学事业发展的主体，知识分子得到正名，知识和科学的正当性在新时期的中国得到认可。

其实，早在1978年年初，一枝"我国科学文化繁荣昌盛的报春花"就开始为知识分子、为科学知识进行正名了③。它就是《哥德巴赫猜想》。《哥德巴赫猜想》发表于1978年第1期的《人民文学》，响应1978年3月将要召开的全国科学大会"落实党的知识分子的政策"的号召，以著名数学家陈景润为主角，全文以陈景润的"病"为主线，进行病理分析，最后得出结论，认为只有代表科学真理的知识分子才能对此做出诊断并将"肿瘤"切除。这正是国家对知识分子的肯定，对科学知识正当性的定位。这种肯定与定位的深层解读便是作品与官方话语的契合与同构。作品反映着当时的国家发展需求、国家政策以及话语体系，即要实现"四个现代化"的迫切要求，要"向科学技术现代化进军"。从另一个方面讲，作品又是"文革"后党和政府的一种形象重构。以陈景润为代表的知识界和科学界的"千里马"需要"伯乐"的发现，而优越的社会主义制度恰恰为"伯乐"的产生提供了必要条件。④

两部作品均歌颂了知识分子不畏困难进行科学研究和科学工作的社

---

① 苏叔阳. 从实际生活出发塑造人物——创作《丹心谱》的几点体会. 人民戏剧，1978(5)：62.

② 冯牧. 丹心似火　斗志如钢——看话剧《丹心谱》. 人民戏剧，1978(5)：56.

③ 潘旭澜. 报告文学的新里程碑——论《哥德巴赫猜想》集. 复旦学报(社会科学版)，1979(3)：92.

④ 详见《哥德巴赫猜想》编者按. 人民日报，1978-02-17(2)."我们有毛主席革命路线的指引，有优越的社会主义制度，有勤劳、智慧的八亿人民，会有更多的'伯乐'来发现、选拔、培养和支持更多的'千里马'。"

会主义革命精神,作品中知识分子的优秀品质所带来的正面能量和作品
背后中国社会即将发生的转型为人民带来力量。其中最重要的、最扣人
心弦的根本在于,这两部作品阐明了人心所向的价值标准是什么,中国要
思考的问题是什么,精神层面上要进行哪些修复。这两部作品的译介为
Chinese Literature 奏响了新时期重塑中国国家形象的序曲,它们通过真
实具体的社会背景描写、知识分子正面形象的塑造告诉英语世界的人民,
中国即将迎来一场巨大的变革,这场变革将是深刻的、直入精神和思想领
域的。

据统计,1978 年年末至 1989 年, *Chinese Literature* 共译介新时期作
家约 283 名,作品 400 余篇,以小说为主,诗歌次之,附加以散文、寓言、话
剧等。译介内容不仅有中国当代文学发展主潮中的"经典"作品——反映
"文革"创伤、反思"文革"历史的伤痕文学,展示中国改革开放的改革文
学、民族文化回归的乡土寻根文学,也有中国当代文学史书写中被遮蔽的
"非主流"作品。因此, *Chinese Literature* 在新时期当代文学的译介中,以
层次分明、错落有致的文学文本反映了中国社会在这一时期的历史变化
和社会现实。

第一节 "伤痕"主题作品与"文革"镜像

伤痕文学是"文革"后中国新时期文学的第一股主潮流,发端于 1977
年,以刘心武的《班主任》("The Class Teacher")为标志。*Chinese
Literature* 从 1979 年第 1 期开始译介"伤痕"相关主题的作品,向英语世
界的人民展示了蓄势复兴之中国。刘心武的《班主任》和《爱情的位置》
("A Place for Love")成为新时期 *Chinese Literature* 的首选译介篇目。
随后,对"伤痕文学"的定名起到关键作用的《伤痕》("The Wound",卢新
华,1979 年第 3 期)得到译介。此后到 1983 年的一段时间里①,从最初表

---

① 1979 年到 1981 年这三年是伤痕、反思文学的译介高潮,自 1982 年起,这两种文学
作品只限于零星译介。

现手法稚嫩的感伤书写到"较为成熟"的理性反思,*Chinese Literature* 在译介选材上突破了原有诗学传统中的完全歌颂主题,通过对不同阶层人物在"文革"中所受劫难的描述和对"文革"之后的新政带来的曙光的呈现,向英语世界读者展现出一系列他们想要了解的"文革"真实图景和文本背后"文革"后中国社会正在进行的政治变革。(详见表 2.1)

表 2.1　*Chinese Literature*(1979—1989 年)所译介伤痕文学、反思文学及
知青文学主要作品概览

序号	作品名 (原作者)	*CL* 期号	英译名 (译者)	主题、作品中的主要人物	备注(原文所载刊物及获奖情况)
1	班主任 (刘心武)	1979.1	The Class Teacher (无标注)	·挽救深受"文革"思想影响的孩子 ·谢慧敏、宋宝琦:受"四人帮"迫害的青少年	《人民文学》(1977.11) 获 1978 年全国优秀短篇小说奖
2	爱情的位置 (刘心武)	1979.1	A Place for Love (无标注)	·爱情理应在生活中占有重要位置 ·亚梅:"四人帮"扭曲爱情观的牺牲者;孟小羽、冯姨:健康、高尚爱情的追求者	《十月》(1978.1)
3	伤痕 (卢新华)	1979.3	The Wound (无标注)	·"文革"对青年一代社会价值观的影响 ·王晓华:受"四人帮"极"左"思想影响下背离正常家庭伦理的青少年	《文汇报》(1978-08-11) 获 1978 年全国优秀短篇小说奖
4	姻缘 (孔捷生)	1979.5	My Marriage (无标注)	·"文革"时期对婚姻的政治干涉 ·梁小珍:"四人帮"扭曲爱情观的抗争者;伍国梁:受"四人帮"迫害的华侨知识分子	《作品》(1978.8) 获 1978 年全国优秀短篇小说奖
5	神圣的使命 (王亚平)	1979.6	My Sacred Duty (无标注)	·"文革"中受害知识分子平反问题 ·白舜:"文革"中受迫害入狱的知识分子;王公伯:维护社会主义法制的公安干部	《人民文学》(1978.9) 获 1978 年全国优秀短篇小说奖

（续表）

序号	作品名（原作者）	CL 期号	英译名（译者）	主题、作品中的主要人物	备注（原文所载刊物及获奖情况）
3	独特的旋律（周嘉俊）	1979.7	A Special Melody（无标注）	·遭受"文革""创伤"的知识分子 ·阴萍：经历"创伤"，忘我工作为国家建设积极奉献的工程师	《上海文学》（1979.2）获 1979 年全国优秀短篇小说奖
6	弦上的梦（宗璞）	1979.8	Melody in Dreams（无标注）	·"文革"对青少年教育的中断和耽误 ·梁遐：因父母受"四人帮"迫害失去家庭的青少年	《人民文学》（1978.12）获 1978 年全国优秀短篇小说奖
7	从森林里来的孩子（张洁）	1979.9	The Music of Forests（无标注）	·"文革"导致青少年教育在大山深处的无法展开 ·梁启明：受"四人帮"迫害下放山区的青年知识分子；孙长宁："文革"时期无法接受教育的青少年	《北京文艺》（1978.7）获 1978 年全国优秀短篇小说奖
8	我们家的炊事员（母国政）	1980.2	Our Family's Cook（无标注）	·"文革"期间知识分子无法正常投身自我工作的境况 ·韩冠芳：走出"文革"，走向改革、积极投身国家建设的知识分子	《北京文艺》（1979.6）获 1979 年全国优秀短篇小说奖
9	草原上的小路（茹志鹃）	1980.3	The Path through the Grassland（无标注）	·关于拨乱反正的思考，极左思潮对青年一代生活观、爱情观的影响 ·石均：极左思潮影响的青年一代	《收获》（1979.3）
10	大墙下的红玉兰（从维熙）	1980.4	The Blood-Stained Magnolia（无标注）	·"文革"中的劳改景象 ·葛翎：受迫害的公安干部	《收获》（1979.2）获 1977—1980 年全国优秀中篇小说二等奖
11	黑旗（刘真）	1980.5	The Black Flag（无标注）	·"大跃进""反右"运动 ·罗萍：大跃进中被划为"右派"的女干部	《上海文学》（1979.3）

（续表）

序号	作品名 （原作者）	CL 期号	英译名 （译者）	主题、作品中的主要人物	备注（原文所载刊物及获奖情况）
12	小镇上的将军 （陈世旭）	1980.6	The General and the Small Town （无标注）	•"文革"对军队干部的影响 •将军:"文革"中身处逆境、矢志不渝的将军	《十月》1979 创刊号 获 1979 年全国优秀短篇小说奖
13	说客盈门 （王蒙）	1980.7	A Spate of Visitors （无标注）	•针砭"文革"后"关系之上"的社会时俗 •丁一:"文革"中几经波折、"文革"后为群众谋事、坚守原则的共产党员干部	《人民日报》 (1980-01-12)
14	悠悠寸草心 （王蒙）	1980.7	The Barber's Tale （无标注）	•1949 年到"文革"后干部作风、党群关系的变化 •唐久远:"文革"中受到迫害却平易近人;"文革"后担任市委书记,却脱离群众	《光明日报》 (1979-10-21) 获 1979 年全国优秀短篇小说奖
15	夜的眼 （王蒙）	1980.7	A Night in the City （无标注）	•"文革"后中国面临的干部特权、权力与利益关系的现实问题 •陈杲:被放逐二十多年、从边远小镇重返城市的一位作家	《上海文学》 (1979.9)
16	信任 （陈忠实）	1980.8	The Luos at Loggerheads （无标注）	•"文革"对于农民人性的扭曲 •罗坤:不计前嫌、不徇私情的平反干部	《陕西日报》 (1979-06-30) 获 1979 年全国优秀短篇小说奖
17	海 （王宗汉）	1980.8	The Sea （无标注）	•"文革"对于知识分子的伤害和对人性的扭曲 •张跃山:"文革"中为保全自己而掩盖事实的医生;关云海:"文革"中受害,"文革"后爱惜人才、心胸宽广的医院书记	《北方文学》 (1980.1)

（续表）

序号	作品名（原作者）	CL期号	英译名（译者）	主题、作品中的主要人物	备注（原文所载刊物及获奖情况）
18	改选（史中兴）	1980.9	The Re-election（无标注）	• "文革"给大学教学科研工作带来的重重困难 • 江浩、唐兆林：能正视"文革"遗留影响、积极推进大学干部选举体制和科学事业发展的前进力量	《人民文学》（1979.10）
19	人到中年（谌容）	1980.10	At Middle Age（无标注）	• "文革"后中年知识分子所面临彷徨和选择 • 陆文婷：兢兢业业、坚守岗位的普通中年知识分子形象；姜亚芬、刘学尧：经历"文革"后选择"出国"的知识分子	《收获》（1980.1）获1977—1980年全国优秀中篇小说一等奖
20	审判（李栋，王云高）	1980.12	The Trial（无标注）	• "文革"时代造成的对法律的片面认识，呼唤法律尊严 • 刘磊：大型水库工程师，一心求快、违背客观规律，最终受到法律惩罚	《长江文艺》（1980.5）
21	蝴蝶（王蒙）	1981.1	The Butterfly（Gladys Yang[戴乃迭]）	• 新中国成立三十年来中国政治变化 • 张思远："文革"前的市委书记，"文革"中的"叛徒"、"特务"，"文革"后的"国务院某部长"	《十月》（1980.4）获1977—1980年全国优秀中篇小说一等奖
22	月食（李国文）	1981.4	Lunar Eclipse（喻璠琴）	• 党的十一届三中全会后的历史反思 • 伊汝：被放逐二十二年后重新寻找当年纯真爱情的新闻记者	《人民文学》（1980.3）获1980年全国优秀短篇小说奖
23	你是共产党员吗（张林）	1981.4	Are you a Communist Party Member?（胡志挥）	• "文革"对于一些干部的伤害 • "文革"后复职共产党员的恪尽职守、正直干练的正面形象刘大山	《当代》（1980.3）获1980年全国优秀短篇小说奖

（续表）

序号	作品名（原作者）	CL 期号	英译名（译者）	主题、作品中的主要人物	备注（原文所载刊物及获奖情况）
24	许茂和他的女儿们（周克芹）	1981.5-6	*Xu Mao and His Daughters*（王明杰）	·"文革"对农民思想的影响 ·许茂：积极先上的农民，在"文革"中逐渐变得顽固僵化、自私保守；许秀云："文革"中深受劫难而坚忍执着的农村女性	天津：百花文艺出版社，1980 获首届茅盾文学奖
25	错位的扣子（汪浙成，温小钰）	1981.7	Out of Place（喻璠琴）	·"文革"中干部任命的荒谬 ·孙学军："文革"中被莫名提拔为县委副书记，"文革"后返程流落街头，钉扣为生	《北方文艺》（1980.8）
26	天山深处的"大兵"（李斌奎）	1981.8	A Soldier in the Tianshan Mountains（王明杰）	·"文革"对于青年一代婚恋观、人生观的影响 ·郑志桐：反思历史、为祖国边疆建设贡献青春的年轻人；李倩：受"文革"影响、人生价值观发生改变的年轻人	《解放军文艺》（1980.9） 获1980年全国优秀短篇小说奖
27	春之声（王蒙）	1982.1	Voices of Spring（B. S. Mcdougall［杜博妮］）	·"文革"后的中国相对落后、需要大力发展的现实状况 ·岳之峰：国外考察刚刚归来、目睹中外差异的工程物理学家	《人民文学》（1980.8） 获1980年全国优秀短篇小说奖
28	空白（张抗抗）	1982.3	The Wasted Years（Shen Zhen）	·"文革"对青年一代教育的耽搁 ·徐利：热爱历史、希望重新接受教育却为历史原因和家庭环境所困的青年	《小说季刊》（1982.2）
29	灵与肉（张贤亮）	1982.6	A Herdsman's Story（胡志挥）	·"文革"知识分子的"改造" ·许灵均：久经人生沉浮的知识分子	《朔方》（1980.9） 许1980年全国优秀短篇小说奖

(续表)

序号	作品名（原作者）	CL 期号	英译名（译者）	主题、作品中的主要人物	备注（原文所载刊物及获奖情况）
30	被爱情遗忘的角落（张弦）	1982.11	A Corner Forsaken by Love（Yang Nan）	· 封建和卫道势力对人性的压抑 · 存妮、小豹子："文革"浩劫后依旧受封建思想深刻影响的中国贫困农村中的爱情悲剧人物；荒妹：逐渐觉醒、进行抗争的农村女孩	《上海文学》（1980.1）获1980年全国优秀短篇小说奖
31	爬满青藤的木屋（古华）	1982.12	The Log Cabin Overgrown with Creepers（W. J. F. Jenner［詹纳尔］）	· "文革"愚昧的人性践踏 · 王木通：勤劳模范却自私守旧，摧残文化；李幸福："文革"中受迫害的知识分子	《十月》（1981.2）获1981年全国优秀短篇小说奖
32	风筝飘带（王蒙）	1983.3	Kite Streams（Lü Binghong）	· "文革"中没有学到文化知识的青年一代面临的现实问题 · 佳原、素素：受"文革"耽误，没上大学、逆境成才的年轻人	《北京文艺》（1980.5）
33	这是一片神奇的土地（梁晓声）	1983.5	A Land of Wonder and Mystery（Shen Zhen）	· 知青在上山下乡运动中的奋斗与牺牲，其历史情绪的真实反映 · 李晓燕、王志刚：追逐青春梦想的知青一代	《北方文学》（1982.8）获1982年全国优秀短篇小说奖
34	雕花烟斗（冯骥才）	1983.9	The Carved Pipe（Susan W. Chen）	· "文革"中对知识分子的冷落 · 画家"唐先生"："文革"中被迫停画的画家	《当代》（1979.2）获1979年全国优秀短篇小说奖
35	我的遥远的清平湾（史铁生）	1984.1	My Faraway Qingpingwan（Shen Zhen）	· 知青对插队生活的记忆 · "我"：从北京到山西插队的知识青年	《青年文学》（1983.1）获1983年全国优秀短篇小说奖

（续表）

序号	作品名（原作者）	CL 期号	英译名（译者）	主题、作品中的主要人物	备注（原文所载刊物及获奖情况）
36	浮屠岭（古华）	1984.2	Pagoda Ridge（Gladys Yang[戴乃迭]）	·拯救"文革"影响下崩溃的集体经济 ·田发青：引领民众走活集体生产的生产队长	《当代》(1982.2)
37	本次列车终点（王安忆）	1984.3	Destination（喻璠琴）	·返城知青的现实问题 ·陈信：当年响应号召，上山下乡，"文革"后重新返城的知识青年	《上海文学》(1981.10)获1981年全国优秀短篇小说奖
38	绿化树（张贤亮）	1985.1	Mimosa（Gladys Yang[戴乃迭]）	·弘扬人性论人道主义 ·章永璘：自然灾害和"左"倾错误中遭受压抑、限制却力求在精神上超越自我的青年诗人	《十月》(1984.2)获1983—1984年全国优秀中篇小说奖①
39	祖母绿（张洁）	1985.2	Emerald（喻璠琴）	·"反右"运动中知识分子的坎坷经历 ·曾令儿："反右"运动中经历坎坷的知识女性	《花城》(1984.3)获1983—1984年全国优秀中篇小说奖
40	高女人和她的矮丈夫（冯骥才）	1985.4	The Tall Woman and Her Short Husband（Gladys Yang[戴乃迭]）	·"文革"对知识分子的创伤 ·"矮丈夫"："文革"中受到批斗的工程师	《上海文学》(1982.5)
41	高原上的风（王蒙）	1986.3	The Wind on the Plateau（喻璠琴）	·"文革"后知识分子的境况 ·宋朝义：经历"文革"之后面对新时期中国社会变化深感彷徨的中学特级教师	《人民文学》(1985.1)

---

① 根据 http://www.chinawriter.com.cn/zx/2007/2007-01-08/875.html，1983—1984 年全国优秀中篇小说奖没有具体奖项等级分布。

(续表)

序号（原作者）	作品名（原作者）	CL 期号	英译名（译者）	主题、作品中的主要人物	备注（原文所载刊物及获奖情况）
42	减去十岁（谌容）	1987.1	Ten Years Deducted（Gladys Yang［戴乃迭］）	·"文革"对个人发展的延滞 ·季文耀："文革"中被耽误、即将退休的某局长；张明明："文革"中被耽误的工程师	《人民文学》（1986.2）
43	北极光（张抗抗）	1988.4	Northern Lights（Daniel Bryant）	·"文革"对于青年思想的影响 ·陆岑岑："文革"后，从朦胧到清晰、从彷徨到觉醒的青年	《收获》（1981.3）

　　注：1. 表中文学作品主题和文学形象描述主要参考文学作品本身、相关文学评论和王庆生编撰《中国当代文学辞典》、洪子诚编撰《中国当代文学史》、陈思和编写《中国当代文学史教程》以及陈晓明编写《中国当代文学主潮》等中国当代文学主要参考资料，具体见参考文献。

　　2. 备注中文学作品获奖情况主要参照中国作家协会网站。

　　3. 原作品出版发表信息主要为本书作者通过"全国报刊索引—期刊篇名数据库"查询所得。本书所列表中提及的刊物期号使用简写，1979.1 代表 1979 年第 1 期。

　　4. 关于个体译者在 *Chinese Literature*（1978—1989）的翻译情况，请参看附录 3。

　　5. 本章其他表格说明除特别情况外，都与此处相同。

　　"文革"之"疡"是新时期中国社会亟需解决的根本问题。在"文艺为社会主义服务、为人民服务"政策的指引下，文艺政策变得宽松自由。文学作品从有助于反映革命现实的"革命现实主义"作品和对革命未来美好进行展望的"革命浪漫主义"作品转变为符合社会主义新时期政治话语、契合人民心声的"文革"揭露和反思作品。"阴暗面"、爱情、性、监狱、劳改队、庸常琐碎的日常生活、心理和潜意识等成为这一时期的多元题材。①*Chinese Literature* 的译介同样受到这一时期政治话语的影响，对外宣传工作进入开放阶段，中国当代文学的对外译介在文学"写真实"的基础上实现"传真实"，对围绕"文革"所产生的不同题材作品进行译介，向英语世

---

① 　洪子诚. 中国当代文学史. 北京：北京大学出版社，2014：268.

界的读者呈现出中国政府新时期对文艺界的解禁和对"文革"的否定。译介文本以反映、揭露"文革""阴暗面"为整体特点,突出"文革"给中国人民和中国社会造成的严重内伤和未来中国社会生活不同方面所需实施的修复。如《班主任》、《弦上的梦》("Melody in Dreams",宗璞,1979 年第 8 期)、《从森林里来的孩子》("The Music of Forests",张洁,1979 年第 9 期),分别通过描写"文革"中过度灌输的政治教育、"文革"政治对于青少年一代教育的耽搁和游走于城市之外边远地区的无教育状态,反映青少年一代的教育问题;《爱情的位置》、《伤痕》、《姻缘》("My Marriage",孔捷生,1979 年第 5 期)、《草原上的小路》("The Path through the Grassland",茹志鹃,1980 年第 3 期)、《月食》("Lunar Eclipse",李国文,1981 年第 4 期)、《被爱情遗忘的角落》("A Corner Forsaken by Love",张弦,1982 年第 11 期)、《绿化树》("Mimosa",张贤亮,1985 年第 1 期)则突破了之前文学创作规定中的爱情描写禁区,描述"文革"时期爱情的政治化,或"文革"思想对于青年一代爱情观的负面影响,引起了爱情之于人的生活和事业的深刻反思;还有突出反映新时期公安人员维护社会主义法制的"公安文学"作品——《神圣的使命》("My Sacred Duty",王亚平,1979 年第 6 期)、《大墙下的红玉兰》("The Blood-Stained Magnolia",从维熙,1980 年第 4 期)、《审判》("The Trial",李栋、王云高,1980 年第 12 期)等。以上作品的译介旨在向英语国家读者展示,中国在新的历史时期要对从兴国之要的教育事业到固邦之本的法制领域进行及时彻底的修复、改变甚至是破除。

为将中国"文革"的真实镜像和"文革"后中国力图全面重建的社会语境真实全面地介绍给英语世界读者,Chinese Literature 选择以上作品,从不同层次的人群入手对"文革"历史语境做出真实展现。第一个层次的人群是青少年一代,以下面四部作品为代表:《班主任》透过班主任张俊石之眼看到受当时社会环境影响走上不同成长轨迹的两种青少年,一种是像谢惠敏一样"积极要求进步"的激进分子,另一种是像宋宝琦一样被无故贴上"资产阶级"标签的落后分子。两种人物之间的矛盾触发班主任张老师的心声——"救救孩子"。《伤痕》描绘出主角王晓华——一个信奉革命真理的女孩在当时政治影响下背弃基本家庭伦理的悲剧命运,以去世的母亲额头上的"伤痕"隐喻"文革"对两代人尤其是青年一代心灵上造成的伤痕。《弦上的梦》讲述了因父母遭受迫害而成为孤儿的梁遐的境遇,她生活无依无靠还屡遭批斗,导致其变得叛逆冷漠。《从森林里来的孩子》讲述的则是一位处于边远地区、在动荡年代无法接受教育的青少年的故事。第二个层次的人群是党的干部:《大墙下的红玉兰》描述了受迫害的公安干部葛翎在大墙之内所受到的不人道待遇。《黑旗》("The Black Flag",刘真,1980 年第 5 期)、《小镇上的将军》("The General and the Small Town",陈世旭,1980 年第 6 期)分别从被冤枉的省级女干部和被错定为"叛徒"的将军两个具体形象出发,刻画特殊时期一些党的领导干部的错误决定。王蒙的《说客盈门》("A Spate of Visitors",1980 年第 7 期)、《悠悠寸草心》("The Barber's Tale",1980 年第 7 期)、《蝴蝶》("The Butterfly",1981 年第 1 期)等小说则以"文革"后得到平反的老干部为主体,或通过对"文革"后复职或掌握权力的干部群体进行真实写照,对历史做出现实反思,反思打破旧的权利关系传统的必要性。第三个层次的人群是农民:《许茂和他的女儿们》(*Xu Mao and His Daughters*,1981 年第 5、6 期)是 *Chinese Literature* 在这方面选择的典型作品。作品以农民许茂和女儿许秀云的关系的曲折变化为主线,反映了"文革"时期农村政策对原本积极向上的农民的思想认识和价值观造成的深远影响。第四个层次的人群是知识分子,一个受影响最为严重的群体,如《姻缘》中的华侨知识分子伍国梁,《人到中年》("At Middle Age",谌容,1980 第 10 期)中的眼科医生陆文婷的丈夫傅家杰及好友姜亚芬、刘学尧夫妇,《雕花烟斗》("The Carved Pipe",冯骥才,1983 年第 9 期)中的画家唐先生,《绿化树》中的章永璘,《高女人和她的矮丈夫》("The Tall Woman and Her Short Husband",冯骥才,1985 年第 4 期)中的"矮丈夫"等,都是历史的亲历者,他们大多数都受到不同程度的不公正待遇。

　　值得一提的是,这一时期内,*Chinese Literature* 对王蒙的作品译介较多,1979—1989 年,*Chinese Literature* 译介的王蒙作品达 9 篇之多。这或许与其对"文革"后社会现实的个人敏感性及独特的反思有不可分割的关系。除了以上所提及的作品外，*Chinese Literature* 还译介了王蒙的《夜的眼》（"A Night in the City", 1980 年第 7 期）、《春之声》（"Voices of Spring", 1982 年第 1 期）、《风筝飘带》（"Kite Streamers", 1983 年第 3 期）、《高原上的风》（"The Wind on the Plateau", 1986 年第 3 期）、《轮下》（"Under the Wheel", 1987 年第 3 期）等作品。除《轮下》是对真实人物的描写外，其他几部小说分别虚构了从放逐边远小镇重返城市参加座谈会的作家，一个国外考察刚刚归来的知识分子，两个受"文革"耽误未上大学的青年人和"文革"后从边疆回归城市、获得新生的普通知识分子，从他们的视角出发，生动描写了中国刚刚进入 20 世纪 80 年代的现实状况和需要解决的具体问题——权利问题、社会发展问题、青年发展问题以及边疆建设问题。所有作品都以亲历历史劫难的个人为主角，以欲说还休的口吻阐述着"文革"结束后中国社会仍然面临着的方方面面的问题。这种对中国社会现实的具体描述和对国家前途命运的深刻反思，恰恰是中国社会进入新时期的开端和见证。

　　Chinese Literature 除了选载以上中国当代文学史的主流作品——伤痕文学、反思文学以及知青文学之中的主要代表作品外，还选择了一些在中国当代文学史上并不占据显著地位，即使中国读者都未必很熟悉，但仍然书写主流话语的作品，比如《并不可怕的女老师》（"A Terror Transformed", 竹林, 1979 年第 3 期）和《陌生人》（"The Stranger", 张林, 1980 年第 6 期）。这两篇文章短小精悍，虽然没有浓重的批判笔墨，却在字里行间透露着小人物的悲戚。《并不可怕的女老师》主要描写一位女老师对一位受"文革"影响的调皮学生的关心。全文描述了调皮学生从开始对老师的误解好奇到后来理解的过程，语言简单，却直击问题的要害所在。《陌生人》从一个小女孩的角度，描写了小女孩的父亲经历劫难从狱中返家后，父女无法相认的情景。这些文学作品的主题和人物形象的塑造都是中国在新时期拨乱反正政治话语的具体体现，它们中很多作品的获奖经历更是进一步表明了它们与主流政治话语的高度一致性。它们批判"文革"对中国社会发展造成的广泛深远的不良影响：从曾经显赫的干部、将军到懵懂无知的孩童，尤其关注对社会发展起到关键作用的知识分

子;从思想、政治到社会伦理和道德价值观,都进行了反思。这对于促进英语世界了解中国现实、实现交流与合作而言,自然也是非常重要的前提,毕竟"文革"让西方国家再一次对中国进行了"妖魔化"。只有让他们了解中国新时期新的现实情况和政治语境——中国自己也在正视、反省自身的问题和错误,在对历史做出客观的评价,在为未来发展努力调整——帮助他们去"妖魔化",双方才能形成沟通的基础。

否定过去的错误是开启全新未来的基础。上述文学作品的主题虽以揭露"文革"的"阴暗面"为主,但更是"文革"后中国社会正视历史、直面问题的集中体现。作为中国社会发展前进的象征,*Chinese Literature* 选取并基本进行同步译介的这些作品,正是向英语世界的读者展示"文革"后新时期中国和中国为破"旧"而出台的若干重要举措的重要途径。另外,相当一部分作品加入了对国家新时期所采取的诸多鼓舞人心的新政策的描写,以更为直接的方式阐释着新时期的中国语境:中国正在修正和调整各个领域的政策——对知识分子的政策、对文艺的政策、对知青的政策、对少数民族的政策、对台方针政策、国家经济发展的政策等。对这些政策的呈现正说明了我国破"旧"的决心和举措。

以上所列 *Chinese Literature* 的选本中,国家重新定位知识分子的新政策是大部分选本的基本特征,但同时不同的文本中也穿插或直接体现了这一时期国家的其他政策。如《班主任》体现了新时期的教育政策——国家对青少年一代采取"就近入学"的原则,保证每个孩子受教育的基本权利;王安忆的《本次列车终点》("Destination",1984 年第 3 期)反映了国家对知青的安置政策;《姻缘》通过对伍国梁父亲回国的描述体现了国家在新时期对待华侨的政策。此外,顾万明的《台鸽》("Taiwan Carrier Pigeon",1979 年第 10 期),李栋、王云高的《彩云归》("Rosy Clouds Return",1979 年第 11 期)都体现了国家新的两岸交往政策①,以及海峡两岸期待和平统一的基本愿望。

---

① http://www.china.com.cn/overseas/txt/2008-10/08/content_16583144.htm;
http://blog.sina.com.cn/s/blog_57b59cce0100e058.html.

总之，*Chinese Literature* 在破"旧"立"新"初期，其译介选材不仅考虑主题和文学形象的塑造，而且从文学反映的政治话语和社会语境出发，为英语世界的读者及时了解中国的变化提供了前提和基础。更为重要的是，这种真实暴露中国社会问题的译介选材反映了中国国家决策层在新的历史时期面对历史错误的勇气和坦率真诚的开放性，形成 *Chinese Literature* 更深层次的国家形象塑造。

第二节　改革文学与改革中国

"文革"之后，中国社会百废待兴，"改革"成为当时最强烈的呼声，工农业作为中国经济发展的基础，其改革被列为重要日程，并于党的十一届三中全会和六中全会后得到合理解释和全面落实。在社会经济发展环境的变化中，在新的文艺政策的引导下，中国文学也积极反映中国社会历史进程中的变化，许多作家选择以改革变化的过程以及其中的具体现象为创作素材，中国文坛出现了书写改革现实，描绘改革境况、成就与困难的改革文学，成为民族国家历史实践最直接明确的叙事方式。如果说伤痕文学、反思文学是在描述过去现实的基础上反观中国社会当下的发展走向，那么改革文学则是真正将焦点设立于中国当下，它是中国社会摆脱过去的伤痛、走出创伤，开始向前看、走向未来发展、真正立"新"的集中体现。作为唯一一本中国对外宣传的文学期刊，*Chinese Literature* 自然不能错失良机，更当积极把握中国社会发展的革新动向、发现中国文坛对于中国改革的具体呈现，在告诉英语世界中国社会已经打破旧时影响社会发展的桎梏的同时，向英语世界呈现正在立"新"的中国。工业改革和农业改革这两个时代的最强音成为 *Chinese Literature* 文学对外译介的主要主题。(详见表 2.2)

表 2.2　*Chinese Literature*(1978—1989 年)译介的改革文学作品概览

序号	作品名（原作者）	CL 期号	英译名（译者）	主题及主要内容	备注（原文所载刊物及获奖情况）
1	酒后吐真言（孙玉春）	1979.12	In Vino Veritus（无标注）	农村改革，党的十一届三中全会后农村解放思想过程中僵化封建官僚思想与新思想、新政策之间的矛盾	《安徽文艺》（1979.4）
2	乔厂长上任记（蒋子龙）	1980.2	Manager Qiao Assumes Office（无标注）	工业改革，以具有开拓精神的改革者乔光朴为主要形象，强调我国经济生产改革的必要性和艰巨性	《人民文学》（1979.7）获 1979 年全国优秀短篇小说奖
3	漫长的一天（高晓声）	1980.3	All the Livelong Day(无标注)	农村改革，描述"文革"后农村干部"官本位"思想盛行的境况，呼吁农村改革	《人民文学》（1979.8）
4	乔厂长后传（蒋子龙）	1980.9	More about Manager Qiao（无标注）	工业改革，将《乔厂长上任记》中的人事管理、人际关系等改革阻力扩展到经济体制僵化问题，进一步呼吁经济改革	《人民文学》（1980.1）
5	陈奂生上城（高晓声）	1980.12	Chen Huansheng's Adventure in Town（无标注）	农村改革，通过描写贫困农民陈奂生进城的一系列遭遇和心理变化，反映改革对农民思想认识的影响	《人民文学》（1980.2）获 1980 年全国优秀短篇小说奖
6	一个工厂秘书的日记（蒋子龙）	1980.12	Pages from a Factory Secretary's Diary（无标注）	工业改革，以一个工厂秘书的口吻，叙述了经济改革中"走关系"的社会风气	《新港》(1980.5)获 1980 年全国优秀短篇小说奖
7	南湖月（刘富道）	1981.2	The Moon on the South Lake（无标注）	工业改革，通过描写改革中的爱情故事，体现社会观念的嬗变	《人民文学》（1980.7）获 1980 年全国优秀短篇小说奖
8	今年第七号台风（蒋子龙）	1981.3	No. 7 Typhoon（无标注）	工业改革，揭露改革开放以后出国问题中的不正之风	《文汇增刊》（1980.4）

序号	作品名 （原作者）	CL 期号	英译名 （译者）	主题及主要内容	备注（原文所载刊物及获奖情况）
9	三千万 （柯云路）	1981.8	Thirty Million Yuan （喻璠琴）	工业改革，以整顿"三千万"投资的复杂局面为中心，呼吁应对经济改革中的歪风邪气	《人民文学》（1980.11）获 1980 年全国优秀短篇小说奖
10	内当家 （王滋润）	1981.9	My Better Half （喻璠琴）	农村改革，改革开放初期农民主人翁精神的集中体现	《人民文学》（1981.1）获 1981 年全国优秀短篇小说奖
11	典型事例 （马烽）	1981.9	A Typical Example （熊振儒）	农村改革，改革开放中农村干部不顾长远发展、只顾眼前利益	《汾水》（1981.2）
12	水东流 （高晓声）	1981.10	The River Flows East （胡士光）	农村改革，反映农村改革中新式农民的精神和生活面貌	《人民日报》（198-02-21）
13	乡场上 （何士光）	1982.1	In the Village Street （王明杰）	农村改革，农村经济改革对农民思想认识的解放	《人民文学》（1980.8）获 1980 年全国优秀短篇小说奖
14	枪口 （徐光兴）	1982.3	Shot Gun （Song Shouquan）	经济改革，市场经济过程中一些干部以权谋私的现实问题	《小说界》（1981.2）新时期优秀微型小说
15	陈奂生转业 （高晓声）	1982.4	Chen Huansheng Transferred （匡文栋）	农村改革，农村经济改革中农民面对新事物和新境遇的疑虑	《雨花》（1981.7）
16	拜年 （鲁南）	1982.4	New Year's Visit （胡志挥）	工业改革，针砭"官大辈就大"的时弊，呼唤革命传统回归	《山东文学》（1981.8）获 1981 年全国优秀短篇小说奖
17	调动之后 （赵致真）	1982.4	After the Decision of My Transfer （胡志挥）	工业改革，揭露体制改革过程中出现的"走后门"现象	《青春》（1981.7）
18	我们都有明天 （范小青）	1982.6	We All Have Our Tomorrows （Shen Zhen）	农村改革，农村改革中农民思想观念的变化	《人民文学》（1981.10）

（续表）

序号	作品名（原作者）	CL 期号	英译名（译者）	主题及主要内容	备注（原文所载刊物及获奖情况）
19	赤橙黄绿青蓝紫（蒋子龙）	1982.7	All the Colours of the Rainbow（王明杰）	工业改革，改革中城市青年对人生的重新认识，对改革的致力推进	《当代》(1981.4)获 1981—1982 年全国优秀中篇小说奖
20	火红的云霞（吕雷）	1982.8	Crimson Clouds（匡文栋）	工业改革，以某化工厂下马的事件为核心，充分展示了以主人公梁霄为代表的改革者不畏强权、为人民谋取利益的精神	《人民文学》(1982.1)获 1982 年全国优秀短篇小说奖
21	陈跛子和裘队长（京夫）	1982.8	Cripple Chen and Team Leader Qiu（Song Shouquan）	农业改革，反映新时期农村实施新政策之初所遇到的问题——"裘队长"一类贪图个人私利、不顾大局发展的部分农村干部	《延河》(1982.1)
22	拜年（蒋子龙）	1983.8	New Year Greetings（喻璠琴）	工业改革，描写某工厂年后松松垮垮、不事生产的消极状态	《人民文学》(1982.3)获 1982 年全国优秀短篇小说奖
23	南湾镇逸事（古华）	1983.8	It Happened in South Bay（Gladys Yang[戴乃迭]）	农村改革，农村干部借权谋私的不良作风	《北京文学》(1983.1)
24	舞台小世界（王安忆）	1983.9	The Stage, a Miniature World（Susan W. Chen）	经济改革，传统观念、落后积习与改革开放之间的矛盾冲突	《文汇》(1982.11)
25	围墙（陆文夫）	1984.1	The Boundary Wall（Rosie A. Roberts）	改革困境，讽刺夸夸其谈的坏习气，弘扬务实高效的踏实精神	《人民文学》(1983.2)获 1983 年全国优秀短篇小说奖
26	条件尚未成熟（张洁）	1984.3	The Time Is Not Yet Ripe（Gladys Yang[戴乃迭]）	干部改革，揭示干部制度改革中存在的问题	《北京文学》(1983.9)获 1983 年全国优秀短篇小说奖

（续表）

序号	作品名（原作者）	CL 期号	英译名（译者）	主题及主要内容	备注（原文所载刊物及获奖情况）
27	三门李轶闻（乔迈）	1984.3	What Happened in Sanmenli Village (Zhang Maijian)	农村改革，展现五名共产党员对农村经济改革的热情和敏感，以及在重大时刻正确处理党群关系的方法	《春风》（1981.6）获 1981—1982 年全国优秀报告文学奖
28	满票（乔典运）	1986.2	Voted Out（胡志挥）	农村改革，改革开放对中原农村人民思想的改变	《奔流》（1985.10）获 1985—1986 年全国优秀短篇小说奖

　　作为农业大国，中国的经济改革政策最先着眼于农村。因此，在改革文学尚未成为中国文学的主要潮流之前，一些描写农村改革的作品便已经出现在了中国文坛，贾平凹的《满月儿》（"Two Sisters"，1979 年第 4 期）便是其中之一。作品通过塑造性格迥异的两姐妹满儿和月儿，反映了农村年轻人对农业改革的追求和渴望，以及对农村面貌能通过改革得以变化的希望。作为在新时期"最早触及农村改革问题的作品之一"①，这部作品是 Chinese Literature 对中国改革景象的最初介绍。之后，引领中国文坛改革文学大潮的众多作品登上 Chinese Literature 的舞台。反映工业改革的作品具体有蒋子龙的《乔厂长上任记》（"Manager Qiao Assumes Office"，1980 年第 2 期）、《乔厂长后传》（"More about Manager Qiao"，1980 年第 9 期）、《一个工厂秘书的日记》（"Pages from a Factory Secretary's Diary"，1980 年第 12 期）、《今年第七号台风》（"No. 7 Typhoon"，1981 年第 3 期）、《赤橙黄绿青蓝紫》（"All the Colours of the Rainbow"，1982 年第 7 期）、《拜年》（"New Year Greetings"，1983 年第 8 期），柯云路的《三千万》（"Thirty Million Yuan"，1981 年第 8 期）和张洁的《条件尚未成熟》（"The Time Is Not Yet Ripe"，1984 年第 3 期）等。反映农村改革的具体作品有高晓声的《陈奂生上城》（"Chen Huansheng's

---

① 王庆生. 中国当代文学辞典. 武汉：武汉大学出版社，1996：282.

Adventure in Town", 1980 年第 12 期)、《陈奂生转业》("Chen Huansheng Transferred", 1982 年第 4 期)、《水东流》("The River Flows East", 1981 年第 10 期)、何士光的《乡场上》("In the Village Street", 1982 年第 1 期)、范小青的《我们都有明天》("We All Have Our Tomorrows", 1982 年第 6 期)等。

这些作品基本上以改革中的开拓者和普通大众、改革过程中所遇到的困境、改革对人民大众生活及思想价值观所产生的影响或改革成果为基本着力点,为英语世界的读者了解中国工农业改革的进程和面貌提供了重要的参考文本。

中国进入改革时代,人们迫切希望有"开拓者"成为革新力量,引领社会发展的新方向,推动改革和社会向前行进。这些"开拓者"有老一代的改革者,如"乔厂长"系列小说中的电机厂厂长乔光朴、《三千万》中的轻工局长丁猛,他们在改革大潮中身居领导岗位,是改革进程中的先锋,实事求是,力求革新,为中国社会新时期的四化建设扫清障碍。改革进程中的"开拓者"中,还有一类是年青一代的改革者,如《赤橙黄绿青蓝紫》中的解净。这些年轻的改革者深刻感受到"文革"对于社会发展的阻碍,他们在改革时代积极推动改革,身体力行,引导周围的人正确看待改革。这两类人成为中国改革进程中的英雄人物,他们与保守势力进行抗争,为人民大众谋求福利,人格几近完美,使改革事业在本就希冀改革的民众中更具亲和力。但改革不仅仅是英雄人物的个人事迹,也需要全体人民的参与和推进。陆文夫的《围墙》("The Boundary Wall", 1984 年第 1 期)中的马而立、"陈奂生"系列小说中的陈奂生和《乡场上》的冯幺爸等都是参与改革的普通人物。在众人坐而论道、空谈诘难之时,马而立却求真务实,以高时效建起了实用美观的围墙;农民陈奂生在面对农村改革时,不断进行思想斗争,由最初的犹豫不决、焦虑踌躇到后来的直接参与;冯幺爸在改革政策和观念的引领下,一改往日积习,辛勤劳动,创造新的生活。这些普通人物参与改革的过程一方面说明了改革之路的艰辛,另一方面则反映出了新时期中国改革政策的普惠所在。

当然,任何一个社会的改革都不可能一帆风顺,势必会遭遇方方面面的阻力。改革困境是新旧两种制度、政策交替时候必然产生的矛盾,中国的改革也是如此。以上 *Chinese Literature* 所选文本在赞扬改革开拓者和改革的积极参与者外,也展示了中国改革进程中的诸多问题和困难。这些困难一部分来自顽固僵化的保守势力的阻挠,如《乔厂长上任记》中技术层面之外的人事管理障碍和人际关系问题、《乔厂长后传》所体现的经济体制僵化问题、《三千万》中的"文革"遗留作风问题。改革遭遇的障碍另一部分则源自不良的社会风气和积习。如《一个工厂秘书的日记》中"走关系"、不务实的社会风气,《围墙》中夸夸其谈、无功邀赏的社会风气,《拜年》中工厂里不事生产、松松垮垮的歪风邪气,都为改革的推进造成了干扰和影响。这些作品的译介可以更全面地向海外展示中国的社会面貌,对英语世界的读者切实了解中国情况有所帮助。

改革的成果是 *Chinese Literature* 通过所选文本为英语世界所呈现的中国社会改革的另一个方面。这些文本中,比较突出的有"陈奂生"系列中,陈奂生的思想在经济改革大潮中的一些转变;《乡场上》中冯幺爸在新的经济制度下获得经济独立后敢于直言的进步;刘富道的《南湖月》("The Moon on the South Lake",1981 年第 2 期)中年轻一代对于爱情观念新的认识。

以上是 *Chinese Literature* 向英语世界展现的立"新"之中国过程,这一过程需要有开拓者引领航标,也需要人民大众积极推进,既有困难也有成果,客观真实。

上述文本基本属于中国当代文学史上改革文学的前期作品[①],主要反

---

① 详见:陈思和.中国当代文学史教程.上海:复旦大学出版社,2014:230-233.改革文学总体经历两个阶段,第一阶段以《乔厂长上任记》为发端、揭示新旧体制交替中的矛盾与冲突,作品以蒋子龙关于改革的一系列作品和高晓声的"陈奂生"系列为主;第二阶段则以张洁的《沉重的翅膀》为转折,剖析改革进程的艰难复杂,反映改革所带来的社会变化,特别是人们在思想观念和价值观等方面的变化,有《故土》(苏叔阳)、《人生》(路遥)、《花园街五号》(李国文)、《新星》(柯云路)、《腊月·正月》(贾平凹)、《鲁班的子孙》(王滋润)、《男人的风格》(张贤亮)、《秋天的愤怒》(张炜)等重要作品,这些作品大部分在 1989 年以后的 *Chinese Literature* 中得到译介。

映中国社会在"文革"后与"文革"告别、对新时期中国社会发展采取的革新举措,反映改革所遭遇的现实困境,同时也展示改革所取得的一定成效。换言之,以上 *Chinese Literature* 所选文本与前节所述的伤痕、反思文学文本形成对照呼应,以中国社会"文革"时期的真实状态反映中国社会的变革需求,以改革进程中的深入描写反映中国在"文革"之后的破"旧"立"新"之举。

第三节　乡土寻根作品与民族中国

从"文革"结束到 20 世纪 80 年代上半期,中国的文学事业在思想解放运动的推动之下,"伤痕""反思""改革""知青"文学浪潮,一个接着一个,虽然成绩斐然,但终究是主流意识形态规范下"重述、反思'文革'的历史叙事","就文学与社会现实的关系而言,它已经达到巅峰状态",但"就其艺术而言,并没有多少实质性的突破"。[①] 这也许就是英语世界的读者把这些文本当作了解中国的社会历史文献的原因之一。

但实际上,"文革"后社会环境的整体变迁和新的文艺政策的落实使作家有更多个性的发挥。在与中国社会现实紧密结合的"伤痕"等文学主潮之外,一些作家另辟蹊径,强调民族书写,一些乡土小说、市井小说等具有地方特色的文学作品也得到了发展。这一创作方法在 20 世纪 80 年代中后期得到进一步升华,形成中国文学另一股主潮——寻根文学。当时,"文革"的创伤逐渐退去,改革的步伐逐渐坚实稳定,文学作品在文学性和艺术性方面面临的压力越来越大。西方魔幻现实主义作品在国际上频频获奖和中国老派传统作家的持久魅力让中国中青年作家感悟到民族传统文化之于文学创作审美意蕴的本源作用。[②] 民族本位成为中国作家发掘现代性的一个新视点,民俗风情成为小说家笔下一道重要的风景,读者在阅读中可以将北京、河北、江苏、湖南、西北等地的汉族文化中的人文景

① 陈晓明. 中国当代文学主潮. 北京:北京大学出版社,2013:323-325.
② 陈晓明. 中国当代文学主潮. 北京:北京大学出版社,2013:326-328.

致、文化韵味尽收眼底。此外,极具民族特色的少数民族文学在这一时期也在蓬勃发展,玛拉沁夫(蒙古族)、巴·布林贝赫(蒙古族)、扎西达娃(藏族)、乌热尔图(鄂温克族)、蔡测海(土家族)、张承志(回族)、郭雪波(蒙古族)、吉狄马加(彝族)、晓雪(白族)等人的作品都在各自民族的独特书写上成绩卓然。①

Chinese Literature 在其文学对外译介过程中也从未忽略中国文坛上的这一特殊景致,且通过具体作家作品的译介向英语世界展示了中国不同地域的汉族多元文化,以及与汉文化和谐共存的众多少数民族文化。(详见表 2.3 和表 2.4)

表 2.3 *Chinese Literature*(1978—1989 年)译介的乡土寻根作品概览

序号	作品名 (原作者)	CL 期号	英译名 (译者)	文化特色	备注(原文所载刊物及获奖情况)
1	果林里 (贾平凹)	1978.3	The Young Man and His "Apprentice" (无标注)	陕南地区乡土风情	《安徽文艺》 (1977.10)
2	帮活 (贾平凹)	1978.3	A Helping Hand (无标注)	陕南地区乡土风情	《安徽文艺》 (1977.10)
3	端阳 (贾平凹)	1979.6	Duan Yang (无标注)	陕南地区乡土风情	《甘肃文艺》 (1978.12)
4	林曲 (贾平凹)	1980.11	The Song of the Forest (无标注)	陕南地区乡土风情	《人民文学》 (1979.4)
5	护瓜 (秦廷申)	1981.1	Keeping Watch in the Melon Fields (无标注)	湖北农村看瓜乡景	《长江文艺》 (1980.7)
6	拣珍珠 (高晓声)	1981.7	A Bride for Guoming (喻璠琴)	江南农村青年恋爱结婚的风俗图画	《北京文艺》 (1979.9)

---

① 这些作家的很多作品曾荣获全国优秀中、短篇小说奖或全国少数民族文学创作奖。

(续表)

序号	作品名（原作者）	CL 期号	英译名（译者）	文化特色	备注（原文所载刊物及获奖情况）
7	卖蟹（王润滋）	1981.9	Selling Crabs（王明杰）	滨海小城的蟹市风俗	《山东文学》（1980.10）获 1980 年全国优秀短篇小说奖
8	大淖记事（汪曾祺）	1981.10	A Tale of Big Nur（匡文栋）	大淖东西两边的风土人情	《北京文学》（1981.4）获 1981 年全国优秀短篇小说奖
9	红线记（罗旋）	1981.10	The Matchmaker（熊振儒）	20 世纪 30 年代的赣南山区	《人民文学》（1980.8）获 1980 年全国优秀短篇小说奖
10	受戒（汪曾祺）	1982.1	A Love Story of a Young Monk（胡志挥）	解放以前苏北地区的风俗民情	《北京文学》（1980.10）
11	晚饭后的故事（汪曾祺）	1982.1	Story after Supper（Shen Zhen）	北京的梨园文化	《人民文学》（1981.8）
12	蒲柳人家（刘绍棠）	1982.5	Catkin Willow Flats（Rui An）	京郊运河滩的风土人情	《十月》（1980.3）获 1977—1980 年全国优秀中篇小说二等奖
13	寻找"画儿韩"（邓友梅）	1982.6	Han the Forger（Song Shouquan）	老北京市井民俗	《人民日报》（1981-10-24）
14	凉风习习（邹志安）	1982.6	A Cool Breeze（Rui An）	陕西农村生活场景	未找到原始出处，1987 年收入短篇小说集《哦，小公马》（长江文艺出版社）
15	阿鸽与船（姜滇）	1982.10	Dove and Boat（Zhang Maijian）	江南水上风情	《青年文学》（1982.2）
16	乌饭（王业霖）	1982.11	Dyed Rice（Yang Nan）	江南的乌饭传统	《青春》（1982.5）

（续表）

序号	作品名（原作者）	CL 期号	英译名（译者）	文化特色	备注（原文所载刊物及获奖情况）
17	风吹唢呐声（韩少功）	1983.1	Deaf Mute and His Suona（Song Shaoquan）	湖南农村"抢亲"等风俗	《小说选刊》（1981.12）
18	逛娘娘宫（冯骥才）	1983.1	A Visit to the Temple of the Goddess（胡志挥）	老天津的风俗	《新苑》（1981.3）
19	爷爷·孙子·海（杨显惠）	1983.2	A Grandfather, a Grandson and the Sea（Shen Zhen）	戈壁滩边、渤海边上的渔民生活	《萌芽》（1982.6）
20	小荷才露尖尖角（刘绍棠）	1983.4	The Budding Lotus（匡文栋）	河北农村乡土风情	《人民文学》（1982.2）
21	七巧儿（贾平凹）	1983.7	Qiqiao'er（Shen Zhen）	陕南地区乡土风情	《新港》（1980.10）
22	鸽子（贾平凹）	1983.7	Shasha and the Pigeons（胡志挥）	陕南地区乡土风情	《北京文学》（1982.10）
23	青藤巷插曲（刘绍棠）	1983.11	An Encounter in Green Vine Lane（胡志挥）	河北农村运河滩头的乡土风情	《小说选刊》（1983.1）
24	沙灶遗风（李杭育）	1983.12	The Old Customs of Brick Stove Beach（匡文栋）	葛川江地区风情	《北京文学》（1983.5）获1983年全国优秀短篇小说奖
25	围墙（陆文夫）	1984.1	The Boundary Wall（Rosie A. Roberts）	苏州城市生活	《人民文学》（1983.2）获1983年全国优秀短篇小说奖

(续表)

序号	作品名（原作者）	CL 期号	英译名（译者）	文化特色	备注（原文所载刊物及获奖情况）
26	迷人的海（邓刚）	1984.1	The Lure of the Sea（Lü Binghong）	大连的海洋描写	《上海文学》（1983.5）获 1983—1984 年全国优秀中篇小说奖
27	瓜棚柳巷（刘绍棠）	1984.2	The Liuxiang Melon Hut（Rosie A. Roberts）	河北农村运河滩头的田园景象	《当代》（1981.3）
28	最后一个渔佬儿（李杭育）	1984.3	The Last Angler（喻璠琴）	葛川江地区原始民俗风情	《当代》（1983.2）
29	芦花虾（邓刚）	1984.3	Shuqin Catches Prawns（熊振儒）	大连的海洋描写	《鸭绿江》（1983.9）
30	肖尔布拉克（张贤亮）	1984.4	Bitter Springs—A Truck Driver's Story（Rui An）	新疆风貌	《文汇》（1983.2）获 1983 年全国优秀短篇小说奖
31	"九十九堆"礼俗（古华）	1984.4	Ninety-nine Mounds（Gladys Yang［戴乃迭］）	潇湘风情	《人民文学》（1983.9）
32	大鱼（邓刚）	1985.2	A Big Fish（胡志挥）	大连的海洋描写	
33	棋王（阿城）	1985.2	The Chess Master（W. J. F. Jenner［詹纳尔］）	道家哲学	《上海文学》（1984.7）获 1983—1984 年全国优秀中篇小说奖
34	烟壶（邓友梅）	1985.3	Snuff-Bottles（Gladys Yang［戴乃迭］）	老北京民俗	《收获》（1984.1）获 1983—1984 年全国优秀中篇小说奖

序号	作品名（原作者）	CL 期号	英译名（译者）	文化特色	备注（原文所载刊物及获奖情况）
35	美食家（陆文夫）	1985.4	The Gourmet（喻璠琴）	江南饮食文化	《收获》(1983.1)获 1983—1984 年全国优秀中篇小说奖
36	神鞭（冯骥才）	1986.1	The Miraculous Pigtail（John Moffet）	清末民初天津卫的风土人情	《小说家》(1984.3)获 1983—1984 年全国优秀中篇小说奖
37	门铃（陆文夫）	1986.2	The Doorbell（Alison Bailey）	苏州市民生活	《人民文学》(1984.10)
38	单家桥的闲言碎语（潮清）	1986.3	Shan Family Bridge（Gladys Yang［戴乃迭］）	单家桥的社会风貌	《芙蓉》(1984.3)
39	龙兵过（邓刚）	1986.3	The Dragon King's Troops Thunder Past（Lü Binghong）	大连的海洋	《青年文学》(1984.1)
40	树王（阿城）	1986.4	King of Trees（Gladys Yang［戴乃迭］）	道家哲学	《中国作家》(1985.1)
41	井（陆文夫）	1987.1	The Well（喻璠琴）	苏州市民生活	《中国作家》(1985.3)
42	鱼钓（高晓声）	1987.1	Fishing Howard Goldblatt（葛浩文）	苏南渔民生活	《雨花》(1980.11)
43	蒿子梅（贾平凹）	1987.2	Aremisia（喻璠琴）	陕南地区油田生活	《上海文学》(1985.3)
44	巨砚（李平易）	1987.3	The Giant Innstone（Song Shouquan）	徽州文化	《上海文学》(1985.12)
45	麦客（邵振国）	1988.1	Travelling Harvesters（David Tugwell）	西北农村民俗风情	《当代》(1984.3)获 1984 年全国优秀短篇小说奖

续表

序号	作品名（原作者）	CL 期号	英译名（译者）	文化特色	备注（原文所载刊物及获奖情况）
46	窑变（谢友鄞）	1988.1	The Change in the Kiln（Song Shouquan）	辽西农村地区风土人情	《上海文学》（1986.10）
47	鬈毛（陈建功）	1988.2	Curlylocks（Stephen Fleming）	北京市井文化	《十月》（1986.3）
48	清高（陆文夫）	1988.3	Other-Worldly（Gladys Yang［戴乃迭］）	《小巷人物志》之二十一，苏州城市生活	《人民文学》（1987.5）
49	洪太太（程乃珊）	1988.3	Hong Taitai（Janice Wickeri）	上海滩的世态人情和弄堂生活	《小说月报》（1987.2）
50	麦秸垛（铁凝）	1988.4	Haystacks（Denis Mair）	北方农村女性生存本相及其根源	《收获》（1986.5）
51	归去来（韩少功）	1989.2	Return（Alice Childs）	湖南农村乡土风情	《上海文学》（1986.6）
52	五个女子和一根绳子（叶蔚林）	1989.2	Five Girls and One Rope（Christopher Smith）	湖南农村社会积习	《人民文学》（1985.6）
53	芦芦（谢璞）	1989.2	Loo-Loo（闻学）	湖南乡间民俗	《上海文学》（1979.10）
54	沈家灯（聂鑫森）	1989.2	The Shen's Lanterns（Li Hong）	湖南湘潭古城的地域文化	《人民文学》（1987.8）
55	淘金人（何立伟）	1989.2	Gold Prospectors（Alice Childs）	湘西山区地理风貌和风俗	《上海文学》（1983.9）
56	古槽门（潘吉光）	1989.2	The Old Courtyard Gate（闻学）	湘西武冈农村古槽门里的古老文化	《小说月报》（1988.2）

续表

序号	作品名 （原作者）	CL 期号	英译名 （译者）	文化特色	备注（原文所载刊物及获奖情况）
57	甜苣儿 （张石山）	1989.3	Sweet Endives (Christopher Smith)	山西深山地区的积俗陋习	《青年文学》 （1986.6） 获 1985—1986 年全国优秀短篇小说奖
58	合坟 （李锐）	1989.3	Marriage of the Dead (Wu Jinchao)	山西吕梁山区"配阴婚"的风俗礼仪	《上海文学》 （1986.11） 获 1985—1986 年全国优秀短篇小说奖
59	晨雾 （郑义）	1989.3	A Morning Fog (Li Guoqing)	山西太行山区民风习俗	《山西文学》 （1985.9）
60	马嘶·秋诉 （谢友鄞）	1989.3	The Neigh (Chad Phelan)	辽西山区风土人情	《上海文学》 （1987.5） 获 1987—1988 年全国优秀短篇小说奖
61	红草湖的秋天 （钱玉亮）	1989.3	Autumn on the Red Grass Lake (Mark Kruger)	安徽天长老西门的风土人情	《上海文学》 （1987.4）
62	大风 （莫言）	1989.4	Strong Wind (Mei Zhong)	齐鲁农村景致和风土人情	《小说创作》 （1985.6）
63	白狗秋千架 （莫言）	1989.4	White Dog Swing (Christopher Smith)	齐鲁农村"高密东北乡"乡土风情	《中国作家》 （1985.4）
64	好清好清的杉木河 （何立伟）	1989.4	*The Limpid Shanmu River* (Wu Ling)	湘西黔东杉木河地区的人文风情	《小城无故事》（作家出版社,1986）

汪曾祺、刘绍棠、邓友梅、贾平凹、李杭育、冯骥才等是 *Chinese Literature* 在展现汉族地域文化方面的重点译介作家,这些作家通常以自己熟悉的地域环境为背景,悉心勾勒当地地理环境和民情风俗,突出地域文化特色。如汪曾祺在《受戒》（"A Love Story of a Young Monk",1982

年第 1 期)中对江南水乡的风俗民情细致描绘、在《大淖记事》("A Tale of Big Nur",1981 年第 10 期)中对大淖东西两边不同民风的记录,刘绍棠在《蒲柳人家》("Catkin Willow Flats",1982 年第 5 期)中对京郊运河滩上风土人情的描绘,贾平凹在《端阳》等作品中对陕南山区人文风情的描绘,李杭育在《沙灶遗风》("The Old Customs of Brick Stove Beach",1983 年第 12 期)和《最后一个渔佬儿》("The Last Angler",1984 年第 3 期)中对葛川江的一系列描写,邓友梅在《寻找"画儿韩"》("Han the Forger",1982 年第 6 期)和《烟壶》("Snuff-bottles",1985 年第 3 期)中对老北京市井民俗的描写,冯骥才在《神鞭》("The Miraculous Pigtail",1986 年第 1 期)中对天津卫地域风貌和民俗风情的精心刻画。此外,还有韩少功、何立伟等湖南作家对湖南地区风俗的展现,张石山、李锐、郑义等对山西地方特色的描绘,以及莫言在其作品中对齐鲁文化的撰写等。这些作品将作家个人生活环境的风土人情上升为具有文化价值的民族特色,使中国汉民族的多元文化得到具体呈现,展示出特殊的文化魅力。

一个民族的文化除了其基本的风土人情之外,还包括思想文化。*Chinese Literature* 所选文本中,阿城的《棋王》("The Chess Master",1985 年第 2 期)、《树王》("King of Trees",1986 年第 4 期)堪称是中国汉族思想文化的代表之作。作为寻根文学的代表作家之一,阿城写作的一大特色便是对中国传统哲学思想的参悟和体现。其中《棋王》以棋界高手王一生为主要人物,通过王一生对下棋之道的具体理解,对道家"阴阳""无为而治"等概念加以阐释,将王一生的生存状态置于中国传统的儒、释、道中加以阐释。[①]《树王》则以肖疙瘩这一悲剧人物的命运展现了道家哲学中"天人合一"的自然观念。

中国自古以来就是一个多民族共同生存发展的国家,因此,在汉族文化之外,其他少数民族的文化也是中国文化的重要组成部分。*Chinese Literature* 在通过文学译介展示文化中国的过程中自然也不可忽略这一重要板块。玛拉沁夫、乌热尔图、蔡测海、佳峻、张承志等优秀的少数民族

---

① 陈晓明. 中国当代文学主潮. 北京:北京大学出版社,2013:331.

作家的作品成为 *Chinese Literature* 对外译介中国少数民族文化的重要窗口。蒙古族的生活通过玛拉沁夫的草原小说、郭雪波的沙漠小说得以从不同视角得到呈现；乌热尔图的《七岔犄角的公鹿》（"The Seven-tines Stag",1983 年第 1 期）展现了鄂温克族人坚强不屈的民族性格；土家族作家蔡测海《远处的伐木声》（"The Distant Sound of Tree-Felling",1983 年第 11 期）则以老木匠一家的生活状态为基础描述了古木河畔土家族人的传统风俗；张承志《北方的河》（"Rivers of the North",1987 年第 2 期）对黄河流域北方游牧民族和伊斯兰文化进行了诗意的叙写。一幅多民族和谐共生的生动画卷就此在英语世界读者的眼前展开。（详见表 2.4）

表 2.4　*Chinese Literature*（1978—1989 年）译介的少数民族文学作品概览

序号	作品名 （原作者[民族]）	CL 期号	英译名 （译者）	主题	备注（原文所载刊物及获奖情况）
1	踏过深深的积雪 （玛拉沁夫[蒙古族]）	1979.8	Slogging Across the Deep Snow （无标注）	"文革"后内蒙古人民转向现代化建设的奋勇不息	《人民日报》 （1979-03-24）
2	活佛的故事 （玛拉沁夫[蒙古族]）	1981.2	The Story of a Living Buddha （无标注）	宗教迷信对于人性的扭曲	《人民日报》 （1980-07-12） 获 1980 年全国优秀短篇小说奖
3	绣球里有一颗槟榔 （聂震宁[汉族]）	1982.3	The Betel Nut Ball （匡文栋）	广西壮族自治区的特色文化	《广西文学》 （1981.5）
4	小草 （佳峻[蒙古族]）	1983.1	Little Grass （王明杰）	内蒙古草原的民族文化和生活	《人民文学》 （1982.5）
5	七岔犄角的公鹿 （乌热尔图[鄂温克族]）	1983.1	The Seven-Tines Stag （Yang Nan）	通过"猎鹿"过程描述鄂温克族独特的生活场景	《民族文学》 （1982.5） 获 1982 年全国优秀短篇小说奖
6	登山 （汪骏[汉族]）	1983.7	Mountain Climbing （胡志挥）	毛南族生活状态	《广西文学》 （1982.10）

续表

序号	作品名（原作者[民族]）	CL 期号	英译名（译者）	主题	备注（原文所载刊物及获奖情况）
8	远处的伐木声（蔡测海[土家族]）	1983.11	The Distant Sound of Tree Felling（喻璠琴）	土家族生活传统	《少数民族文学》（1982.10）获 1982 年全国优秀短篇小说奖
9	北方的河（张承志[回族]）	1987.2	Rivers of the North（Stephen Fleming）	黄河流域的地域风情	《十月》(1984.1)获 1983—1984 年全国优秀中篇小说奖
10	爱，在夏夜里燃烧（玛拉沁夫[蒙古族]）	1987.4	Love That Burns on a Summer Night（Simon Johnstone）	内蒙古草原人民对于民族团结所做的贡献	《民族文学》（1985.8）
11	沙狐（郭雪波[蒙古族]）	1987.4	The Sand Fox（喻璠琴）	蒙古族沙漠地区的生活与风光	《北方文学》（1984.4）
12	青青大草滩（玛拉沁夫[蒙古族]）	1988.1	The Green Meadow（Wu Ling）	内蒙古大草原的风光、生活	《延河》(1985.6)
13	香岛（海涛[汉族]）	1988.1	Fragrant Island（喻璠琴）	仫佬族牧鹅图景	《民族文学》（1986.9）
14	亲戚之间（林元春[朝鲜族]）	1989.1	Among Relatives（喻璠琴）	一位朝鲜族乡村妇女的生活	《民族文学》（1983.9）获 1983 年全国优秀短篇小说奖

　　如此，*Chinese Literature* 通过中国当代文学史上乡土文学、市井小说、寻根文学的部分代表作品以及少数民族文学中的优秀作品，向英语世界的读者呈现了多民族共存、多元文化共生的和谐中国镜像。英语世界的读者既可以感受到中国吴越、秦汉、三晋、湘楚、齐鲁等地的各种乡村地理景观、乡土礼仪，也可以了解到自古以来处于中国核心地位的京津地区的文化特色；既可以感受汉族文化中的人文思想，也可以切身体会少数民族的原生态文化。

第四节　大众通俗作品与民间中国

　　以上所涉及的中国当代主流文学作品所呈现的基本上是关于中国社会现实的宏大的历史叙事和民族叙事。中国镜像作为一个有机整体,其中,普通大众的生活状况也是客观真实反映一个国家现实的基本方面,因此,*Chinese Literature* 在 1978—1989 年还译介了一些以中国普通大众为核心人物的文学作品,将普通人民真实、平凡生活的一些片段呈现给英语世界的读者。(详见表 2.5)

表 2.5　*Chinese Literature*(1978—1989 年)译介的大众通俗文学作品概览

序号	作品名 (原作者)	CL 期号	英译名 (译者)	主要内容	备注(原文所载刊物及获奖情况)
1	窗口 (莫伸)	1978.8	The Window (无标注)	描写了精通业务、友好对待顾客的窗口售票员	《人民文学》(1978.1) 获 1978 年全国优秀短篇小说奖
2	玉雕记 (肖复兴)	1979.1	The Quarrel in the Store (无标注)	塑造了尚师傅、毕立萍两位模范售货员的形象	《人民文学》(1978.4)
3	含羞草 (张洁)	1979.9	A Bouquet for Dajiang (无标注)	描写了牺牲自己、成就队友的乒乓球陪练员顾大江	《新体育》(1979.3)
4	紧急通知 (黄飞)	1980.9	Emergency Notice (无标注)	描写了处处为职工着想的钢厂书记	《人民文学》(1979.11)
5	被遗弃的老太太 (周矢)	1980.11	The Forsaken Old Lady (无标注)	弘扬赡养老人的社会正气	《延河》(1980.2)
6	就是这个角落 (金水)	1981.5	Our Corner (匡文栋)	歌颂三个下乡插队劳动病退的青年与单纯善良的姑娘王雪之间的真挚友谊	《小说季刊》(1980.3)

续表

序号	作品名 （原作者）	CL 期号	英译名 （译者）	主要内容	备注（原文所载刊物及获奖情况）
7	小院琐记 （王安忆）	1981.7	Life in a Small Courtyard （胡志挥）	普通百姓的邻里生活	《小说季刊》 （1980.4）
8	在婚姻介绍所门外 （贺小虎）	1981.8	Outside the Marriage Bureau （胡志挥）	讲述了大龄未婚青年寻求称心伴侣的经历	《汾水》（1981.2）
9	大雁情 （黄宗英）	1981.10	The Flight of the Wild-Geese （喻璠琴）	描写了在极"左"路线影响下受创伤，但坚持献身祖国科学事业的植物科学研究员秦官属	《十月》（1979.1）获 1977—1970 年全国优秀报告文学奖
10	金鹿儿 （航鹰）	1982.2	Xiao Jin （喻璠琴）	描写了衣着考究、朝气蓬勃、精于本职工作的商店营业员金鹿儿	《新港》（1981.4）获 1981 年全国优秀短篇小说奖
11	树皮 （曹冠龙）	1982.3	Regeneration （Song Shouquan）	一位父亲和一双儿女由一块老树皮所引发的思考	《小说界》 （1981.2）
12	啊、生活的浪花 （薛海翔）	1982.3	Drifting Through Life （王明杰）	新一代女大学生的生活爱情日记	《钟山》（1981.1）
13	买来卖去 （流华）	1982.6	My Pedlar Friend （Rui An）	一位大学教师和一位乡村老汉通过买来卖去建立的信任关系	《延河》（1981.10）
14	诊断 （若禾）	1982.7	Diagnosis Song （Shouquan）	通过一位中学老师是否给学校上交诊断书获得病休资格的经历讽刺一些干部的官僚作风	《小说选刊》 （1982.1）
15	在地震的废墟上 （中杰英）	1982.9	After the Earthquake （王明杰）	为拯救人民财产积极从事艰苦抗争工作的地震工作者	《十月》（1981.6）

（续表）

序号	作品名 （原作者）	CL 期号	英译名 （译者）	主要内容	备注（原文所载刊物及获奖情况）
16	夏天的经历 （戈悟觉）	1982.10	A Summer Experience (Shen Zhen)	一位单身爸爸和幼儿园老师交往的心路历程	《人民文学》（1982.2）
17	窒闷的夏夜 （母国政）	1982.10	A Stuffy Summer Night (匡文栋)	描写敢于冲破种种思想桎梏和世俗偏见追求真理的革命青年	《青年文学》（1982.1）
18	八百米深处 （孙少山）	1982.11	Eight Hundred Meters Below (喻璠琴)	以发生在八百米矿坑深处的求生斗争为主线，塑造了尊重矿友生命的老工长张昆	《北方文学》（1982.2）获1982年全国优秀短篇小说奖
19	金不换 （顾笑言）	1983.2	Magistrate Jin (胡志挥)	描写了洪灾面前放弃个人利益的金永河	《花城》（1982.1）
20	明姑娘 （航鹰）	1983.3	Sparkling Eyes (喻璠琴)	天生双目失明但自强不息的盲人明姑娘	《电影创作》（1982.9）获1982年全国优秀短篇小说奖
21	前妻 （航鹰）	1983.3	The Ex-wife (匡文栋)	探究传统家庭伦理道德	《文汇月刊》（1982.5）
22	煤精尺 （梁晓声）	1983.5	The Jet Ruler (Yang Nan)	以"高矿长"为代表的煤矿工人的正面形象	《奔流》（1982.7）
23	燕儿窝之夜 （魏继新）	1983.6	A Night at Swallow's Nest (喻璠琴)	经历"十年浩劫"心灵尚有不同创伤的女青年在危难之时合力保卫油库、保卫人民生命安全	《青年文学》（1982.5）获1981—1982年全国优秀中篇小说奖
24	石子弄的丧事 （陆永基）	1983.6	The Funerals in Stone Alley (匡文栋)	小巷石子弄两件丧事中的众生百像	《北方文学》（1982.10）

（续表）

序号	作品名 （原作者）	CL 期号	英译名 （译者）	主要内容	备注（原文所载刊物及获奖情况）
25	叶儿飘飘 （田珍颖）	1983.6	The Dance of the Fallen Leaves （Zhang Maijian）	描写了身处父母离异环境的一个中学生的经历和面临高考抉择的顿悟	《人民文学》 （1982.9）
26	荷花 （韩起）	1983.6	Lotus （Song Shouquan）	候车室卖折扇的农村小姑娘荷花勇斗歹徒	《新港》（1982.9）
27	一等奖 （李顺兴）	1983.6	The Top Prize （Yang Nan）	通过四个锅炉工的打赌事件讽刺官僚主义	《当代》（1982.5）
28	一只汽油桶 （陈国凯）	1983.6	The Petrol Barrel （Yang Nan）	通过一只汽油桶反映经济建设过程中合同双方互相扯皮的现象	《当代》（1982.5）
29	睡 （程枫）	1983.6	Sleep （Yang Nan）	描写了教师妻子和火车司机丈夫互敬互爱的感人事迹	《小说界》 （1982.3）
30	痴心 （苏叶）	1983.9	Scatterbrain （匡文栋）	描写了众人眼中又痴又呆的痴女真诚待人的一片痴心	《芒种》（1983.1）
31	那人，那山，那狗 （彭见明）	1983.12	Mountains, Men and a Dog （喻璠琴）	描写了山路邮差孤独、艰辛的乡邮生活	《萌芽》（1983.5） 获 1983 年全国优秀短篇小说奖
32	水底障碍 （高晓声）	1984.3	Underwater Obstruction （Rosie A. Roberts）	歌颂勇于排除水底障碍和思想障碍的鱼塘巡视张雨大	《高晓声 1981 年短篇小说集》人民文学出版社
33	一路平安 （肖复兴）	1984.4	Bon Voyage （喻璠琴）	年三十前夕火车站的售票窗口前的众生百态	《新港》（1983.12）
34	生死之间 （苏叔阳）	1985.3	Loved Ones （Geremie Barmé［白杰明］）	歌颂了殡葬工人的美好情怀	《芳草》（1984.8） 获 1984 年全国优秀短篇小说奖

续表

序号	作品名 （原作者）	CL 期号	英译名 （译者）	主要内容	备注（原文所载刊物及获奖情况）
35	惊涛 （陈世旭）	1985.3	The Angry Waves （喻璠琴）	以"宿怨"和"烽火"两个故事展现了在危急关头人性亮点的迸发	《人民文学》（1984.3）获 1984 年全国优秀短篇小说奖
36	除夕夜 （达理）	1985.3	Spring Festival Eve （Song Shouquan）	描写了部分城市青年的生活状态、情绪和具体事件下对生活的感悟	《人民文学》（1983.5）获 1983 年全国优秀短篇小说奖
37	无标题对话 （沙叶新）	1985.3	Dialogue （Rui Chun）	作者通过公园一对老夫妻和一对年轻恋人的对话所发出的对过去和未来的感想	《人民文学》（1982.8）
38	北京人 （张辛欣，桑晔）	1985.4 1986.1	Chinese Profiles （Gladys Yang ［戴乃迭］）	北京普通市民的生活状态	《上海文学》（1985.7）
39	公共汽车咏叹调 （刘心武）	1986.4	Bus Aria （Stephen Fleming）	公共汽车上的众生世相，反映急需改革的人民精神家园	《人民文学》（1985.5）
40	爱 （刘云生）	1987.1	Love （Frances Mcdonald）	矿工生活	《山西文学》（1986.3）
41	雨呀，雨呀，快走开 （孙砺）	1987.2	Rain，Rain，Go Away （Wu Ling）	摆地摊的青春少女对自己生活的一种坚守	《小说月刊》（1986.4）
42	野奔 （王大鹏）	1987.3	Wildrace （胡志挥）	人与牛之间的周旋误解	《上海文学》（1985.9）
43	人人之间 （王安忆）	1987.4	Between Themselves （Gladys Yang ［戴乃迭］）	上海底层市民的生活	《雨花》（1984.9）
44	牌坊 （陈洁）	1987.4	The Memorial Arch （David Tugwell）	通过对一个疯女人的描写透视历史与现实中的贞洁问题	《人民文学》（1986.11）

（续表）

序号	作品名 （原作者）	CL 期号	英译名 （译者）	主要内容	备注（原文所载刊物及获奖情况）
45	一个不正常的女人 （谌容）	1988.1	A Freakish Girl（Gladys Yang［戴乃迭］）	嘲讽一位臆测新来的女大学生的满脑子封建意识的副局长	《上海文学》（1984.4）
46	民间音乐 （莫言）	1988.1	Folk Music（喻璠琴）	以一个音乐天赋极强却不愿为生计所累的小盲人为主角，透视商业经济中人们心理的变化	《莲池》（1983.5）
47	缺点优选法和优点淘汰症 （孟伟哉）	1988.1	Defect Optimization and Merit Elimination（Wu Ling）	反应人才引进中存在的现实问题	《当代》（1987.1）
48	筛子 （古华）	1988.2	The Sieve（喻璠琴）	通过招待所服务员对待来客冷淡殷勤的态度讽刺人性中的奴性	《文汇月刊》（1987.1）
49	婚约 （黄传会）	1988.2	An Engagement（Li Hong）	反应山区封建传统观念对人性的束缚	《小说选刊》（1987.5）
50	山青青,水粼粼 （程乃珊）	1988.3	Mountains Green and the Shining Stream（Lloyd Neighbors）	历经"文革"一代人对青春的怀念	《上海文学》（1985.8）
51	黑森林 （刘西鸿）	1988.4	Black Forest（闻学）	描写深圳特区的新生活和现代精神	《小说界》（1987.3）
52	烦恼人生 （池莉）	1988.4	Trials and Tribulations（Stephen Fleming）	描写一个普通轧钢操作工的生活	《上海文学》（1987.8） 获 1987—1988 年全国优秀中篇小说奖

序号	作品名 （原作者）	CL 期号	英译名 （译者）	主要内容	备注（原文所载刊 物及获奖情况）
53	送你一束夜来香① （谌容）	1989.1	A Gift of Night Fragrance（Gladys Yang［戴乃迭］）	反应新时代下现代女性的思维模式、知识构成和气质观念等方面的变化	《花城》(1987.1)
54	傻二舅 （苏叔阳）	1989.1	Daft Second Uncle（Gladys Yang［戴乃迭］）	北京大杂院中的群居生活	《人民文学》(1981.1)
56	最后一片净土 （凌耀忠）	1989.1	The Last Paradise（John Haymaker）	描写一位科学工作者最后时刻所守候的一片仍然保留着古老传统的边疆地域	《上海文学》(1987.5)
57	话说老秉 （王安忆）	1989.3	Speaking of Old Bing（Chad Phelan）	杂志社里因循守旧、精通业务的会计的人生经历	《上海文学》(1984.12)

Chinese Literature 对这部分作品的译介分为两个不同的阶段，分别有不同的呈现。一是"文革"刚刚结束之时的破"旧"立"新"阶段。此时译介的在"伤痕""反思"等主题之外、但与主流意识形态联系密切的作品，呈现的是新生活、新气象。如第一节所述，在"伤痕""反思"主流文学的译介下，中国"文革"时期的诸多问题直接呈现于外国读者眼前，这种单纯的对"文革"时期的问题进行描写的文学作品极容易引起意识形态不同的英语国家读者的误解，进而歪曲中国形象。描写、揭露"文革"之"疡"，在中国语境中，其实是中国社会当时希望尽快走出"文革"阴影，而采用的一种悲剧表达方式。批判过去只是历史发展中的一部分，更重要的是建设现在、走向未来。要使外国读者对"文革"后的中国有全面的认识，另一部分文学作品起到了至关重要的作用，那就是有关新时期人民面对过去的创伤，

---

① 通过中国知网和读秀知识库的查询，笔者发现该小说实则名为《献上一束夜来香》。

如何走向未来的作品。邓小平在文学艺术工作者第四次代表大会的发言中强调"应当在描写和培养社会主义新人方面付出更大的努力,取得更丰硕的成果。……要通过这些新人的形象,来激发广大人民群众的社会积极性,推动他们从事四个现代化建设的历史性创造活动"①。但是这里的"新人"突破了以往高、大、全式的"英雄形象",是"亲切、真实、可信、可爱、可学"的"新人"。他们的成长过程,所处的时代,他们的思想感情与理想,甚至是他们的心灵创伤都可以作为创作因子。② 因此,一些作品从社会现实出发,以经历"文革"创伤但并没有对中国社会失去信心、在新时期政策引领下走出"创伤"、怀有满腔热情准备重新投入国家社会主义建设和发展事业中的普通人物为主角,从他们的生活经历和思想变化等方面出发进行具体描写,为当时的中国社会注入一股朝气蓬勃的正能量。如莫伸的《窗口》("The Window", 1978 年第 8 期)、肖复兴的《玉雕记》("The Quarrel in the Store",1979 年第 1 期)、张洁的《含羞草》("A Bouquet for Dajiang",1979 年第 9 期)、航鹰的《金鹿儿》("Xiao Jin", 1982 年第 2 期)和《明姑娘》("Sparkling Eyes",1983 年第 3 期)、孙少山的《八百民深处》("Eight Hundred Metres Below",1982 年第 11 期)、魏继新的《燕儿窝之夜》("A Night at Swallow's Nest",1983 年第 6 期)、黄宗英的《大雁情》("The Flight of the Wild-Geese",1981 年第 10 期)等作品都是这方面的优秀代表。《玉雕记》描写了认真做好本职工作的模范商店售货员尚师傅和毕立萍;《含羞草》描写了甘愿做幕后支持的顾大江;《被遗弃的老太太》("The Forsaken Old Lady",1980 年第 11 期)描写了愿意将素昧平生的老人接回家中赡养的大老张……这些作品无疑都是对中国社会中普通人物的生活状态的描写。他们的故事告诉英语世界的读者,中国社会中的普通人物对中国社会发展充满信心、保持信念,大家都在有条不紊地过着普通人正常的生活,同时为中国社会的文化传统传承、社会经济发展做出应有的贡献。

---

① 邓小平. 在文学艺术工作者第四次代表大会上的祝辞. 文艺研究,1979(4): 4.
② 王庆生. 中国当代文学辞典. 武汉:武汉大学出版社,1996:43-44.

二是改革开放逐渐深入阶段,此时的译介作品以改革语境下的一批普通人民甚至是小人物为核心,反映不同地方、不同领域中国普通大众的生活,让英语世界的读者及时准确地感受在中国改革进程中普通大众的生活状态和中国社会的整体状况。张辛欣、桑晔的《北京人》(*Chinese Profiles*)便是其中的典型。*Chinese Literature* 在 1985 年第 4 期和 1986 年第 1 期连续两期节选《北京人》中的 12 个篇目:《骑车人》("The Cyclist")、《奉献》("Her Tribute")、《为什么,为什么流浪》("Why? Why Do I Bum Around?")、《小组长》("A Young Section Chief")、《缤纷的世界》("A Riot of Colours")、《马路博士》("A Roadside Mathematician")、《理想之路》("The Road to an Ideal")、《为您服务》("At Your Service")、《我,"瓶中的苍蝇"》("'A Fly in a Bottle' That's Me")、《影子》("A Shadow")、《猿声啼,啼不住》("Where Apes Howl Endlessly")和《离土农民》("An Urbanized Peasant")。《骑车人》从北京普通市民上下班所必需的基本交通工具自行车切入,描写了市民对城市公共交通出现的震惊;《奉献》讲述了一个普通人积极响应国家号召,捐资修缮长城的故事;《为什么,为什么流浪》讲述了一位小学生徒步旅行的经历;《小组长》记录了新华书店某门店一个销售小组长如何完成本职工作,以及其对改革的基本看法;《缤纷的世界》是一位盲人女按摩师对自己经历和工作的自述;《马路博士》的主人公是一位酷爱数学、在街边讲解数学知识的工人;《理想之路》讲述的是一位往返于广州—深圳之间的学徒司机为自己的司机理想所进行的努力和收获的开心;《为您服务》是一位殡葬工人的纯朴告白;《我,"瓶中的苍蝇"》讲的是一个在南京高级酒店消磨时光的待业青年;《影子》讲述了上海著名演员周璇之子失去母亲后的生活经历;《猿声啼,啼不住》是巫峡中曾经的拖船工人对以往生活的怀念;《离土农民》则是远离家乡来北京谋生的一位普通"北漂者"的经历。这些中国各地的普通人,从事着不同的职业(或根本没有职业),有着不同的经历,过着不同的生活,他们的生活景象虽然不能直接鲜明地反映改革大潮,但也是当时正在经历深刻经济变革的中国的某种缩影。除《北京人》外,达理的《除夕夜》("Spring Festival Eve",1985 年第 3 期)、池莉的《烦恼人生》("Trials and Tribulations",1988 年第 4 期)也是比较能代表当时中国普通人生活状态的典型作品。《除夕夜》描写了一位城市青年在事业、爱情诸多方面不得意之时,由于自己在除夕夜仍旧坚持营业自己的小饭店而收获了意外温暖的故事;《烦恼人生》则记录了一位普通轧钢工人在生活中所经历的种种烦恼。

小　结

在 *Chinese Literature*(1978—1989)的文学对外译介实践中,其译介选材构成了中国对外宣传中实现中国国家形象"自塑"的基础。其通过译介选材实现对国家形象塑造的具体手段主要表现两个方面:

一方面在于译介选材的及时性,即时效性。这种及时性主要可从原作作品最初发表时间和 *Chinese Literature* 的英译本发表时间的对比中看出。除以上列表中的作品之外,还有其他部分未列作品需在此特别提出。首先是天安门诗歌。1976 年的"天安门诗潮"开始在新的中国语境中合法化;1978 年 12 月,由童怀周选编、人民文学出版社出版的《天安门诗抄》正式与大众见面;*Chinese Literature* 于 1979 年第 3 期对此做出呼应,推出以"The Tien An Men Poems"为题的部分天安门诗歌的英译本和介绍文章"Indignation Gives Birth to Poems"。1979 年第 4 期 *Chinese Literature* 紧随其后,刊登了宗福先为"天安门诗潮"呐喊的剧本《于无声处》("When All Sounds Are Hushed"),该剧本发表于 1978 年 6 月的《人民戏剧》,随后于 1978 年 9 月在上海被搬上舞台,引起巨大轰动,被称为"一声惊雷";同年 12 月,该话剧在首都北京上演,与《天安门诗抄》即将正式出版的消息相配合,让广大人民群众真切感受到了历史恢复本来面目的激动。另外一部作品是邢益勋的话剧《权与法》,该剧作为新中国成立 30 周年的献礼,是一部探讨社会主义民主与法治的重要作品,在 1979 年 9 月首次上演时就引发巨大反响。之后该剧本发表于 1979 年第 10 期的《剧本》上,由 *Chinese Literature* 在 1980 年第 6 期译载,题为"Power Versus Law",并在其后附上戴乃迭的英文评论文章"*Power Versus*

Law—A Courageous, Topical Play"(《权与法》,一出大胆反映现实的戏剧①)。这些信息都在彰显一个事实:*Chinese Literature* 较为及时地向英语世界传递着中国语境变化和中国最现实的情况。

译介选材塑造国家形象的另一方面是 *Chinese Literature* 所选文学文本的现实性和形象性:现实性主要在于中国新时期文学作品的新现实主义风格;形象性主要体现在文学作品所获得的文学奖项、文学作品的出处和文学作品的内容三个层面。从上文表格可以看出,很多入选 *Chinese Literature* 的新时期文学作品曾经获得中国文艺界的不同奖项,并且大多来自中国的主流文学期刊,如《人民文学》《收获》《十月》等。无论是获得文学奖项还是来自主流文学期刊,其实都是一个国家主流话语的一个侧面,所以 *Chinese Literature* 的选材反映出它所代表的是中国主流话语,这也正是这份期刊所要完成的对外宣传任务——让英语世界看到中国当下。从文学作品的内容而言,总体来说,文本构成体现了三个基本层面的中国:改革中国、民族中国、民间中国。这三个层次为英语世界的读者构建了较为全面的中国形象。改革中国是"文革"结束后中国的破"旧"立"新"之举,它不仅是全中国人民自上而下的渴求和希望,也是一度封闭于中国之外、对中国"文革"充满好奇、对"文革"后中国持观望态度的国际世界极度关心的主题。*Chinese Literature* 对伤痕文学、反思文学、知青文学以及改革文学等反映中国过去创伤和当下变革、与中国主流意识形态紧密相关、体现时代精神的作品进行译介,无疑是最佳选择。同一时期,英语世界较早出现的、由杨力宇(Winston L. Y. Yang)和茅国权(Nathan K. Mao)编辑的 *Stories of Contemporary China* 中的英文文本也均为 *Chinese Literature* 出版的译本②,也可以算作是西方这一倾向的一个佐证。除政治因子之外,任何一个民族都有其本色的文化,民族中国和民间

---

① 见 *Chinese Literature* 1980 年第 12 期中文索引。

② Yang, Winston L. Y. & Mao, Nathan K. Preface and Introduction. *Stories of Contemporary China*. New York:Paragon Book Gallery,1979:iv. "Translations of these stories originally appeared in Peking's English-language magazine, *Chinese Literature*."

中国便是 *Chinese Literature* 对本色中国的基本呈现,从不同地域的民族传统文化到历史上或当下人民的基本生活状态,既有颂扬也有批判,既有成绩也有困难,真实不做作。因此,1978—1989 年的 *Chinese Literature* 不像国外仅以"反叛""异声""争议"的文学作品为选本,而是通过多样的文学选本,从不同的社会角度出发,以不同的人物形象和多元的文学主题向英语世界的读者介绍了全面、客观、真实的中国:既有创伤也有进步,既有革新也有困境,既有英雄也有民众,既有国家政治面貌也有淳朴民风。因此,*Chinese Literature*(1978—1989)通过精心的译介选材,以生动的文学艺术形象将中国的具体形象呈现给英语世界读者。其中暴露"阴暗面"或社会矛盾的作品并不会有损中国形象,反而会有利于塑造中国形象,让英语世界的读者看到中国政府勇于面对困难、敢于正视现实的一面。

第三章 "译""介"互文 国家形象塑造之文本架构

文学译介,如绪论所述,目前存在两种不同模式,一种是世界范围内基本通用的译入语国家对原语国家文学作品的引进,另一种则是如苏联和中国等少数国家采用的原语国家将本国文学作品向译入语国家的推介。前一种模式的发起者通常以译入语国家的个人译者或某些出版机构为主;后一种模式的发起者通常是原语国家的对外宣传机构,是该国在促进本国文学与异国文学交流时所采用的一种对外宣传手段,旨在对前一种模式进行相应的补充和一定程度的"修正"。中国文学译介的两种模式——异域"译入"和本土"译出"也是如此。前者多采用多位作家作品、单个作家多篇作品英译合集的形式或单个作家单个作品英译的单行本形式,集中体现某一个思想主题,或只突出某几位作家的某些作品;后者主要采用期刊、合集和单行本的形式相互补充,尽可能全面地呈现中国文学界乃至中国社会的整体图景,其中期刊以其特有的连续性和长期性的优势占据了文学对外译介的主导地位。上述两种模式下所采用的不同方法也正是目前从译介学角度讨论的"渠道媒介"问题之一。郑晔指出,译介学视域注重译介主体、译介内容、译介渠道(媒介)、译介对象(接受者)和译介效果。① 根据查明建在《译介学——渊源、性质、内容与方法》一文中

---

① 郑晔. 国家机构赞助下的中国文学对外译介——以英文版《中国文学》(1995—2000)为个案研究. 上海:上海外国语大学,2012:12.

的梳理,"译介学"的英译名得到探讨①,并认为将其译为"translation studies in comparative literature"或"literary translation and introduction studies"较为合理。前一种暂且不论,倘若是按照后一种理解,译介学便有了两方面的内容:一是"翻译"研究,二是"介绍"或"引介""推介"研究。随之产生的问题便是怎样在具体的译介渠道(媒介)中进行译介,即除"译"之外还有"介"的问题,"译""介"如何实现良好的结合对于中国文学译介是不可忽视的一个关键问题。

通过梳理和观察,笔者发现中国文学异域"译入"的译介方式以文学作品的英译为主,辅以编者序或译者序甚至是书评加以引介;中国文学本土"译出"中,合集和单行本译介与异域"译入"的引介方式比较接近,但期刊的译介方式相对特别,其特别之处在于文本类型的多元使"译""介"结合更加紧密。以本书的主要研究对象 Chinese Literature 为例,它在对外译介文学作品时,会同时辅以文艺简讯、文学界的相关动态及相关作品评论等,内容丰富,信息充足。尤其是 1978 年以后,Chinese Literature 这份中国唯一的文学对外宣传期刊也在新的形势下做出调整,在译介方式上不断推陈出新,努力从文学译介的角度为中国的对外宣传和国家形象塑造工作添砖加瓦。在英译作品之外,Chinese Literature 在常规的文艺简讯之上,逐渐增加札记、述评、作家访谈与作者介绍、新近文艺工作会议介绍或文艺界重要人物讲话等不同栏目,同时作品评论的译介较以往也有所增加。1982 年起增加卷首语,1983 年起开始对作者有大篇幅、图文结合的介绍,从而给异域读者带去了超越其他异域译入的英译作品合集的更加全面的中国印象。这样一种"译""介"文本的架构正是宏观上中国国家形象与 Chinese Literature 外内文本的参互成文、微观上 Chinese Literature 内部文本的相互映照在整体上形成的自内而外、自下而上的互文建构。

---

① 查明建. 译介学——渊源、性质、内容与方法. 中国比较文学,2005(1):61.

第一节　互文性与文学对外译介

"互文性"一词最早出现于 1966 年,是著名学者克里斯蒂娃结合其时法国轰轰烈烈的理论运动,引进巴赫金"对话理论",为适应法国当时的"尖端研究"①所提出的一个概念,意指文本的拼接以及文本间的吸收转换②,对传统的结构主义文学理论和文化理论提出挑战,因此被认为是 20世纪 60 年代现代文学及文化理论从结构主义向后结构主义转型的产物。之后随着罗兰·巴特 1973 年在法国出版的《通用大百科全书》中的"文本理论"这一词条中为"互文性"概念取得正统地位,"互文性"在西方文论界开始产生影响,为西方文论界乃至诸多人文学科所借鉴应用。回顾"互文性"的发展历程,我们发现,自概念提出之日起至今,"互文性"理论走过的近五十年的时间,大约可分为三个阶段——初创期、发展期和应用研究期。初创期主要指 1966 年"互文性"提出之日到 20 世纪 70 年代初期,罗兰·巴特对"互文性"进行积极宣传和阐释。发展期主要指 20 世纪 70 年代中后期到 20 世纪 80 年代,不同的理论家以各自的学科背景为基础,对"互文性"进行不同阐释,使该理论得到快速发展,逐渐形成系统丰富的理论。此间,"互文性"在学术界不仅发生了名称上的变化,有时也被称为"文本间性""互文本性"等;其意义也因为阐释的不同理论背景向不同方向衍生,形成广义"互文性"和狭义"互文性"之分。广义的"互文性"主要

---

① 参见:秦海鹰. 互文性理论的缘起与流变. 外国文学评论,2004(3):20. 这里的"尖端研究"指的是当时"围绕着《如是》杂志和'如是'理论研究小组而展开的文学探索",该探索其实致力于"通过语言革命改变世界",在 20 世纪 60 年代末进入高潮,成为"法国知识界的理论造反派"。该小组编辑出版的理论文集《整体理论》(邵炜译帝费纳·萨莫瓦约《互文性研究》将其译为《理论概览》),收录当时包括福柯、罗兰·巴特、德里达等人在西方人文社会科学提出的最新思想,这一说法对传统的文学观念和文学理论提出了挑战。

② 秦海鹰. 互文性理论的缘起与流变. 外国文学评论,2004(3):20. 克里斯蒂娃原文为:"任何文本的构成都仿佛是一些引文的拼接,任何文本都是对另一个文本的吸收和转换。互文性概念占据了互主体性概念的位置。诗性语言至少是作为双重语言被阅读的。"

来自克里斯蒂娃、罗兰·巴特和美国耶鲁解构主义学派,他们认为"任何文本都是互文本","互文性"也因此被相关学者定义为"文学作品和社会历史(文本)的互动作用(文学文本是对社会文本的阅读和重写)"。[①] 这里,文本的意义被无限扩大,互文性也饱含无限的开放性,进入了解构主义视角。狭义的"互文"则主要基于热奈特、里法泰尔等人对"互文性"的基本阐释,一般指"一个具体文本和其他具体文本之间的关系"[②],即不同文本之间可能存在的关系仅限于实际交流互动中具体文本之间的决定性依存关系。[③] 这种关系在热奈特看来,是所谓的"共在关系"或"共存关系"(copresence)[④],可细化为引用、隐喻、戏拟、参照等多种具体手法;对里法泰尔而言,互文性是一张"构成并调节文本与互文本间关系的功能之网"[⑤],其中的文本和互文本是同一结构"母体(Matrix)"的变体,认识"母体"是读者理解不同形式文本中"固定"(invariant)内核的基础[⑥],也是促进读者感知文本意义的一种特定方式。从这个意义上讲,互文性在此重新回归到结构主义的层面上,成为分析性的理论工具,被学术界认为是一种可操作的或可应用的"互文性",具有建构意义。互文性随后进入其发展的第三个阶段,即 20 世纪 90 年代以来"互文性"理论的成熟期和应用研究期。这一时期,对"互文性"进行纯理论研究的著作开始不断涌现,如帝费纳·萨莫瓦约的《互文性研究》、格雷厄姆·艾伦的《互文性》(英美第一部综合介绍互文性理论的书籍)等,它们从不同的角度对互文性理论的发展和内涵做了缜密的梳理,成为目前学术界研究"互文性"的基本参考。

---

① 秦海鹰. 互文性理论的缘起与流变. 外国文学评论,2004(3):26.

② 秦海鹰. 互文性理论的缘起与流变. 外国文学评论,2004(3):26.

③ Sakellariou, P. The Appropriation of the Concept of Intertextuality for Translation-theoretic purpose. *Translation Studies*, 2015 (1):39, 43-44.

④ Genette, G. *Palimpsests: Literature in the Second Degree*. Trans. Newman, C. & Doubinsky, C. Lincoln: The University of Nebraska Press, 1997:1.

⑤ 见 Allen, G. *Intertextuality*. London & New York: Routledge Taylor & Francis Group, 2000:120.

⑥ Allen, G. *Intertextuality*. London & New York: Routledge Taylor & Francis Group, 2000:119.

更为重要的是,这一时期互文性理论的应用研究除在其最初发生的文学研究领域有了更加纵深的发展,还形成了横向广阔的跨学科研究之势。现有研究中,有的将互文性理论与语言学、修辞学结合进行研究,也有的将其应用于话语分析、文化研究、艺术研究、跨文化交际、翻译研究,以及文本阅读研究等①,在网络技术异常发达的今天,互文性理论甚至也被应用于网络文本的研究。

由上述可见,互文性在发展过程中意义不断发生变化,丰富异呈,应用范围甚广。本研究属于"互文性"的应用研究,理论基础是广义的"互文性"。

一、广义"互文性"再探

如前所述,广义"互文性"主要来自克里斯蒂娃、罗兰·巴特和美国耶鲁解构主义学派,他们认为"任何文本都是互文本"。具体到文学领域,"互文性"则指"文学作品和社会历史(文本)的互动作用(文学文本是对社会文本的阅读和重写)"。或者说,"文本既可以是文学经典,也可以是报

---

① 如 *Speech*, *Memory*, *and Meaning*: *Intertextuality in Everyday Language* (Gasparov, B., De Gruyter Mouton, 2010);以《互文:语篇研究的新领域》(祝克懿)为代表的系列作品,以修辞学研究为主;*An introduction to discourse analysis*: *theory and method* (Gee, J. P., Routledge, 2011);*Communication across Cultures*: *Translation Theory and Contrastive Text Linguistics* (Hatim, B., University of Exeter Press, 1997);*Discourse and the Translator* (Hatim B., & Mason, I., Shanghai Foreign Language Education Press, 2007),《翻译研究的互文性视角》(秦文华,上海译文出版社,2006);*Researching Intertextual Reading* (Bax, S., Peter Lang AG, 2013);*Readers*, *Reading and Reception of Translated Fiction in Chinese*: *Novel Encounters* (Chan L. T., St. Jerome Pub., 2010)等。

刊文本、电视书本以及生活本身"。① 这样一来,文本不再仅仅局限为呈现信息的物质载体,而是扩展为传递信息的一组连贯符号;既指具体的语言文字文本,也指抽象的社会历史语境。互文性也在广义文本概念下成为广义的"互文性",即抽象文本与具体文本以不同排列组合所发生的互动关系,这类关系具备以下特征:

第一,不同文本互动形成文本网络建构,具有一定的管约性。这种文本网络建构首先具有一定的目的性,服务于具体的价值体系。"无论一个文本的语义内容是什么,它作为表意实践的条件就是以其他话语的存在为前提……这就是说,每一个文本从一开始就处于其他话语的管辖之下,那些话语把一个宇宙加在了这个文本之上。"②因此,一个文本吸纳其他文本构建自身时,是受一定话语管辖的,或者说,一个文本和其他文本之间关系的建立并非单纯直接的,而是隶属于特定的价值体系的,因为话语就是一个价值体系的客观体现。为适应这一价值体系,一个文本在吸收其他文本的过程中就需要采取某些具体手段(如改写、编辑、翻译,甚至改造、歪曲等)。

第二,以系统为基础。互文性概念经历的任何一次变化都从未离开其关键内核或基础——"系统"。克里斯蒂娃认为,"互文性一词指的是一个(或多个)信号系统被移至另一系统中"③。在热奈特那里,互文性成为"相关联系的整体领域"(笔者自译)④,是涉及文学文本、文学评论以及标题、序、跋等整个文学系统的基本构成要素——跨文本关系之一,这样,互

---

① 参见:萨莫瓦约. 互文性研究. 邵炜,译. 天津:天津人民出版社,2003:13. 罗兰·巴特在其《文本意趣》中曾这样说,"互文正是如此:在绵延不绝的文本之外,并无生活可言——无论是普鲁斯特的著作,是报刊文本,还是电视节目:有书就有了意义,有了意义就有了生活"。另见秦文华. 翻译研究的互文性视角. 上海:上海译文出版社,2006:47. 其中对此进行进一步阐释,"这段文字看似将文本以外的生活的一切都置之度外,实质上是将表面置之度外的生活,文学经典,报刊文本,电视书本,乃至生活本身都纳入了文本的范畴"。

② 程锡麟. 互文性理论概述. 外国文学,1996(1):74.

③ 萨莫瓦约. 互文性研究. 邵炜,译. 天津:天津人民出版社,2003:5.

④ Genette, G. *Palimpsests*: *Literature in the Second Degree*. Trans. Newman, C. & Doubinsky, C. Lincoln: The University of Nebraska Press, 1997:2-3.

文性从单个文学文本进入到整个文学体系当中,"系统"再一次成为互文性赖以生存的土壤。在随后的发展中,无论互文性是被置于篇章语言学的语篇分析之下还是批评话语分析之内,或是其他领域,其无法脱离的核心即是"系统"。因为从文本概念出发,无论是狭义的文本(具体的文学文本、报刊文本、电影、电视、网络文本等),还是广义的文本(社会历史、文化等),也不论它最终被解构为具体结构单元或言语实践,还是被建构为一个结构整体,文本终归是某一系统内部运动、发生关系的产物。

第三,具有交际本质。互文性的交际本质依旧得从互文性的起源说起。如前文所述,互文性是克里斯蒂娃引进的法国巴赫金对话理论的变体。克里斯蒂娃在《词语、对话、小说》中曾指出,词语作为最小的文本单位,在文本空间内以一组对话元素的形式在一个三维空间(主体—接受者—背景)内发挥作用;文学符号学的主要任务则是在文本的对话空间内探寻与词语组合(顺序)的不同形式相对应的其他形式主义。① 这一陈述首先从文本的基本构成要素——词语角度确定了文本内在的对话属性,其次又在此基础上确认了文学系统内文本与文本之间实际上是对话关系,同时这种内在对话属性或对话关系都无一例外地存在于一个三维空间之内。这个三维空间在克里斯蒂娃的《符号学,语意分析研究》中具体分解为横向轴(作者—读者)和纵向轴(文本—背景),或曰对话轴和语义双关轴。由此,互文性作为一个文本对别的文本的吸收和转化,其实际发生过程涉及文本所产生或得以生存的语境,即上文所述背景,还涉及文本的制造者——作者和文本的接受者——读者。互文性便成为这些事物和人物在其所处的共同空间内进行对话的具体过程。换言之,互文性为语境、作者、文本、读者四者之间的交际互动,即在一定语境内的作者将该语境下的不同文本以不同方式进行吸收、转换、生成新的文本,供读者阅读理解。另外,克里斯蒂娃对互文性不断明确的定义中,"联系""动态""转

① 转引自:Moi,T. *The Kristeva Reader*. Philadelphia:University of Pennsylvania Press,1986:37.

变""交叉"成为后人理解互文性的一些关键词①，其中"联系"和"转变"（或曰转化或转换）是出现频率最高、最重要的两个关键词,通过此二者,互文性交际的本质尽显无余。根据萨莫瓦约,"联系"是指"文本间的交流";"转换"则指在上述交流关系中"文本之间的相互改动"②,那么在将文本视为一切事物的背景下,互文性即可理解为历史、文化、语境、文学作品（或其他影视作品等）、作者、读者以及他们背后的生活、教育等诸多因素发生对话,进行交流和改写的过程。

总之,互文性实质上受促于文本功能或整体的交际③,在特定的系统内部,因为某种原因,各类文本参互成文、形成网络、展开对话,对所属价值体系的话语进行一种有意建构。

二、广义"互文性"视域下的文学对外译介

互文性与文学对外译介的关系,更多源自互文性对翻译研究的启示。在互文性理论不断得到扩展和充实的过程中,翻译因为原语文本和译语文本根深蒂固、密不可分的关系受到关注,被视为一种特殊的互文性。但是,任何学科都是不断发展的。翻译学作为一门开放性较强的学科,不断与其他理论融合再生,形成新的概念和研究方向。尤其在近十到二十年的时间里,文化理论和社会学理论与翻译学科紧密结合,使翻译远远超越了仅仅停留在语言学层面的原语文本和译入语文本之间的二元关系状态,进入到广阔的社会、历史、文化当中。在这一背景下,翻译的互文性也超越了原语文本与译语文本的二维关系。它既可以指同一原语作品的某一译本与前译本之间的关系,也可以指同一类型的不同译本之间的关

① 萨莫瓦约.互文性研究.邵炜,译.天津:天津人民出版社,2003:4.
② 萨莫瓦约.互文性研究.邵炜,译.天津:天津人民出版社,2003:61.
③ Hatim, B & Mason, I. *Discourse and the Translator*. Shanghai: Shanghai Foreign Language Education Press, 2007:128.

系①,甚至可以包含影响或制约翻译行为的一定规范和传统,因为翻译此时已成为一种在热奈特"原文性"(architextuality)中延展开来的概念,即"与具体社会相关的合理、恰当的"②行为。翻译作为在社会中运行的众多系统之一,不再是单单包含众多文字译本或口头译本的实体系统,而是包含众多交际行为的系统,这些交际行为可以被看作不同的翻译行为,或者一种文化自省。③ 这样一来,翻译即可看作某一具体社会文化中形成的文本相互作用系统。

由此,互文性可以进一步延伸到文学对外译介。文学译介顾名思义,就是一国对他国文学的翻译与介绍,或者一国将本国文学向他国进行的翻译和介绍;文学译介因此成为文学翻译的扩容版,文本的相互作用网络也有所扩大,在原有的原语文本与译语文本这些狭义文本以及它们与历史、文化语境等广义文本相互作用的基础上,关于文学作品或文学现象等的介绍也成为构成文本网络的一个重要部分。文学对外译介中,"对外"二字强调了文学译介的具体方向,意在表明该行为是由原语国家主动发起的,与传统意义上的文学译介有所不同。正如"翻译系统的内部差异会折射出该翻译系统所处的不同环境,与之相互作用的不同委托人系统"④一样,文学译介的不同方向也会如此。文学对外译介作为原语国家语境和社会系统下进行的一种文化表意实践活动,反映的是原语国家的意识形态和诗学观念,其文本相互作用网络的形成以原语国家的社会、历史、

---

① 参见 Hermans,T. Translation,Irritation and Resonance. In Wolf,M and Fukari,A. (eds.). *Constructing a Sociology of Translation*. Amsterdam:John Benjamins 2007:60-61.

② 参见 Hermans,T. Translation,Irritation and Resonance. In Wolf,M and Fukari,A. (eds.). *Constructing a Sociology of Translation*. Amsterdam:John Benjamins 2007:60-61.

③ Hermans,T. Translation,Irritation and Resonance. In Wolf,M and Fukari,A. (eds.). *Constructing a Sociology of Translation*. Amsterdam:John Benjamins,2007:66.

④ 参见 Hermans,T. Translation,Irritation and Resonance. In Wolf,M and Fukari,A. (eds.). *Constructing a Sociology of Translation*. Amsterdam:John Benjamins 2007:67-68.

文化语境等广义的抽象文本为基础,以文学作品的译本、文学作品评论的译本等介绍性文本为实际载体。这样的文本互动便是文学对外译介的互文性所在。此外,文学对外译介和互文性的契合点远不止此。二者共同具有的"目的性""系统性"和"交际功能"进一步拉近了二者的关系。无论是文学对外译介还是互文性,都是对其所在价值体系的一种重写,是特定社会系统下的一种行为,更是具体交际目的的实现途径。

第二节 中国国家形象与 *Chinese Literature* 之互文建构

国家形象作为一种社会观念性的存在,非常抽象,因此,如何将这一抽象的概念化存在转化为具象的存在,或以具体的方式表述出来,成为国家形象塑造的关键步骤。自国家形象概念提出以来,由于存在他塑和自塑两种不同方式,其具体表达方式也有所不同。迄今为止,国家形象的他塑,即一国对他国的论述和评价,主要体现在该国对他国具体事件或现象进行的新闻报道与发表的言论上,具体的媒介渠道或为报纸、杂志、书籍、广播、电视,或为更大范围的大众传播媒体;国家形象自塑的主要表达方式有国家品牌。[①] 国家品牌主要指"能够代表国家的具体的国家'意象'","它以具体的意象表征抽象的观念及精神品质","是被构造出来、用以代替'真实'共同体的象征符号,换而言之,是一个意识形态的建构物",可以是一个国家的政治核心价值观、经济商业品牌、文化经典等各个方面的具体代表,或是物质产品、非物质产品,或是著名人物,不一而足。[②] 虽然少数情况下,这些具体代表是国内外公众一致认可的(如中国古代的瓷器、茶叶、丝绸,当今的莫言、屠呦呦等著名人物),并非以中国自我的有意塑造为基础,但更多情况下,尤其是当一个国家在国际社会中处于相对较弱的地位、长期以来遭受大国、强国刻意歪曲的时候,国家形象的有意自塑

---

① 李智. 中国国家形象——全球传播时代建构主义的解读. 北京:新华出版社,2011:9-16.
② 李智. 中国国家形象——全球传播时代建构主义的解读. 北京:新华出版社,2011:13-14.

便成为一个重要主题。因此,自从新中国成立以来,中国为在国际社会中取得认可及重要地位进行了坚持不懈的努力,国家形象的塑造总体上沿着"存在状态—构建(成型)—传播"的基本路径开展[1],从新中国成立初期的 Chinese Pictorial (1950—　)、Chinese Literature (1951—2000)、People's China(1953—　)等,到近年来在纽约时代广场播放的中国国家形象宣传片、遍布世界各地的孔子学院、中国文化"走出去"战略下的诸多衍生产品等,无一例外。Chinese Literature 作为这一模式下一个具体的文学文艺产品,以中国的真实存在状况为基础,以中国国家形象为具体构建对象,将抽象的概念转化为成型的期刊,再通过具体的流通途径传播到英语国家。郭林祥也曾专门撰文说道,

> 生动的文学艺术形象和我国人民丰富多彩的社会生活可以把我们的社会制度更加具体形象地展示给外国读者,博大精深的中国文化和文学艺术的丰硕成果所产生的潜移默化的影响,将随着中国文学不断地走向世界,并在世界各民族文化之林中确立一席重要的地位,从而也能在世界人民面前树立起中国的光辉形象。[2]

从上述解释可以看出,"以中国的真实存在状况为基础"是中国国家形象塑造中最为基础的一个步骤。从中国的社会主义革命和建设的成就到中国反思历史、锐意改革,Chinese Literature 在中国的不同发展阶段通过文学作品向世界展示不同的中国。但是由于前期严峻的国际形势和分裂的世界格局,我国对外传播范围受限。少数能接触到中国材料的英语国家读者也会在其已有的"刻板印象"意识下认为关于中国的描述过于正面,没有丝毫的缺点与不足,这反而使中国在他们的心目中更增添了一种魔幻色彩。从某种意义上讲,这样一种对外宣传与中国的真实状况实则是既合也离。"合"在于国家对外宣传与国家主流意识形态的高度统一;

---

[1]　李智.中国国家形象——全球传播时代建构主义的解读.北京:新华出版社,2011:14.

[2]　郭林祥.为中国文学走向世界架起桥梁//书刊对外宣传的理论与实践.北京:新星出版社,1999:460-461.

"离"在于偏离了国家形象塑造的初衷,即没有很好实现塑造国家形象的目的。[①] 因此,1978 年以来,随着国家内政外交整体局势的变化调整,*Chinese Literature* 也对之前的不足之处[②]加以调整,在了解国外读者基本需求[③]的基础上,在对外宣传工作中更加强调"中国真实状态"——有成功有失败,有成绩有错误,有优势有不足。所以这一阶段"文革"的真实景象、改革开放的成就与困难,以及城市、农村、工业、农业、教育各个地方、各个领域、各个层面的客观现实都以 *Chinese Literature* 为载体呈现在英语国家人民的面前。尤其是 1980 年以后,中国外文书刊的发行开始进入黄金期,*Chinese Literature* 在不断改进之后也受到英语国家读者的欢迎,销量于 1984 年到 1986 年达到历史最高峰。[④] 这也从另一个侧面说明,这一时期中国对外宣传工作使英语国家人民对中国产生了更大兴趣,并获得了他们的进一步认可。换言之,这一事实再次证明,在塑造国家形象的过程中,其具象化代表中所反映的情况越接近于该国的真实存在状况,越是以具体事实来说话,就越具有说服力、越容易为他国民众所接受。因此,真实反映本国现实状况便成为一国对外宣传工作中塑造本国形象的关键。

从广义互文性理论的视角来看,*Chinese Literature* 的文学对外译介方式是一种实现国家形象自塑的跨文化交际的具体实践。*Chinese Literature* 承担着我国对外宣传、塑造国家形象以及文学交流的重任,为实现这一目的,在其存在的五十年间,它紧随国家主流话语,不断调整风格与布局。尤其是党的十一届三中全会以及改革开放之后,*Chinese Literature* 在翻译紧扣时代脉搏的当代中国文学作品以外,对相关作家、作品,以及整个国家最新文艺动态的介绍也非常详尽丰富,以一种"参互

---

① 戴延年,陈日浓. 中国外文局五十年大事记. 北京:新星出版社,1999:308.
② 戴延年,陈日浓. 中国外文局五十年大事记. 北京:新星出版社,1999:305,308,323.
③ 戴延年,陈日浓. 中国外文局五十年大事记. 北京:新星出版社,1999:326.
④ 郑晔. 国际机构赞助下的中国文学对外译介——以英文版《中国文学》(1995—2000)为个案研究. 上海:上海外国语大学,2012:120-121.

成文"① 的形式实现了中国国家形象的生成。换言之，将 *Chinese Literature* 的文学对外译介实践置于广义互文性理论视角之下，我们可以认为，中国的国家对外宣传旨在将中国固有的、特有的价值观念、社会生活、民俗风情等呈现给世界人民，属于中国国家意识形态下的话语体系。在这样的话语体系（宇宙）下，国家形象是中国国家对外宣传工作的重中之重，是需要主要构建的文本。中国国家形象就成了互文性理论视域下最广义的文本，也是中国文学对外译介中的主文本。但是这一文本是复杂的抽象文本，需要具象的内容和代表来加以表征，即它的抽象性需要具体物象做载体将它具体化，这一载体即 *Chinese Literature*。*Chinese Literature* 这一实体文本作为国家形象这一抽象文本的具体表现形式和途径，需要通过"吸收"甚至编辑不同文本构建主要文本。这时，*Chinese Literature* 成为映射中国国家形象这一主文本的互文本。同时，*Chinese Literature* 作为一个实体文本，也需要具体的构建，即在这一实体文本内，其他具体文本以某种特定方式实现"共存"，再次形成第二层级的互文模式。在这一层级中有两类具体文本，一类是介绍性文本（有英文文稿或英译本），包括卷首语、札记、述评、访谈、作者简介、编者按、文艺简讯等，另一类是文学作品的译本，包括同一作家的不同作品、不同作家的同类作品等。从国家形象到 *Chinese Literature*，再到上述各类具体文本，都以中国历史语境、意识形态以及诗学观为基本内核，形成一定的文本结构以实现双重功能：一是为文本意义和其所要实现的交际目的提供索引；二是提供一系列限制以控制文本阐释的可变范围。② 简而言之，*Chinese Literature* 的文学对外译介实践，尤其是 1978—1989 年以中国新时期文学为素材的，对不断发展变化的中国社会所进行的译介，正是通过这样一种互文建构方式，将不同文本以由外到内、从抽象到具体的多维角度构建成多元文本网络系统，为跨文化交际中的读者提供了一种相对稳定的中国国家形

① 祝克懿. 互文：语篇研究的新领域. 当代修辞学，2010（5）：2.
② De Beaugrand，R. & Dressler，W. *Introduction to Text Linguistics*. New York：Longman，1981：32-35.

象图景。为使解释更加清楚明了,以下采用图文结合的形式进一步说明。

首先从最外部的互文关系说起。最外部的互文关系即中国国家形象、*Chinese Literature* 和其他具体文本的关系,这里称为中国文学对外译介的基本互文构建。以里法泰尔的三角关系图为基础来表示即如图 3.1 所示。

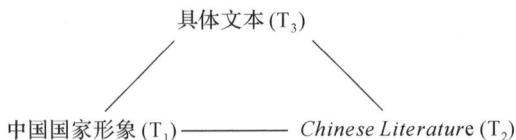

具体文本 (T$_3$)

中国国家形象 (T$_1$) —————— *Chinese Literature* (T$_2$)

图 3.1　中国文学对外译介的基本互文建构

图中,中国国家形象为互文关系中的文本一或原文本(T$_1$),*Chinese Literature* 为文本二或第一互文本(T$_2$),具体文本为文本三或第二互文本(T$_3$)。抽象的原文本通过实体的第一互文本得以具体化,二者之间这一关系的真正实现则需要第二互文本的合理表意。

具体而言,国家形象作为原文本,*Chinese Literature* 作为互文本,它们形成互文关系的基本目的是实现中国与世界之间的交流,让世界了解中国,是国家机关主导下的一种系统构建行为。若以一种更为具体的方式来解释,根据广义的、解构主义视角下的互文性意义,文本概念突破了传统理解,它既可以是通常意义上的文学作品,如一部小说、一首诗歌、一篇散文等,也可以是社会历史、社会语境。国家形象作为抽象的概念,其实质内容是一个国家的真实情况,是该国在某一历史时期的真实历史语境,是文本意义实现的母体,所以国家形象作为图 3.1 中的 T$_1$——原文本,是中国真实历史语境的抽象的表意实践。为使这一抽象的原文本得到更好的理解,具体的文化表意实践成为必需。*Chinese Literature* 便是此任务的承担者之一,它作为图 3.1 中的 T$_2$,与 T$_1$ 展开互动,以 T$_1$ 背后的具体价值体系和话语为基础,选择、编辑具体的内容表征 T$_1$,是 T$_1$ 的互文本,二者互为存在前提、相互指涉。

但真正在中国文学对外译介中发挥实质性作用的是 T$_3$——第二互文本。众多的第二互文本构成了中国文学对外译介第二层级的互文建构,

即 *Chinese Literature* 的内部互文建构。作为一种期刊，*Chinese Literature* 的突出特点是既有共时性也有历时性，因此它的内部互文建构也表现在两个方面，一是横向的，即单本 *Chinese Literature* 的文本架构，一是纵向的，指位于时间轴上多本 *Chinese Literature* 的文本架构。横向的互文建构主要指单本内卷首语、编者按、文学作品、文学作品评论、札记、访谈、文艺简讯等文本之间的交际互动；纵向的互文建构则主要指 1978—1989 年 *Chinese Literature* 所有不同类型的文学作品、同一作家的不同作品之间的互动关系。

以上不同层次的互文关系可以通过图 3.2 得到更加具体的呈现。

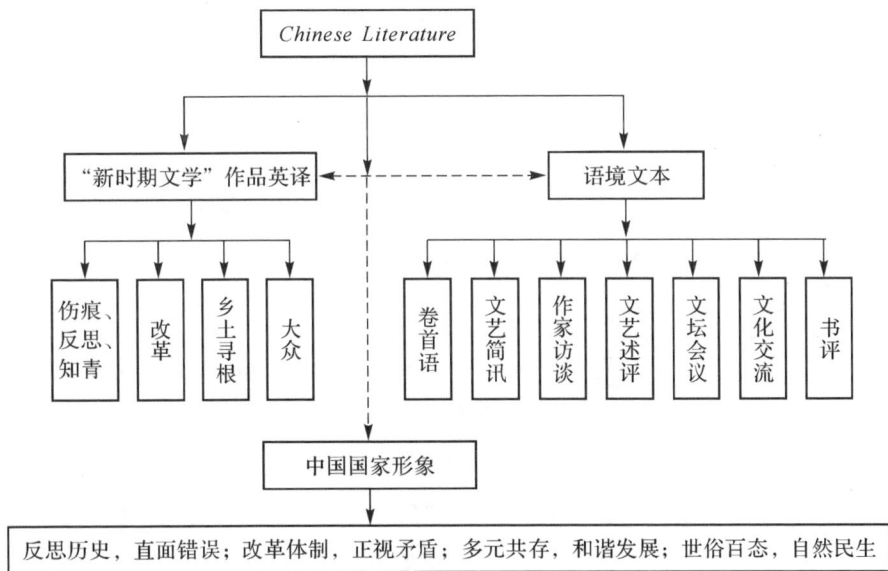

图 3.2 *Chinese Literature* 与国家形象建构的关系

第三节　*Chinese Literature*（1978—1989）之"译""介"互文

在互文性具体理论的发展中，互文性除作为文本基本且重要的一种属性外,也是文本"'参互成文'的性质状态或动态过程"①。作为文本的性质状态,它可以用来做文本或语篇解析;作为一种动态过程,它可以用来探讨文本的生产和生成。在中国对外宣传的实践中,*Chinese Literature*作为一个具体的、有形的文本,与中国国家形象的抽象文本形成互文,二者关系的具体实现则是通过 *Chinese Literature* 的内部文本生成机制,即上述"参互成文"的基本模式,由多个更为具体的文本"参互成文"。另外,由于 *Chinese Literature* 的期刊性质,它存在共时和历时两个特点,因此也就形成 *Chinese Literature* 内部互文建构的横向(单本建构)和纵向(多本建构)两个方面,由此,*Chinese Literature* 成了一个立体交汇的文本网络空间或文本网络系统。但是单纯的横向和纵向之分又会使文本之间的联系过于泾渭分明,使网络多向交织、相互缠绕的特点消失殆尽,因此我们需要从 *Chinese Literature* 的核心——中国当代文学作品的英译出发,放眼全局,让整个文本网络更加便于解释。本节将从中国新时期文学作品英译文本之间的互文关系、中国新时期文学作品英译文本与其他非文学英译文本或介绍文本之间的互文关系两大方面展开解释,在必要的时候对其加以横向或纵向的说明。

如第二章所述,1978—1989 年是 *Chinese Literature* 历史上最为辉煌的一段历程,为适应国家在新时期的对外宣传任务,提升中国在国际社会中的国家形象,*Chinese Literature* 曾实施一系列改革措施,在"真实地、丰富多彩地、生动活泼地、尽可能及时地"的基本指导原则下,保留既有的优秀栏目,增设一些新的内容。保留的优秀栏目有文学作品的英译、文艺简讯(Chronicle)等,增设的新内容有古典文学作品英译、札记、述评、作家访谈与作者介绍、新近文艺工作会议介绍或文艺界重要人物讲话等不同栏目。同时作品评论的译介较以往也有所增加:1982 年第 1 期至 1984 年第1 期增加卷首语,1983 年起开始有对作者大篇幅、图文结合的介绍,1984年开始基本形成稳定的结构。因此从 1978 年到 1989 年,*Chinese Literature* 的单本编排主要是以中国当代文学英译作品为主,以少量的现

---

① 祝克懿. 互文:语篇研究的新论域. 当代修辞学,2015(5):2.

代文学英译作品(这两部分通常在 Stories、Poems、Reportage 等栏目出现)、古典文学英译作品(Introducing Classical Chinese Literature)为辅,加之文艺述评(Notes on Literature and Art,在单本目录中包括文学艺术作品评论、作家艺术家介绍访谈等,在年终刊的索引中单独分类为 On Writers and Artists, Reports and Interviews, Notes on Art and Literature 等不同栏目①)、文艺简讯(Chronicle,1980 年起改为 Cultural News) 等。此外,Cultural Event、Cultural Exchange、Conference of Writers and Artists、Book Reviews 等栏目间或出现于某一期当中。

这一时期,国外读者的需求和我们对外宣传的诉求共同决定了当时我国对外宣传工作的任务是让国外读者及时全面地了解当下中国。因此,在这一交际动因的促进下,反映中国当时社会现实的当代中国文学作品、中国文艺界的相关动态和相关作品的评论文章英译本或英文文章,在国家形象塑造的话语主体下被激活,形成文本间的相互映射,作为 Chinese Literature 的核心内容,为英语世界读者了解当时的中国打开了一扇重要窗口。也就是说,Chinese Literature 通过其内部的中国新时期英译文本、中国文坛会议报告英译文本或文艺简讯等英文介绍性文本之间不同层次的对话,最终与英语世界的读者展开对话,使他们通过不同层次的互文关系或互文本网络系统在头脑中形成对中国的现实社会的一种联想和认识,产生"记忆"。

一、新时期文学"译"文本互文

据前文所述,Chinese Literature 的文学对外译介实践是在广义互文性视角下进行的一种国家形象自塑。其中国家形象是原文本,Chinese Literature 是第一互文本,它内部的具体文本是第二互文本。第二互文本是发挥"自塑"作用的实质客体。在所有的第二互文本中,中国当代文学

---

① 1981 年开始改为:Writers and Their Writings, Artists and Their Art, Notes on Literature and Art,1982 年文艺述评在索引中又成为 Notes on Literature,1984 年开始改为 Notes on the Arts, 文学理论或评论文章为 Articles, 此后到 1989 年保持不变。

作品的英译文本占比最大。这些文学作品的英译文本相互参照、映射成文,折射特定历史时期的中国。就 *Chinese Literature*(1978—1989)所选的英译作品而言,它们之间的互文关系主要体现为两种:一为不同作家作品的英译之间的互动;二为同一作家不同作品的英译之间的互动。第一种互文又分为两类:一是同一时期或同一流派不同作家的作品之间的互动,这里强调同一时期,是为了通过中国新时期文学作品体现中国在当时特定历史时期的时代感;二是顺着历史长河延绵而来的不同时期、不同流派作家作品之间的联系,它和第二个大层次相结合,重点突出中国的历史发展进程或轨迹,即通过文学作品再现中国决心改革、实施改革过程的历史全貌。

(一)不同作家作品英译文本之互文建构

根据中国文学研究的相关资料,学者们通常将 1949 年新中国成立以来的文学称为中国当代文学,并将其分为"新中国成立后十七年文学"、"'文革'文学"和新时期文学。从这样的划分中我们不难看出,中国当代文学与它所经历的历史阶段有着密不可分的联系。*Chinese Literature* 对中国当代文学的译介也基本沿着这样的历史路径。本书研究所涉及的1978—1989 年,是中国新时期文学的兴盛期,中国国情发生重大变化,文学流派众多,文学作家辈出,反映中国社会现实的作品层出不穷,为 *Chinese Literature* 的对外宣传工作准备了良好素材。

1. 同一时期不同作家作品英译文本的互文建构

从表 2.2、表 2.3 和表 2.4 能清楚地看到,*Chinese Literature* 在具体的译介实践中,其选材特点是基本选择同一时期或同一文学流派不同作家的作品进行相互补充。

以表 2.2 为例,从 1979 年开始,也就是党的十一届三中全会对"文革"正式定性之后,*Chinese Literature* 开始译介中国新时期以来涌现的文学作品。首批译介作品是正式揭露"文革"、批判"文革"的作品,即最初的"伤痕文学"和逐渐深刻的"反思文学"和"知青文学",共译介 43 篇。因为从"伤痕文学"到后来发展形成的"知青文学"之间所经历的时间跨度并不是很大,不过五年左右的时间,所以我们将这些作品看作是同一时期的作品。它们之间的互文意义首先在于这些文学作品均以"文革"为创作大背景,以国家否定"文革"的主流话语体系和价值体系为基础,即这些文学文本是对"文革"历史语境的直接引用,同时又是对当前主流价值话语的转述。其次,虽然它们之间的时间跨度不大,但在时间纵轴上略有先后之分,伤痕文学文本为历史文化语境之外,反思文学和知青文学的另一个前文本。正如洪子诚所言,

> 伤痕文学是反思文学的源头,反思文学是伤痕文学的深化。"深化"指的是超越暴露、控诉的情感式宣泄,引入思考、理想分析的成分。但"深化"又可以理解为将对"伤痕"的表达和历史责任的探究,纳入权力机构已经做出清理的有关"当代史"叙述的轨道。①

从以上论述不难看出,"引入""纳入"两词是对互文性定义中"吸收""转换""拼接"等关键词的另类表达,它们表现出两种先后出现的文学主流作品之间的互文关系,以及文学作品与社会语境、主流价值话语之间的互文关系。同时,表 2.3 和表 2.2 中的文学作品属于同一时期,只因主题不同而被加以区别。伤痕文学单纯揭露"文革"给中国社会和人民带来的创伤,反思文学揭示"文革"对中国社会发展的阻碍,改革文学则反映面对创伤和阻碍所实施的对"文革"的纠正,以及对中国社会现代化的根本追求。它们本质上都以"文革"为历史前文本,相互补充、相互映照,它们本身的这种互文关系恰恰为 *Chinese Literature* 的文学对外宣传实践中文学作品英译文本的互文建构提供了合理解释。也就是说,*Chinese Literature* 对于英译中国当代文学作品的具体选择在数量上虽然并不庞大,但在整体构成上和文化交际意义上来说却非同一般,它们是"文革"后中国历史转型期真实、生动的写照,既完全符合当时我国历史语境下对外宣传塑造国家形象的原则,也符合国际社会渴望了解中国的诉求。

如果我们对表 2.2、表 2.3、表 2.4 进行深入观察和探讨,这一结论将进一步得到论证。表 2.2 中虽然是 *Chinese Literature* 所选的三种文学主

---

① 洪子诚. 中国当代文学史. 北京:北京大学出版社,2014:324.

潮下貌似不同的文学作品,但事实上,这些文学作品都是"文革"在不同层面的具体反映,它们形成的是一个以"文革"为中心的文本网络。该文本网络向英语世界读者展示了他们所渴望了解的"文革"历史真相——涉及政治、教育、婚姻、家庭等层面,影响了青少年、知识分子、国家行政人员甚至农民等不同人群,这些不同题材的作品从更加细微的不同角度相互补充,让英语世界的读者对"文革"至深至广的影响有了比较全面的了解,更重要的是,这一文本网络间接表达了 1978 年以后中国国家政府能够正视历史错误、对其进行及时纠正的勇气和态度。表 2.2 中列举的 *Chinese Literature* 所选作品是反映我国改革开放初期的代表性作品。从《乔厂长上任记》到《条件尚未成熟》,题材涉及中国社会转型期实现社会主义现代化过程中所实施的工业改革、农业改革以及干部改革,是不同作家从不同角度对中国改革道路的具体描写、反映与思考。它们是以中国经济改革为基本背景形成的话语体系和文本网络。

2. 不同时期作家作品英译文本的互文建构

Chinese Literature 中不同作家的作品互文还体现在不同时期作家作品英译文本的相互联系上。这里的不同时期,是相对于上一小节中的"同一时期"而言。对于上节的同一时期,我们的界定为五年左右,而这里的不同时期指本研究的所属时段,即 1978—1989 年中的两个重要阶段。虽然无论从中国历史的进程而言,还是从中国当代文学的发展而言,1978—1989 年都是历史学家或文学家研究视野中的一个重要阶段,但是,这十二年中,中国社会的发展并不能简单归一。"文革"结束后,中国社会的首要任务是"拨乱反正",将党的工作重心放到现代化建设上,这一阶段一般认为是 1978 年党的十一届三中全会召开到 1982 年党的十二大召开这段时期。这一时期的文学创作也在全面解禁中井喷式发展,出现了上述密切反映主流意识形态和时代变化的众多文学主流。在 *Chinese Literature* 的对外宣传实践中,因为译介行为滞后于原作的本质属性,可将相应阶段归于 1979—1983 年。第二阶段始于 1983 年 10 月召开的中国共产党第十二次全国代表大会第二次全体会议。这次会议让很多有识之士看到了"文革"后的中国在走向现代化的进程中面临的一些矛盾和改革开放以后中

西文化再次碰撞时发生的冲突。体现在文学上，就是作家们面对以上问题和困惑开始"寻找民族文化的'本原'性(事物的'根')构成，希冀能为民族精神的修复，为'现代化'的进程提供可靠的根基"①。于是在中国政治、经济改革基本平稳前进的过程中，文学以其自身的方式进入新时期的第二发展阶段：文学"寻根"。这一阶段在 *Chinese Literature* 对外宣传实践中可界定为 1984—1989 年。隶属于"寻根"文学的"风俗乡土小说""京味文学""津门小说""齐鲁文化小说"等反映地域风情、中国各地人民日常生活的作品成为译介重点。这些作品貌似与前一阶段的译介作品有极大反差，但实际上这些作品作为对社会历史语境的深入反思，也是对前文学文本的重大改写——它们开始寻求艺术和文化审美的重大突破。从另一个角度而言，它们"反映了历史的主导精神"，是"现代化进步的文化象征也是现代化必然胜利的精神成果"。② 因此，*Chinese Literature* 在 1978—1989 年译介的不同作家作品虽然根据历史发展进程和具体时间有明显的分期，但是它们对中国社会历史语境的映射与它们彼此之间的联结却无法分隔，从而形成从"伤痕""反思""知青""改革"到"寻根"的大型文本网络，从整体上反映了"文革"以来中国社会徘徊前进的历程。

Chinese Literature 的互文建构除了从作家流派、作品题材、历史时间上着眼之外，还可以从体裁上着眼。1978 年以来文学的繁荣发展带动了不同文学体裁的兴盛，戏剧、诗歌与占主导地位的小说相辅相成。*Chinese Literature* 的对外宣传实践意在真实反映中国社会的变革，自然也无法排除相关作品。从 1978 年起，陆续译介的话剧有《丹心谱》《于无声处》，译介的诗歌有解禁的《天安门诗抄》(节选)、舒婷等朦胧派诗人的作品、牛汉等老一辈诗人"归来者的诗"和第三代诗人的新诗。

简言之，无论从宏观的文学流派之间的关系来看，还是从微观的各文学流派中具体作品之间的关系来看，*Chinese Literature* 的文本建构都有一定的互文性。这些不同层次的互文关系最终使文学文本与中国历史语

---

① 洪子诚. 中国当代文学史. 北京：北京大学出版社,2014:352.
② 洪子诚. 中国当代文学史. 北京：北京大学出版社,2014:352.

境形成最高层次的互文关系,是实现文学对外译介塑造国家形象的基础。它们整体构建和塑造的是一个实事求是、直面历史、勇于改革的新时期中国。

(二)同一作家作品英译文本之互文建构

与 *Chinese Literature*(1978—1989)文学对外宣传实践中不同作家"译"文本之间的互文构建关系相对应的,是同一作家作品"译"文本之间的互文建构。*Chinese Literature* 不同流派不同风格的众多英译文本还有一个显著特点,那就是一些作家作品的入选数量明显高于其他作家。当然,作品的选择也是随着中国社会发展的历史语境和文学发展的具体走向而发生变化的。如 1978 年开始,在批判"文革"主流话语下,伤痕文学、反思文学中王蒙的作品译介较多,1980—1986 年译介了 7 篇;改革大潮中,引领工业改革先锋浪潮的蒋子龙的作品译介较多,1980—1984 年译介了 6 篇之多,单 1980 年就译介了 3 篇;同时,老一辈作家高晓声反映农村改革的作品也是这段时期的译介重点,1980—1982 年连续译介了 4 篇。此后,当中国社会继续前进,文学逐渐脱离时代、政治时,"寻根"文学成为主流,众多以地域因素为创作背景的作品涌现而出,贾平凹、汪曾祺、邓友梅、冯骥才、刘绍棠、邓刚、陆文夫等人的作品成为译介重点,其中邓刚和陆文夫的作品译介较多。邓刚的作品频繁出现于 1984—1986 年的 *Chinese Literature* 中,陆文夫的作品则连续出现于 1984—1988 年的 *Chinese Literature* 中。这些单个作家的作品在一段时间内连续集中的出现,首先反映了中国社会主流意识形态的价值话语体系,其次反映了该作家作品之间的相似性和相互关联性,也就是说,上述 *Chinese Literature* 集中译介的单个作家的作品之间存在对彼此的引用、拼接或改写,形成彼此映射的互文关系,并反映着中国社会中的某一具体角落或方面。

以蒋子龙的作品为例,1980—1984 年,*Chinese Literature* 共译介蒋子龙作品 6 篇,分别是《乔厂长上任记》《乔厂长后传》《一个工厂秘书的日记》《今年第七号台风》《赤橙黄绿青蓝紫》《拜年》。6 篇作品全部围绕1978—1982 年中国经济改革中的工业改革展开。其中《乔厂长上任记》和《乔厂长后传》之间的互文关系最为明显:前者描述了改革英雄所面临的人事管理、人际关系等方面的改革阻力,属于表层的描写;后者是前者的延续,将改革阻力上升到经济体制僵化的层面。虽然两者的标题已经明确表现出两篇小说之间的互文关系,但 Chinese Literature 还是在《乔厂长后传》的开头做了如下导读:

> 原文:This is a sequel to the short story "Manager Qiao Assumes Office", an English translation of which appeared in Chinese Literature No. 2, 1980, together with an article about the author Jiang Zilong, an amateur writer from Tianjin.
>
> "Manager Qiao Assumes Office" described how Qiao Guangpu voluntarily returned to the Heavy Electrical Machinery Plant which was in a chaotic state. In the face of strong opposition from different quarters, he took a series of drastic measures, getting the plant working again. ①
>
> 本书作者自译:下文是《乔厂长上任记》的续篇。《乔厂长上任记》已在 1980 年第 2 期的 Chinese Literature 中做过译介,同时还附有该小说作家——天津业余作家蒋子龙的介绍。
>
> 《乔厂长上任记》讲述了乔光朴主动请缨回到混乱不堪的机电厂主持工作的过程。面对来自各方的强烈反对,乔光朴采取一系列严厉措施,使机电厂恢复正常生产。

上述编者按以简洁的概要将《乔厂长上任记》和《乔厂长后传》的关系、前者的梗概和主要人物关系交代清楚,有效地将前者和后者连接起来。同样,在剩余几篇作品的译介中,Chinese Literature 基本采用了同样或近似的方法将蒋子龙的作品进行了链接,使读者对作者本身的作品主题和基于中国改革进程的一些具体事实有了整体的把握和了解。

译介《一个工厂秘书的日记》时,Chinese Literature 以脚注的形式注明。

---

① More about Manager Qiao. *Chinese Literature*,1980(9):3.

原文：This story（《一个工厂秘书的日记》）has been translated from *New Harbour*（《新港》），No. 5，1980. The author（蒋子龙）is an amateur writer from Tianjian. Two of his recent stories "Manager Qiao Assumes Office" and "More about Manager Qiao" were published this year in *Chinese Literature*，Nos. 2 and 9 respectively.①

本书作者自译：短篇小说《一个工厂秘书的日记》选自 1980 年第 5 期《新港》。作者是天津业余作家蒋子龙。他最近发表的两篇短篇小说——《乔厂长上任记》和《乔厂长后传》已分别在今年第 2 期和第 9 期的 *Chinese Literature* 得到译介。

《赤橙黄绿青蓝紫》的译介中同样以编者按的形式写道，

原文：HERE we present Chapters Three to Nine of an 11-chapter story by this well-know writer whose stories "Manager Qiao Assumes Office" and "More about Manager Qiao" were published in *Chinese Literature* Nos. 2 and 9，1980 respectively.②

本书作者自译：本期我们将为大家呈上一位著名作家的中篇小说节选。该小说共 11 章，我们截取了其中第 3 章到第 9 章。该作家的另外两部作品《乔厂长上任记》和《乔厂长后传》已分别在 1980 年 2 期和第 9 期的 *Chinese Literature* 得到译介。

《拜年》则在文后的作者简介（About the Author）中写道，

原文：Jiang Zilong was born in Cangxian County，Hebei Province in 1941. He attended middle school in Tianjin and in 1960 joined the navy. Five years later he began work in a heavy machinery factory in Tianjin. His stories "Manager Qiao Assumes Office"（see *Chinese Literature* No. 2，1980），"Pages from a

---

① Pages from a Factory Secretary's Diary. *Chinese Literature*，1980(12)：32.
② All the Colour of the Rainbow. *Chinese Literature*，1982(7)：5.

Factory Secretary's Diary " (see *Chinese Literature* No. 12, 1980),
"All the Colours of the Rainbow" (see *Chinese Literature* No. 7,
1982), and "New Year Greetings " have all won literary awards. ①

　　本书作者自译:蒋子龙,1941 年生于河北沧县,曾在天津就读中学,1960 年参加海军,1965 年在天津重型机械厂参加工作。他的小说《乔厂长上任记》(见 1980 年第 2 期 *Chinese Literature*)、《一个工厂秘书的日记》(见 1980 年第 12 期 *Chinese Literature*)、《赤橙黄绿青蓝紫》(见 1982 年第 7 期 *Chinese Literature*)和本文《拜年》都获得全国重要文学奖项。

　　由以上引文可以看出,《乔厂长上任记》在蒋子龙其他 4 篇作品的译介中都不曾缺席,在 *Chinese Literature* 译介的所有蒋子龙作品的文本网络中,它成为先前文本,并以间接引文的形式进入其他作品英译文本,因此,它对英语国家读者而言已经成为认识作家蒋子龙的重要标签。正如 1982 年第 7 期 *Chinese Literature* 的卷首语中所说,"我们的读者目前应该已经很熟悉(《赤橙黄绿青蓝紫》的)作者蒋子龙了,我们首次发表他的作品是 1980 年 2 月,《乔厂长上任记》,此后我们又翻译了好几篇他的作品。"②(本书作者自译)《乔厂长上任记》同时也成为英语国家认识中国改革状况的主要代表作,它所描述的改革开放初期中国工业改革的情景成为英语世界读者阅读蒋子龙其他作品的重要基础。它与蒋子龙其他改革文学作品彼此之间映射和相互关照的互文关系成为承载当时中国工业改革历史记忆的具体介质。

　　同样,*Chinese Literature* 对于乡土文学大师刘绍棠不同作品的译介也采用了互文构建的方式。*Chinese Literature* 分别于 1982 年第 3 期、1983 年第 4 期、1983 年第 11 期、1984 年第 2 期译介了刘绍棠的《蒲柳人

---

① New Year's Visit. *Chinese Literature*,1983(8):26.

② To Our Readers. *Chinese Literature*,1982(7). 原文:By now many of our readers are probably familiar with the author, Jiang Zilong. We first published his story "Manager Qiao Assumes Office" in February 1980, and since then we translated several more.

家》《小荷才露尖尖角》《青藤巷插曲》《瓜棚柳巷》。在 1983 年第 4 期和 1983 年第 11 期的卷首语中,编者曾分别说道,

原文:READERS may remember the long story "Catkin Willow Flats" by Liu Shaotang, which we published in our No. 5, 1982 issue. Here we present "The Budding Lotus", another work by the same writer, set once again in his native Tongxian County in Beijing's eastern suburbs. The former story drew heavily on the writer's childhood memories and this new work introduces readers to the Tongxian of today—a more educated, more sophisticated world, which mirrors the gradual disintegration of entrenched ideas and customs in China's villages, Liu's strongly-flavoured work manages to convey much about the effects of the recent past on the lives of ordinary people. ①

本书作者自译:亲爱的读者,你们也许还记得本刊曾在 1982 年第 5 期刊载过刘绍棠的《蒲柳人家》。本期我们将再次为大家奉上这位作家的又一力作《小荷才露尖尖角》。故事的场景仍然置于作家的故乡——北京东郊通县。两篇小说中,前者着墨于作者儿时的记忆,后者则向读者展现了今天的通县——更加文明、更加先进。作品反映出中国农村根深蒂固的观念和风俗正在逐步瓦解。刘绍棠极具地方特色的作品成功表现了近年来中国社会变化对普通老百姓所产生的影响。

原文:A number of readers have written to us saying how much they enjoyed Liu Shaotang's story "Catkin Willow Fats", which appeared in our May issue last year. We are now publishing an autobiographical piece by the same author. "An Encounter in Green Vine Lane" describes the author's youth in pre-liberation Beijing, where he worked as a newspaper boy and haunted the teahouse

---

① To Our Readers. *Chinese Literature*, 1983(4).

listening to story-tellers. ①

　　本书作者自译：很多读者来信说他们非常喜欢本刊去年第 5 期刊载的刘绍棠作品《蒲柳人家》。本期我们将登载他的另一部作品——自传体小说《青藤巷插曲》。这部作品主要描述了作者年轻时生活的、解放前的北京。那时他曾做报童谋生，经常去茶馆听书。

　　第一段引文分别对《蒲柳人家》和《小荷才露尖尖角》的内容做了概述，但更重要的是字里行间突显出的两部作品之间的联系与差别。联系在于这两篇作品都出自同一作家之手，描写的都是北京郊区的"通县"。差别在于前者描写的是作者儿时的北京通县，保留着旧式的农村习俗，后者描述的是当时(20 世纪 80 年代)的北京通县，是旧时今日两个通县的不同描写——今天的通县是一个"更加文明、更加先进的地方"。两者的对比"折射出中国农村根深蒂固的观念和风俗正在逐渐瓦解"，反映出近年来中国社会正在或即将发生的根本性转变。第二段引文则以英语读者所喜爱的《蒲柳人家》作为刘绍棠的标签，引出即将推介的新作品《青藤巷插曲》——解放前老北京的民情风俗和百姓生活，帮助读者了解不同历史时期的北京城，发现从旧社会走向新时代的变迁。

　　以上两个例子其实都说明了一个问题，*Chinese Literature* 对同一作家不同作品的译介并非随意、偶然之举，而是有意的互文构建。刘绍棠的这几篇译文都服务于一个中心主题：北京的变迁。克里斯蒂娃认为，互文性指每个文本是用引文构成的，其外形有如用马赛克拼嵌起来的图案，每个文本都是对全体文本的吸收和转化。② 从互文性的角度来审视这些作品，可以称其为由马赛克拼凑出来的改革镜像、北京画面，是翻天覆地的动态画面，也是跌宕起伏的多声部合唱。从阅读效果来看，这种互文建构的根本目的是为英语世界的读者提供一个中国社会语境的文学文本互文参照系统，可以通过阅读同一作者同一主题的相关作品，产生互文联想和对比，进而了解文本外中国社会的前情、现状与未来。

---

① 　To Our Readers. *Chinese Literature*，1983(11).
② 　罗选民. 互文性与翻译，香港：岭南大学，2006：62.

二、"译""介"文本互文

1978 年以后，*Chinese Literature* 的文学对外宣传实践的一大突出特点是增加英译中国文学作品之外卷首语、作者介绍、文学艺术评论等介绍性文章的比重，因此这一时期 *Chinese Literature* 的译介内容变得非常丰富，文本网络也更为复杂，除了上述文学作品英译文本之间的互文建构之外，文学作品英译文本与其他文本之间的互文关系也显得非常重要。这里的其他文本主要包含 1982—1983 年 *Chinese Literature* 上一度出现的卷首语，还有在数量和篇幅上有所增加的文学作品评论、作者介绍或访谈的英译文本、文艺界重要会议或讲话英译文本以及基本稳定的文艺简讯。这些文本与英译中国当代文学作品相结合，形成 *Chinese Literature* 内部的"译""介"互文关系："译"指中国当代文学作品的英译文本；"介"指针对该文学作品或与该文学作品有某种关联的"介绍""评介"或"引介"。由于本章主要考察文学对外译介与国家形象塑造之关系，本节将讨论重点置于卷首语、文艺界重要讲话、报道和文艺简讯与中国新时期文学英译文本的互文建构之上。

（一）文学"译"文本与卷首语"介"文本之互文建构

"无论是何种情况，卷首语都是一种既基本又典型的互文性手法。"[①]帝费纳·萨莫瓦约在其《互文性研究》一书中如是说。他认为卷首语是"从某种意义上引出主体文本"[②]。当然这一说法仍然是基于文学作品的写作，涉及作者对文学权威引用的意旨——"暗示文本是由此衍生的"，是作者与先前文本的对话，同时也为读者提供可读可理解的参照，让读者与前文本、当前文本进行对话。[③] 也许有人会质疑萨莫瓦约所说的卷首语更准确地说应该是卷首题字，然而文学文本的这种卷首语互文作用是可以推而广之，运用到其他文本中的。究其原因，首先，在本章开篇我们已经

---

① 萨莫瓦约. 互文性研究. 邵炜, 译. 天津: 天津人民出版社, 2003: 55.

② 萨莫瓦约. 互文性研究. 邵炜, 译. 天津: 天津人民出版社, 2003: 53.

③ 萨莫瓦约. 互文性研究. 邵炜, 译. 天津: 天津人民出版社, 2003: 54.

对互文性的基本意义和特点进行了详尽阐释,其中最为关键的一句是"一切文本都是互文本";其次,无论什么类型的文本,"卷首语的作用都是多方位的,它包含和概述了一部分错综复杂的文本"①。由此,*Chinese Literature* 1982—1983 年的对外宣传实践中卷首语的作用也就不容小觑,它是这段时间 *Chinese Literature* 的重要组成部分,是与卷首题词不同的另外一种卷首语形式,它概括了这段时间 *Chinese Literature* 所译介的中国文学及文艺作品,甚至是中国的国家语境。为此,在 1982 年第 1 期的 *Chinese Literature* 中,主编杨宪益就引用孔子"三十而立"(I began to stand firm when I reached the age of thirty)的经典名言来阐释 *Chinese Literature* 在其创刊第三十一年之际的新举措——"对每期出版内容加以评论,建立与读者的对话"②。事实上,作为国家机构赞助下的文学对外宣传期刊,与读者对话建立的基础首先是 *Chinese Literature* 与国家机构,即与国家主流价值话语体系的对话,其次是 *Chinese Literature*(编者)与作品的对话,在形式上体现为卷首语与英译文学作品的对话,当然重点体现为与中国当代文学作品,即 1978 年以来的新时期文学作品之间的对话。这两种对话之后就是 *Chinese Literature* 与英语世界读者的对话,即 *Chinese Literature* 通过卷首语实现与前两者的对话——卷首语与国家语境、中国新时期文学作品的互文建构,从而引导读者全面理解文学作品、认识中国社会历史语境。

1. 卷首语与国家语境的文外互文

"文革"结束后,中国各项事业进入新的发展期。文学艺术事业是国家气象变化的其中一个体现,文学发展镜像是国家镜像的一个部分,也是展现国家形象的一个重要方面,作为中国唯一一本文学对外译介期刊,*Chinese Literature* 在译介文学作品的同时,向英语世界的读者辅以适当的语境导读将有助于他们更好地理解中国新时期文学作品、文学发展脉络和中国社会。

---

① 萨莫瓦约. 互文性研究. 邵炜,译. 天津:天津人民出版社,2003:54.
② To Our Readers. *Chinese Literature*,1982(1).

1982—1983 年,*Chinese Literature* 共以 24 篇卷首语向英语世界读者介绍了中国文艺界和中国社会的主要导向、发展趋势,通过文坛镜像反映"文革"之后中国社会历经的变化,成为对外宣传实践中的重要组成部分。

(1)文艺精神

1981 年 9 月,在北京人民大会堂举行了鲁迅百年诞辰纪念活动。无论是活动的筹备过程、活动项目、出席人员数量和身份,还是庆典的规模、范围和规格,都达到了之前所有纪念活动都未有过的空前盛况。①

1982 年第 1 期 *Chinese Literature* 的卷首语对此进行了专门介绍。文章以介绍鲁迅百年诞辰之际的会议报告为引,从出席鲁迅百年诞辰纪念会的人员数量(6000 多人)、报告人身份(中国文联主席、著名文学评论家)、报告要旨(总结鲁迅作为作家、思想家和革命家的重要成就)、中国的文艺方向(向鲁迅学习)、该报告的重要性(*Chinese Literature* 将对其以全文出版)等方面展现了鲁迅百年诞辰纪念活动的空前盛况。

> 原文:In this issue we are publishing a long report on the occasion of the centenary of the birth of Lu Xun,which fell on September 25 last year. It was read by Zhou Yang during the commemoration meeting attended by more than six thousand people. Zhou Yang is the chairman of the China Federation of Literary and Art Circles and a well-known critic. His report sums up Lu Xun's achievements as a writer,thinker and revolutionary and points out what we can learn from him today. We are also publishing a report on the symposium on Lu Xun which was held at the same time by Chinese researchers. We hope you will not be deterred by the length of Zhou Yang's report,but as it is a very significant one,we have decided to have it printed in full. ②

---

① 徐妍. 以仪式的形式悬搁记忆——鲁迅百年诞辰仪式的背后话语分析. 海南师范学院学报,2004(6):36-37.

② To Our Readers. *Chinese Literature*,1982(1).

本书作者自译:本期我们将刊登去年 9 月 25 日鲁迅百年诞辰纪念活动上的一篇长篇报告。纪念活动共有 6000 人出席。报告人周扬为中国文联主席、著名文学评论家。报告指出鲁迅作为作家、思想家和革命家取得了非常伟大的成就,直到今天仍然值得我们学习。本刊也将刊登同时举行的鲁迅学术研讨会上的一篇报告。希望大家不要因为报告长度而就此却步,因为这篇报告的确非常重要,本刊已决定刊印其全文。

这无疑是中国主流意识形态和诗学观念的集中体现。鲁迅作为"五四"新文化运动的代表人物,早已成为国内外公认的中华民族求生图变的政治文化形象。"文革"后国家以如此盛大的仪式庆祝鲁迅百年诞辰,恰恰是以鲁迅爱国战士的形象和精神为典型,借用鲁迅这一国外受众异常熟悉的中国知识分子的精英形象阐述中国历史发展进程中新时期的基本政治导向:召唤"五四"精神回归,告别"文革"旧体制。

与此同时,党的十一届三中全会"解放思想"的路线方针和文艺界"双百"方针的落实使得"文艺与政治的关系"再次成为"文革"之后文艺界的热点讨论话题。1982 年 6 月,北京召开中国文联第四届全国委员会第二次会议(中国文艺界具有历史转折意义的一次会议),中共中央书记处书记胡乔木就"文艺与政治的关系"发表讲话,确立了新时期"文艺为人民服务,文艺为社会主义服务"的基本导向。*Chinese Literature* 1982 年第 10 期卷首语对这一纲领性的讲话进行及时介绍,指出该文章"是一篇非常重要的文章,澄清了党的路线中的许多要点",向英语世界读者阐明了这一时期中国的意识形态和诗学态度。

原文:During a recent conference of Chinese writers and artists, Hu Qiaomu, member of the Secretariat of the Chinese Communist Party Central Committee, spoke on the relation between politics and art. We think it is a most significant speech, clarifying many points in the Party's line. As the original speech is fairly long, we are publishing in this issue a short summary of its main points. We hope our readers will welcome it. ①

本书作者自译：在最近召开的中国文联会议上，中共中央书记处书记胡乔木就文艺与政治的关系发表演说。我们认为这是一篇非常重要的演说，澄清了党的路线中的诸多要点。由于演讲稿篇幅较长，本刊将节选总结其中要旨刊载，希望大家喜欢。

因此，可以看出，*Chinese Literature* 对外译介中国文学，首先是与国家主流价值体系的对话，它需要将中国国家主流话语中的价值观念从文学艺术的角度介绍给英语世界的读者。当然，这种主流价值观以及中国共产党的基本路线、方针政策的实际效果，还需要现实事例加以佐证。1978 年以后，中国文坛的繁荣发展是再好不过的例证，如作家作品数量的激增和组成的多样、诸多文学奖项开始设立、优良的文学传统开始重现和传承。为此，*Chinese Literature* 对新时期中国文坛的复兴景象进行介绍，为中国国家的良好形象辅以具备说服力的相关佐证。

（2）文坛景象

1982 年第 3 期的 *Chinese Literature* 的开篇卷首语以中国作协对业余作家作品所做的调查统计数据为引，说明 1978 年以来中国当代文学发展的繁荣景象，随后引出薛海翔、徐光兴、曹冠龙、张抗抗等作家作品，让国外读者做进一步的鉴赏和理解。

原文：Last year the Chinese Writers' Association made a general survey of current writing by young amateur writers. It found that at the moment there are 736 young amateur writers, 622 of them are male, making up 84% of the total, and 114 of them female, making up 16% of the total. All these young writers, whose work has appeared in literary magazines or in books, are under 35 years of age. 329 of them write mainly short stories and novels, and 241 are engaged in writing poems. The Chinese Writers' Association at the

---

① To Our Readers. *Chinese Literature*, 1982(10).

moment has 1,551 members, of whom only 14 are under 35 years of age so the appearance of this unprecedented upsurge in amateur writing has made it imperative for the Association to add more young members to its ranks, and this argues well for the growth of contemporary Chinese literature. ①

本书作者自译:去年,中国作家协会对年轻业余作家的写作状况做了一个全面调查。调查发现,截至目前,中国共有 736 位年轻业余作家,其中 622 名为男性,占总数的 84%,女性有 114 位,占总数的 16%。这些作家都未满 35 岁,却已经在文学期刊和书籍上发表过作品。他们中的 329 位主要创作长篇、短篇小说,241 位从事诗歌创作。中国作家目前拥有 1551 名会员,其中只有 14 位不满 35 岁,因此,史无前例的业余写作高涨将促进中国作家协会吸收更多年轻的会员,也是中国当代文坛繁荣发展的极佳例证。

上文主要说明了中国作协新进作家在数量上的增加和中国作协规模的不断扩大。此外,还有一个不可忽略的作家群体,那就是中国大地上除汉族以外的其他少数民族作家,这些作家及其作品使得中国文坛上增添了不同的声音和风情,是中国政府兼顾多民族共同发展的具体体现。

原文:Although the majority of Chinese people are Han, there are many ethnic minorities in different areas and autonomous regions. In recent years, many promising writers have appeared among them... ②

本书作者自译:尽管大多数中国人属于汉族,但在中国的不同地区和自治区还有许多少数民族。近年来,少数民族中也涌现出很多出色的作家。

在这样的情境下,中国新时期文学作品数量众多,也增加了 *Chinese*

---

①   To Our Readers. *Chinese Literature*,1982(3).

②   To Our Readers. *Chinese Literature*,1983(1).

Literature 遴选作品的困难。1982 年第 5 期和第 8 期 *Chinese Literature* 的卷首语中,编者都表达了文学对外译介中的遗憾和为难:*Chinese Literature* 的空间之小无法将井喷式发展的中国文学艺术的诸多成果及时介绍给英语世界的读者,尤其是长篇小说和全幕戏剧,这再次说明了中国文学艺术在新的政治环境和政策指引下的蓬勃发展。

原文:There have been quite a few good new films and plays, especially new TV plays, and many new novels and stories appearing. Unfortunately owing to the lack of space in our magazine, we cannot publish the longer stories or full-length plays. ①

本书作者自译:其实还有一些最新上演的电影和话剧也都很好,最新上映的一些电视剧、新出版的小说尤其不错。遗憾的是,本杂志空间有限,无法刊载长篇小说或全幕剧。

原文:At present many of our better-known writers are writing novels rather than short stories. As these are all too lengthy for a single issue of our magazine, they have not as yet been included in our contents. If, however, this trend continues, we may in future publish some extracts from longer works. However, many new amateur writers are appearing all the time and we have good reason to hope for more and better short stories. For this issue we have chosen two new stories by two younger writers. ②

本书作者自译:目前,许多作家都在从事长篇小说创作。这些长篇小说篇幅较长,已超越了本刊的单本容量,故而暂不刊载。但是,如果这一趋势持续发展,我们将考虑刊载其节选。事实上,中国文坛正不断涌现新晋业余作家,我们完全有理由相信未来会更多更好的短篇小说。本期我们就将译介两位年轻作家的新作。

---

① To Our Readers. *Chinese Literature*, 1982(5).
② To Our Readers. *Chinese Literature*, 1982(8).

此外,1982 年第 5 期的卷首语还通过对刘绍棠作品《蒲柳人家》和孙犁对刘绍棠评价的引介向英语世界读者展示了中国文坛老新作家"传帮带"的优良传统。①

那么,如何在如此众多的文学作品之中做出选择,除了以上所说选择新晋作家和一些优秀少数民族作家的优秀作品外,中国文坛的一些关键奖项也是 *Chinese Literature* 选材的一个重要参照标准。对此,1983 年第 7 期 *Chinese Literature* 的卷首语曾做出说明。文中提到中国作协主办的四大奖项(全国优秀新诗奖、全国优秀报告文学奖②、全国优秀短篇小说奖、全国优秀中篇小说奖)的获奖情况,这一方面说明新的政治环境之下中国文艺界的兴盛之景,另一方面,这些入选 *Chinese Literature* 的获奖当代文学作品也说明了文学作品本身和 *Chinese Literature* 都是国家主流价值话语的体现,毕竟 1978 年以后,或曰新时期的文学奖项,是"意识形态按照自己的意图,以权威的形式对文学艺术的导引与召唤"③。

原文:The Chinese Writers' Association has sponsored four major literary awards this year—for poetry, journalism, short stories and novelettes. The results have just been announced and altogether some 84 authors have been singled out for praise. Most of those awarded and many of their prize-winning works have already appeared in translation in our magazine and we plan to present more of these works in the near future. ④

本书作者自译:今年中国作家协会主持展开了四大文学奖项的

---

① 原文见 To Our Readers. *Chinese Literature*,1982(5).

② 在中国作家协会网站 http://www.chinawriter.com.cn/2012/2012-01-20/113543.html(登录时间:2016 年 6 月 14 日)查证:1983 年 3 月 24 日,中国作家协会在京举行 1979 年至 1982 年全国优秀新诗(诗集)、1981 年至 1982 年全国优秀报告文学、1982 年全国优秀短篇小说、1981 年至 1982 年全国优秀中篇小说评奖授奖大会。原文中将报告文学译为"journalism",似乎有所不妥,无论是 *Chinese Literature* 的目录翻译还是英汉汉英词典中,报告文学对应的词都是"reportage"。

③ 洪子诚. 中国当代文学史. 北京:北京大学出版社,2014:241.

④ To Our Readers. *Chinese Literature*,1983(7).

评选。奖项覆盖诗歌、报告文学、短篇小说和中篇小说。评选结果已经揭晓，共约 84 位作家荣膺奖励。大多数获奖作品已在我刊得到译介。我们还将为广大读者奉上更多获奖作品。

2. 卷首语与文学作品之文内互文

作为文学对外译介期刊，*Chinese Literature* 自然是以文学作品为主，通过文学作品的具体映射，使中国社会的现实图景呈现在英语世界的读者面前。因此 *Chinese Literature* 中的卷首语更多地通过对文学作品的阐释和延伸来引导读者理解文学作品，理解文学作品背后的中国社会语境。

以 1982 年第 4 期卷首语为例。文章介绍当期 *Chinese Literature* 的译介重点是三篇社会讽刺小说，作者分别为高晓声、鲁南和赵致真，故事的主人公都是小人物，他们用自己的天生才智和计谋与官员进行抗争。编者认为高晓声小说中的主人公陈奂生的塑造与捷克著名作家哈谢克经典讽刺小说《好兵帅克》中帅克的刻画有异曲同工之妙。但是编者进一步指出，中国语境毕竟与他国语境不同，这些当代中国小说中的人物不是无政府主义者，也不是反社会的人物，因此故事的结尾通常都是皆大欢喜的。[1]（本书作者自译）这种强调一是说明中国当时的历史语境中同其他国家一样存在普通民众与当权者之间的矛盾，二是说明这种矛盾并不是不可调和的，在中国语境下会得到调整和解决，使小人物的利益和要求在适当情况下得到满足和解决，避免了矛盾的升级与激化，这也是中国与他国的区别，体现中国现行体制的优点，成为中国国家形象塑造的一部分。

另外，*Chinese Literature* 卷首语中关于文学作品的选材理由与目的的内容也是佐证其对外宣传中国国家形象基本宗旨的一个重要证明。1982 年第 8 期关于"七月诗派"《白色花》诗集部分作品的译介是因为"中国当前正确的政策"使得这些诗人得以昭雪，使其诗歌得以面世[2]；1982 年第 9 期中对中杰英《在地震的废墟上》（"After the Earthquake"）的译介则是为了突出在地震频发的中国，地震科学家和工程师与地震的奋力斗

---

[1]　To Our Readers. *Chinese Literature*，1982(4).
[2]　To Our Readers. *Chinese Literature*，1982(8).

争;1983 年第 1 期所选韩少功《风吹唢呐声》("Deaf Mute and His Suona")则是为了反映"政府已经对残疾人状况高度重视,并正在努力帮助他们"①;1983 年第 6 期所选魏继新《燕儿窝之夜》("A Night at Swallow's Nest")是为了选取典型反映当时四川发生洪水时"人们英勇保卫他人财产和生命的感人故事"②;1983 年第 8 期选取蒋子龙的《拜年》("New Year Greetings"),是因为小说描写的正是"当前管理改革运动"中的一个典型事例,是"对工厂生活生动现实的描写"……总之,"这些小说(故事)反映的都是当今中国的社会现状"。③

至此,*Chinese Literature* 卷首语的互文意义得到明确:它是 1982 年到 1983 年 *Chinese Literature* 的重要组成部分,与中国新时期文学作品在 *Chinese Literature* 内部展开互动,从具体文本互文的方式延展为与中国国家语境和形象的互文,向英语世界读者展示着历经"文革"坎坷、走向复兴征程的新时期中国。

(二)文学"译"文本与政策性"介"文本之互文建构

"文革"结束后,中国社会的复兴与重建已势在必行。中国文艺界的复苏便成为 *Chinese Literature* 配合新时期当代文学作品对外宣传中国变化的重要组成部分。其中,从文艺的角度反映中国整体政策变化的文艺界会议、报道、讲话等成为 *Chinese Literature* 在 20 世纪 70 年代末至 80 年代中期互文建构的重要组成部分。经统计,该类文章共有 17 篇,如表 3.1 所示。

---

① To Our Readers. *Chinese Literature*,1983(1).

② To Our Readers. *Chinese Literature*,1983(6).

③ To Our Readers. *Chinese Literature*,1982(10).

表 3.1　1978—1985 年 *Chinese Literature* 刊载政策性文本翻译情况

序号	CL 期号	文章标题	对应中文题目	原文作者	文章出处
1	1978.6	The "Gang of Four's" Attack on Progressive Literature and Art	"文艺黑线专政"论的出笼与破灭	中国人民解放军总政治部文化部评论组	《人民日报》1978-02-06 第 1 版编译
2	1978.9	Prominent Cultural Figures Meet in Beijing	中国文联三届全国委员会第三次扩大会议在京召开		CL 杂志社自写
3	1978.10	My Heartfelt Wishes	文艺的春天	郭沫若	中国文联第三届全国委员会第三次扩大会议上的书面发言编译
4	1978.10	Strive to Bring about the Flourishing of Literature and Art	在毛主席革命文艺路线指引下,为繁荣社会主义文艺而奋斗	黄镇	中国文联第三届全国委员会第三次扩大会议上的讲话编译
5	1978.11	A Hundred Flowers in Bloom Again	百花开放 百家争鸣	Tu Ho	CL 杂志社自写
6	1980.1	Zhou Yang on Reality in Literature and Other Questions	周扬谈文艺的真实性及其他		CL 杂志社自采自写
7	1980.2	The Fourth Congress of Chinese Writers and Artists	第四次文代会在北京举行		CL 杂志社自写
8	1980.4	No Breakthrough, No Literature	没有突破就没有文学	白桦	在第四次文代会上的报告摘要编译
9	1980.4	Our Responsibility	我们的责任	王蒙	在第四次文代会上的发言编译

（续表）

序号	CL 期号	文章标题	对应中文题目	原文作者	文章出处
10	1980.4	A Few Words from My Heart	讲一点心里话	丁玲	在第四次文代会上的发言编译
11	1980.4	My Opinions	我的意见	夏衍	在第四次文代会上的发言编译
12	1981.2	For a Better Life	让生活变得更美好——在美国爱荷华"中国周末"的发言	王蒙	编译
13	1982.1	Persist in LuXun's Cultural Direction and Develop Lu Xun's Militant Tradition	坚持鲁迅的文化方向 发扬鲁迅的战斗传统	周扬	鲁迅百年诞辰纪念讲话编译
14	1982.9	In commemoration of the Yan'an Forum on Literature and Art	中国文艺界纪念《讲话》四十周年	纪延	编译
15	1982.10	Hu Qiaomu on the Revolution Between Art and Politics	胡乔木谈文艺与政治的关系		CL 杂志社自写
16	1984.4	Symposium on Humanism and Alienation	关于人道主义和异化问题的讨论		编译
17	1985.3	The Fourth Congress of Chinese Writers	中国作家协会第四次会员代表大会	闻学	编译

注:1. 该表格中对应的汉语题目或是笔者通过文章内容核查原文所得,或是根据 CL 目录索引所得,个别为自译。

2. 文章出处为笔者核查所得。文章编写译方式为笔者每篇核对所得,有编者按注明出处并标明译者的视为编译文章,无编者按或译者标注的视为 CL 杂志社编写文章。

从表 3.1 的统计结果可以看出 1978 年以来中国文艺界的重要动态和走向。

1977 年 11 月,教育战线掀起了批判"两个估计"的热潮之后,其他部门,尤其是意识形态领域各部门也结合自身的情况,掀起了深入揭批"四人帮"、肃清其流毒的热潮。反映在文艺领域,就是集中批判"文艺黑线专政"论。其实早在当年 10 月 5 日,文化部党组分管文艺工作的贺敬之、冯牧获悉中央领导同志关于推倒教育方面"两个估计"进行谈话后,即于当月以文化部理论组名义召开了批判"文艺黑线专政论"的文艺界人士座谈会,拉开了文艺领域拨乱反正的序幕。1977 年 11 月 21 日,《人民日报》邀请茅盾、刘白羽、张光年、贺敬之、谢冰心和吕骥、蔡若虹、李季、冯牧等文艺界人士举行座谈会,批判"四人帮"炮制的"文艺黑线专政论"。自 11 月 25 日起,《人民日报》在第一版或第二版陆续发表重要人士批判"文艺黑线专政"论的文章。《"文艺黑线专政"论的出笼与破灭》("The 'Gang of Four's' Attack on Progressive Literature and Art")是其中一篇。该文发表于《人民日报》1978 年 2 月 6 日第一版,由中国人民解放军总政治部文化部评论组撰写。该文对"文艺黑线专政"论的形成、核心内涵和最终破灭三个方面做了详尽阐释,与其他同类文章相比,更容易让英语世界对中国"文革"一无所知的读者深刻认识"四人帮"十年来对文艺战线的破坏。

此后,1978 年 5 月 27 日到 6 月 5 日,中国文联第三届全国委员会第三次扩大会议在北京举行。*Chinese Literature* 对此进行及时报道,并译介郭沫若的《文艺的春天》("My Heartfelt Wishes",1978 第 10 期)和黄镇的《在毛主席革命文艺路线指引下,为繁荣社会主义文艺而奋斗》("Strive to Bring about the Flourishing of Literature and Art",1978 第 10 期)。郭沫若作为中国文联的主席,其文章代表着文艺界众多人士的声音,而黄镇作为中宣部的代表,其讲话代表着党和国家的意识形态方向和政策方向,因此,*Chinese Literature* 译介这两篇文章,正是向英语读者展现了中国文艺界拨乱反正、澄清"四人帮"种种谬论、逐步恢复活动的积极动态。

1979 年 10 月 30 日,中国文学艺术工作者第四次全国代表大会(简称"第四次文代会")在北京举行。这次会议是"文革"后中国文艺界的一次重大会议,是我国文学艺术事业进入崭新历史时期的标志。会议上,周扬做了题为《继往开来,繁荣社会主义新时期的文艺》("Our Achievements,

Lessons and Tasks",在 *Chinese Literature* 1980 第 3 期得到译介)的讲话,在总结经验教训的基础上,提出了新时期文艺界需要开展的具体任务。此文与 1980 年第 4 期 *Chinese Literature* 译介的四位作家的报告相结合,向英语世界的读者介绍了中国文坛正在发生的变化、中国文艺创作未来的方向和任务,以及更重要的是,反映了其背后中国社会的新气象和新的发展走向。

除以上这些 1977—1979 年关于中国文艺界的重大事件和动态的文章外,*Chinese Literature* 后续译介的文章基本上是中国文艺界在发展过程中出现的重大讨论,包括"文艺与政治的关系"和"人道主义与异化的问题",也涉及中国文艺发展的走向问题,反映中国社会重大变化中的诗学观念。这些在中国文坛兴起过程中里程碑式的文章让英语世界对中国"文革"一无所知的读者深刻认识"四人帮"对文艺战线的破坏,向英语读者展现了中国勇于正视自己的过去,对未来充满希望的国家形象。

（三）文学"译"文本与文艺简讯"介"文本之互文

Chinese Literature 中的文艺简讯是该期刊多年以来的保留栏目,除创刊初期(1951—1954 年)和少数单本①之外,几乎每期都有。该栏目在 1955 年第 1 期以 Cultural Events 为名出现,1956 年第 1 期起更名为 Chronicle,1980 年更名为 Cultural News,内容主要是中国国内文艺界的最新动向、活动、重大事件,以及国内外文化交流活动等。就 1978—1989 年而言,*Chinese Literature* 的这部分内容主要涉及以下几个方面:人民日报等代表中国国家最高新闻舆论阵地的重要文章摘要、文艺界会议讲话简讯、文艺界书刊复刊或出版简讯、文学评奖活动、文学研讨会简讯等(参见表 3.2 和表 3.3)。这些文章以简要的表述方式向英语世界读者阐释了中国当时的历史语境、国家意识形态及政策的基本导向,与 *Chinese*

---

① 没有文艺简讯的少数单本 *Chinese Literature* 为:1959 年第 1 期;1960 年第 5、10 期;1961 年第 2、3、5、7—10 期;1962 年第 1—4、6、12 期;1963 年 8、12 期;1967 年第 8—9 期;1969 年第 4 期专刊;1972 年第 8 期;1973 年第 1 期;1974 年第 6 期;1976 年第 11—12 期。

Literature 上刊登的中国新时期文学作品英译文本展开对话,互相映衬。前者侧重于介绍,后者侧重于翻译,前者为作品被收入 *Chinese Literature* 创造了机会,后者则通过对前者的间接引用或转述,映射中国的现实语境,实现介绍真实中国的对外宣传目的。

这一时期的文艺简讯从内容上来看,主要包括"内修"(明确文艺发展方向)和"外联"(对外建立文艺联系)两部分。

"内修"主要体现在文艺发展的基本宗旨和方向上。

1977 年后,中国的历史语境开始发生重大转变,批判"文革"、建立新的意识形态成为新的历史语境中的诉求。这种转变对中国文坛的影响也是至深至远的。从当年开始,中国文坛的活动日益频繁,文艺路线也在总的政策方针下发生变化,原先"为工农兵服务"和"为政治服务"的文艺口号被摒弃,"为人民服务、为社会主义服务"取而代之,成为文艺活动的主要指导方针。文学与人民的距离再次拉近,成为"政治表达和情绪释放的重要载体"[1],反映着这一时期中国的国家现实与社会现实。*Chinese Literature* 作为唯一文学对外宣传刊物,为方便英语世界读者理解"文革"前后中国现实的变化,在将讲述中国现实变化的文学作品介绍给英语世界读者的同时,以文艺简讯的形式简明扼要、及时地为英语世界读者提供中国的历史语境信息,这一栏目主要从文学的角度出发,介绍了文学创作环境、文学作品出版环境等。

文学的根本是创作,文学环境的优劣决定着文学创作的兴衰。"文革"结束后,在全国各领域的拨乱反正中,文艺界迎来了文学创作的"春天"。文学创作的尺度开始放宽,文学创作中开始出现多元观点,文学讨论开始增多,连文学奖项的规模也在增大,从普通的全国优秀作品评奖到"茅盾文学奖"等冠名奖项不断增加。*Chinese Literature* 便像这样重点突出地、间断性地在每年的不同期次中通过介绍文艺界这些不同方面的动态向英语世界的读者阐释中国的基本现实状态。

首先涉及的是基本的文艺政策和导向介绍。

---

[1]　洪子诚. 中国当代文学史. 北京:北京大学出版社,2014:239.

1978 年第 2 期的 *Chinese Literature* 介绍了 1977 年 11 月 19 日《人民文学》编辑部在北京组织召开的短篇小说创作座谈会。座谈会上强调"繁荣社会主义文艺必须贯彻双百方针,必须保证作家有个人创造性和个人爱好的广阔天地,做到题材和风格的多样化"①。该文章英文题目为"Forum on Story Writing",对参与人员和讨论主题做了简要介绍。参与人员是"老中青作家和文学评论家"("the old and young writers and literary critics")中的一些重要人物,讨论主题一是回顾新中国成立 28 年以来中国文艺界所取得的成绩②;二是指出"四人帮"给文艺战线造成的破坏③;三是提出解决办法——"百花齐放、百家争鸣","提高短篇小说的政治水准和文学水品"。④

1978 年第 9 期 *Chinese Literature* 中题为"People's Daily Editorial Calls for Flourishing Literature and Art"的文艺简讯,对 1978 年 5 月 23 日《人民日报》的社论《为繁荣社会主义文艺创作而奋斗》进行重点介绍,强调了新时期下我国对文学艺术创作多样性的呼吁、文艺创作为社会主义服务的基本要旨和"古为今用、洋为中用"的基本原则。

> 原文:The editorial says that literature and art must reflect life during the socialist period and cover a wide spectrum of themes. Different styles and trends in the arts should be allowed to develop. We should not demand perfection of works of literature and art or attack them for failing to attain it. Any work that is in line with the six criteria put forward by Chairman Mao—mainly, benefiting the socialist road and consolidating the leading role of the Party— and that is fairly good artistically may be published or produced. The editorial stresses the need to adhere to the principle of making the

---

① http://www.chinawriter.com.cn/2012/2012-01-20/113537.html,登录日期为 2016 年 4 月 29 日。

② *Chinese Literature*,1978(2):117.

③ *Chinese Literature*,1978(2):117.

④ *Chinese Literature*,1978(2):117.

past serve the present and foreign things serve China. Our cultural
heritage and that of other countries should be critically assimilated，
to enable the new out of the old. ①

　　本书作者自译：社论指出，文学艺术必须反映社会主义时期的生
活、涵盖丰富的主题、允许发展不同风格和潮流。我们不应要求文艺
作品达到完美无瑕，也不应因其缺陷而加以抨击。要创作、出版艺术
性较高的作品、与毛泽东"六条标准"相一致的作品。"六条标准"简
单来说就是要有益于社会主义发展、有益于巩固中国共产党的领导。
社论强调文艺创作必须坚持"古为今用、洋为中用"的基本原则，要批
判性地吸收中国和国外的文化遗产，做到推陈出新。

　　1979 年第 6 期，*Chinese Literature* 简要介绍了周扬 1978 年年底在广
州会议上的讲话，该讲话再次强调社会主义新时期文学艺术的主要任
务——"反映社会主义生活的真实面貌"和文学创作的基本原则——"描
述中国人民为实现社会主义现代化所付出的努力和他们的真实情感，塑
造一些人民大众中的英雄人物"。②

　　1979 年第 11 期的 *Chinese Literature* 译介了《人民日报》的一篇重要
评论文章，也是当时文艺界的重要争论之一，即基于《河北文艺》1979 年 6
月号的一篇文章《"歌德"与"缺德"》③所产生的争论，对"文革"时期文艺界
的状态进行批判和纠正。

　　上述四篇关于新时期文艺界走向的重要文章为英语世界读者对"文
革"后中国在整体意识形态层面批判"文革"、重建社会主义中国的主体导
向提供了较为明确的背景语境资料。

　　在这样的历史语境下，在基本文艺政策的指引下，这一时期中国作家
文学创作的热情空前高涨。文艺界为正确引导新时期文学创作，举办了

---

①　Chronicle. *Chinese Literature*，1978(9):116.

②　Chronicle. *Chinese Literature*，1979(6):123.

③　Chronicle. *Chinese Literature*，1979(11):119-120. 文中将此文译为 "Eulogists
and Unscrupulous Writers"。

关于各种文学体裁的文艺创作座谈会、文艺争鸣、文艺纪念活动、文艺讲话等。*Chinese Literature* 也及时地将这些动态传送给了国外读者。具体见表 3.2。

表 3.2　1978—1982 年 *Chinese Literature* 文艺简讯中文艺界动态一览表

CL 期号	文艺动态文章标题	对应事件或文章
1978.6	Peking Theatres Honour Premier Chou's 80th Birthday	*北京人民艺术剧院纪念周恩来诞辰 80 周年
1978.7	The Play "Loyal Heart" Staged in Beijing	*《丹心谱》在北京人民艺术剧院上演(1978.3.25)
1978.9	Encouraging Operas on Contemporary Themes	*《人民戏剧》编辑部在京召开戏剧创作座谈会(1978.5)
1978.9	A Discussion on Children's Literature	*人民文学出版社召开少年儿童文学作家座谈会(1978.5)
1978.10	Playwrights Forum Held in Beijing	*《人民戏剧》编辑部在京召开戏剧创作座谈会(1978.5)
1978.10	Kuo Mo-jo's Play Restaged	*郭沫若的历史剧《蔡文姬》①在京重新上演
1978.11	False Charges Against "The Great Days in Shaoshan" are Refuted	*对周立波《韶山的节日》的平反
1978.12	A Shansi Opera Cleared of False Charges	*晋剧《三上桃峰》②得到平反
1979.2	Kuo Mo-jo Editing and Publishing Committee Formed	*郭沫若著作编辑出版委员会成立
1979.4	A New Year Gathering of Writers and Artists	*1979 年 1 月 2 日中国文联迎新茶话会
1979.4	"When All Sounds Are Hushed" Acclaimed	*《于无声处》得到广泛称赞
1979.4	An Eight-Year Plan for Research in Foreign Literature	*1978 年 11 月 25 日至 12 月 5 日全国外国文学研究规划会议（广州）

①　文中译为 *Tsai Wen-Chi*。
②　文中译为 *Going Up to Peach Peak Three Times*。

(续表)

CL 期号	文艺动态文章标题	对应事件或文章
1979.5	"Hai Rui Dismissed from Office" Restaged	*北京京剧院重新上演《海瑞罢官》(1979.2)
1979.6	Chinese Poets Meet	*《诗刊》召开全国诗歌创作座谈会(1979.1)
1979.6	Zhou Yang on Literature and Art	*周扬在广州会议的讲话
1979.7	Awards for Short Stories	*1978 年全国优秀短篇小说评选发奖大会在北京举行(1979.3.26)
1979.9	Society for the Lu Xun to Be Established	*鲁迅研究学会即将成立(1979 年 12 月正式成立)
1979.9	Ding Ling at Work on a New Novel	*丁玲创作新作《在严寒的日子里》①
1979.11	The Play *Call of Future* Stage in Beijing	*中央实验话剧院上演《未来在召唤》(赵梓雄)
1980.1	Minister Huang Zhen Reviews China's Cultural Work	文艺部长黄镇举行中外记者招待会,阐述中国文化建设与文艺工作的发展状况
1980.1	National Minority Folk Singers' and Poets' Forum	少数民族民间歌手、诗人的座谈会
1980.1	Chinese Writers' Association Admits New Members	中国作家协会吸收新会员(1979 年 9 月 25 日中国作协书记处会议)
1980.1	National Minority Folk Singers' and Poets' Forum	全国少数民族民间歌手诗人的座谈会(1979 年 9 月 25 日)
1980.2	Society for the Study of American Literature Founded	美国文学研究会在山东成立
1980.2	*References for the History of Modern Chinese Literature* Published in Shanghai	上海出版《中国现代文学史参考资料》
1980.3	Foreign Literature Publishing House Set Up	外国文学出版社成立

---

① 文中译为 *In Days of Bitter Cold*。

（续表）

CL 期号	文艺动态文章标题	对应事件或文章
1980.3	Three More Foreign Literature Societies Set Up	三个外国文学研究会相继成立
1980.7	Fiftieth Anniversary of Left-Wing Writers' League Commemorates	纪念"左联"成立五十周年
1980.7	Best Short Stories of 1979	全国优秀短篇小说评选揭晓
1980.8	Literature Institute Re-opens	文学讲习所第五期开学
1980.9	Conference on Literary Periodicals	全国文学期刊编辑工作会议召开
1980.9	Anthology of Tian Han in Preparation	田汉著作编辑出版委员会成立
1980.11	A National Conference on Minority Literature	全国少数民族文学创作会议在京举行
1980.11	Hand-Copied Works of Minority Literature Discovered	云南发现一批少数民族文学作品的手抄本
1980.11	The Society to Study Children's Literature Set up	中国儿童文学研究会在京成立
1980.11	Centenary of Indian Writer's Birth Marked	纪念印度作家普列姆昌德诞生一百周年
1981.4	Chinese Writers Meet Foreign Journalists	著名中国作家会见驻北京外国记者
1981.4	Symposiums Held in Yunnan	中国当代文学研究会举行学术讨论会
1981.4	Editors' Society Established	全国大型文学期刊编辑协会成立
1981.4	Symposium on Tolstoy	托尔斯泰学术讨论会在上海举行
1981.5	New Shanghai Play *The Blood Is Always Warm*	话剧《血，总是热的》轰动上海剧坛
1981.6	Symposium on Foreign Literature Held in Chengdu	外国文学学术讨论会在成都召开①
1981.7	China Awards Best Short Stories of 1980	1980 年全国短篇小说评选揭晓

———————

① 1981 年第 6 期中中文索引中无此条，中文部分为本书作者自译。

（续表）

CL 期号	文艺动态文章标题	对应事件或文章
1981.7	People's Literature Publishing House Celebrates 30th Anniversary	人民文学出版社纪念建社 30 周年
1981.8	News from the Chinese Writers' Association	中国作家协会近讯
1981.9	Writers' Awards Announced	全国中篇小说、报告文学、新诗评奖
1981.9	Symposium on Modern Chinese Literary Trends	中国现代文学思潮与流派学术讨论会
1981.10	Woman Writer Xiao Hong Commemorated	纪念已故女作家萧红
1981.12	"The Literary Almanac 1980" Out	1980 年文学年编问世
1982.2	A Criticism of "Unrequited Love"	《文艺报》发表批评《苦恋》文章
1982.2	Mao Dun Literary Awards	"茅盾文学奖"
1982.3	Tibetan Cultural Congress	西藏召开首次文代会
1982.3	Modern Chinese Literature Centre	中国现代文学馆在筹建中
1982.3	China PEN Centre Holds Meeting in Beijing	中国笔会中心在北京举行会议
1982.4	Minority Writers Awarded	全国少数民族文学创作评奖揭晓
1982.4	Forum on Modern Opera Held in Beijing	北京举行现代歌剧座谈会
1982.5	Research into Contemporary Literature	我国当代文学研究工作活跃
1982.5	25th Anniversary of *Poetry* Celebrated	《诗刊》创刊 25 周年
1982.5	Zhonghua (China) Publishing House's 70th Anniversary	中华书局创建 70 周年
1982.7	Ba Jin Awarded 1982 International Dante Prize	巴金获 1982 年"但丁国际奖"
1982.7	Best Short Stories of 1981	1981 年全国优秀短篇小说奖评选结果在北京揭晓

（续表）

CL 期号	文艺动态文章标题	对应事件或文章
1982.8	Symposium on Lao She Held in Jinan	老舍学术讨论会在济南举行
1982.8	Forum on Army Literature Opens in Beijing	军事题材文学创作座谈会在北京举行
1982.10	The China Federation of Literary and Art Circles Holds National Congress	中国文联召开四届二次全委会
1982.10	Conference on Modern Chinese Literature	中国现代文学研究会召开学术讨论会
1982.10	Seminar on Ai Qing Held in Hangzhou	艾青研究学术报告会在杭州举行

注：1. 表 3.2 为 1978—1982 年 *Chinese Literature* 通过文艺简讯对中国国家整体形势和文艺界动态的介绍。此后的 1983 年到 1989 年，*Chinese Literature* 基本沿用这个模式，选取内容也基本和上表中主题一致，因此此处不再继续将其列入表中，而置于文后附录 1 中。表中期号以 1978.1 代指 1978 年第 1 期。

2. 表 3.2 中"对应事件或文章"一栏中带 ＊ 号部分为本文作者根据英文原文从《中国当代文学词典》《中国当代文学史》以及网络中查证所得。1980—1982 年部分是以每年第 12 期最后的中文索引为基础，进一步查证所得。

3. 以上说明同样适用于表 3.3。

从表 3.2 可以很清楚地看出，1978 年以来中国外文局在进行文学对外宣传的时候，以新时期文学作品为 *Chinese Literature* 的构成主体，同时辅以文艺简讯等栏目。这个栏目看似篇幅微小，貌不惊人，但是却蕴含着中国在这一时期的重要政策导向。"全国外国文学研究规划会议"、"美国文学研究会"及其他国家文学研究会的成立、"外国文学出版社的成立"、"外国文学学术讨论会"、"托尔斯泰学术讨论会"等向英语世界的读者展现了中国这一时期"文艺界"的大解禁。短篇小说、戏剧、诗歌、儿童文学、少数民族文学等各类文学体裁和作品的创作座谈会对文学创作提出新的要求；《韶山的节日》《三上桃峰》《海瑞罢官》等作品的平反是中国在文艺界"拨乱反正"的体现；人民日报就《苦恋》等文学作品引发争论所做的评价则是对新时期文艺创作中的矛盾与冲突加以引导；不同文学奖项的设立也因评判标准而间接反映着中国整体的意识形态和价值观念。

文学创作、文学研究需要有出版阵地,文艺出版界的繁荣是新时期中国文艺界复兴的又一大标志,也是 1978 年以来中国新政的重大成果。1978 年后的出版动态详情见表 3.3。

表 3.3　*Chinese Literature* 文艺简讯中文艺界出版动态一览表

CL 期号	出版动态文章标题	对应事件或文章
1978. 1	New Books in Memory of Chairman Mao	*纪念毛主席新书出版
1978. 2	Revised Edition of Chu The's Poems	*人民文学出版社修订出版《朱德诗选集》
1978. 2	Selection of Kuo Mo-jo's Poems Published	*人民文学出版社出版《沫若诗词选》
1978. 3	Selection of Tung Pi-wu's Poems Published	*人民文学出版社出版《董必武诗选》
1978. 4	Literary Works Republished in Shanghai	*上海人民出版社出版中外文学名著
1978. 5	New Books Published by PLA Publishing House	*中国人民解放军出版社出版军队题材作品。
1978. 11	*Wenyi Bao* Resumes Publication	*《文艺报》复刊
1979. 1	The Magazine *World Literature* Published Again	*《世界文学》复刊
1979. 3	*The Tien An Men Poems* Published	*《天安门诗抄》出版(1978.12 人民文学出版社)
1979. 3	A New Play by Tsao Yu	*曹禺的《王昭君》出版
1979. 4	The Tibetan Epic *Geser* Republished	*藏族史诗《格萨尔王》再版
1979. 4	*Anthology of American Short Stories* Published	*《美国短篇小说集》出版
1979. 5	*Folk Literatures* Resumes Publication	*《民间文学》复刊
1979. 5	Literary Journal *Harvest* Resumes Publication	*《收获》复刊
1979. 7	*Poems by Ten Old Men* Published	*《十老诗选》出版
1979. 7	*The Second Handshake* to Be Published	*《第二次握手》即将出版

续表

CL 期号	出版动态文章标题	对应事件或文章
1979. 8	Books to Be Published in Tibetan	*西藏人民出版社出书计划
1979. 8	*Studies on Foreign Literature* Starts Publication	*《外国文学研究》开始出版发行
1979. 9	*Story of Naiserden Atainde* Republished	*全新汉语版维吾尔族民间故事选集《阿凡提的故事》①重新出版
1979. 9	*Contemporary American Short Stories* Published	*《当代美国短篇小说》出版
1979. 10	New Journal *Our Times* Published	*《当代》创刊
1979. 10	The Journal *Studies in Literature and Art* Published	*《文艺研究》创刊
1979. 10	*Collections of Foreign Stories* Published in Shanghai	*《外国短篇小说》出版
1979. 11	New Novels by Old Writers Published	*魏巍等老作家的小说出版
1979. 12	More Literary Magazines Published	*《十月》《花城》《清明》等更多文学杂志创刊
1980. 1	Ye Jianying's Poems Published	叶剑英诗集出版
1980. 1	*In Blossom Again* Published	《重放的鲜花》②出版
1980. 2	*Studies in Foreign Literature* Published	《外国文学研究集刊》创刊号出版
1980. 3	New Novel in the Uygur Language Published	维吾尔族作家的长篇《战斗的年代》问世
1980. 3	New Mongolian Writings	蒙古族作家的新作
1980. 3	*Short Stories of Taiwan* Published in Beijing	《台湾小说选》在北京出版

① 见 Chronicle. *Chinese Literature* 1979(9)：119.《阿凡提的故事》在"文革"期间曾被禁止，"文革"后由新疆人民出版社重新整理出版全新汉语版，内含 148 个故事。

② 《重放的鲜花》主要选取 17 位作家的 20 篇在"文革"期间被批为"毒草"的作品，如《本报内部消息》《组织部新来的年轻人》《改选》等。见：*Chinese Literature*. 1980(1)：117；王庆生. 中国当代文学辞典. 武汉出版社，1996：876.

续表

CL 期号	出版动态文章标题	对应事件或文章
1980.4	*China's Screen* Resumes Publication	《中国银幕》复刊
1980.4	*Selection of Taiwan Prose* Available	《台湾散文选》在北京出版
1980.4	Yugoslav Novels Published in China	北京翻译出版南斯拉夫小说
1980.4	New Translations of *Red Star over China*	《西行漫记》重印出版
1980.5	*Selected Essays of Wu Han*	北京出版《吴晗杂文选》
1980.5	*New Liteary Supplement to Wenhui Daily*	《文汇增刊》创刊
1980.5	*Living in China* Issued	《在华三十年》一书出版
1980.6	Lao She's Novel *Four Generations Under One Roof* Published	老舍长篇小说《四世同堂》第一部重新出版
1980.6	First Kazkh Novel Published	哈萨克族第一部长篇小说问世
1980.7	Chinese Translation of Herzen Published	巴金翻译的赫尔金回忆录第一册出版
1980.7	*Selected Essays of Lun Xun* Published	瞿秋白编辑的《鲁迅杂感选集》出版
1980.8	Lao She's Novel *The Drum Singers* Published in China	老舍长篇小说《鼓书艺人》在国内首次发表
1980.8	*Interesting Events in Taiwan* by Hua-ling Nieh Published	聂华苓的短篇集《台湾轶事》出版
1980.11	Historical Novel *The Tiny Weeds* Published	长篇历史小说《星星草》出版
1980.12	Plans to Publish Works of Modern Writers	北京出版一批著名作家的文集
1980.12	*Poetry Exploration*	诗歌评论刊物《诗探索》即将问世
1980.12	Xin Fengxia's *Reminiscences* Out Soon	新凤霞回忆录即将出版
1981.1	*Mao Dun on Literary Creation* Published	上海出版《茅盾论创作》

（续表）

CL 期号	出版动态文章标题	对应事件或文章
1981.1	Two New Books by the Film Actor Zhao Dan	赵丹著作《地狱之门》《银幕形象创造》出版
1981.1	*Selection of Contemporary Chinese Women Writers* Issued	广东出版《中国当代女作家作品选》
1981.1	*Literary Heritage* Resumes Publication	《文学遗产》复刊
1981.2	*Selected Short Stories* Monthly Issued	《小说选刊》创刊
1981.2	New Novels by Xinjiang Writers	新疆少数民族作家长篇新作
1981.2	More Foreign Literary Works Translated	上海翻译出版外国文学作品
1981.3	*A Collection of Essays By Ding Ling* Published	《丁玲散文集》出版
1981.3	A Tibetan Novel Published	长篇小说《格桑梅朵》出版
1981.5	Trends in Modern Western Literature	《外国现代派作品选》出版
1981.5	*A Collection of Chinese Folk Narrative Poems* Published	《中国民间长诗选》出版
1981.5	*A History of Chinese Films* Reprinted	《中国电影发展史》出版
1981.5	An Introduction to the Traditional Entertainment "*Quyi*"	《曲艺概论》问世
1981.6	New Edition of *Complete Works of Lu Xun*	新版《鲁迅全集》即将陆续出版
1981.6	Mao Dun's Novel *Ordeal*	茅盾的长篇小说《锻炼》即将出版
1981.6	A New Historical Novel *The Broken Golden Bowl*	长篇历史小说《金瓯缺》问世
1981.6	*Li Zicheng* Volume 3 to Be Published Shortly	《李自成》第三卷即将出版
1981.6	*Lu Xun Studies* Commences Publication	《鲁迅研究》创刊

（续表）

CL 期号	出版动态文章标题	对应事件或文章
1981. 6	*Nationalities Literature* Appears	《民族文学》即将出版
1981. 6	*Selected Poems of Hu Yepin*	《胡也频诗选》出版
1981. 6	*Collected Poems of Yu Dafu*	《郁达夫诗词抄》在杭州出版
1981. 7	Publications and Films in Memory of Mao Dun	茅盾著作陆续出版，小说《子夜》搬上银幕
1981. 7	*New Literary Journal* in Shanghai	《文学报》在上海创刊
1981. 7	Translations of Chinese Literature	又一批图书译成外文出版
1981. 7	Kazakh Novels Published	哈萨克族作者的三部长篇小说出版
1981. 7	New Periodical *Effendi* in Xinjiang	新疆出版《阿凡提》画刊
1981. 8	Books About Minority Nationalities	两部少数民族民间故事、传说著作出版
1981. 9	*Collected Works of Lao She* to Be Published	《老舍文集》开始发行
1981. 9	*A Brief History of Mongolian Literature* Published	《蒙古族文学简史》出版
1981. 9	Hemingway's Works Translated	海明威短篇小说中译本出版
1981. 10	A Series of Bouyei Folk Literature Published	"布依族民间文学丛书"出版
1981. 11	News from Beijing Publishing House	"北京文学创作丛书"陆续出版
1981. 11	Tibetan Novel Published	藏族长篇小说出版
1981. 11	Collection of Translations by Fu Lei Out	《傅雷译文集》出版
1982. 1	*On Dai Poetry and Songs* Published in Chinese	《论傣族诗歌》译为汉文出版
1982. 2	Research Materials for Modern Chinese Literature Series	"中国当代文学研究资料"丛书
1982. 3	*Collected Works of Guo Moruo* Commences Publication	《郭沫若全集》开始出版

（续表）

CL 期号	出版动态文章标题	对应事件或文章
1982.3	*Foreign Literature*，Section of *Encyclopedia Sinica* to be Published	中国大百科全书《外国文学》卷将出版
1982.3	*1981 Almanac of Chinese Literature and Art* Published	《中国文艺年鉴(1981)》出版
1982.4	*Collection of Zhu Ziqing's Writings* to Be Published	《朱自清古典文学专集》出版
1982.4	New Books Published in Shanghai	上海文艺类图书出版
1982.6	New Work Issued on Modern Chinese Literature	《中国近代文学论文集》陆续出版①
1982.6	Three Series on Modern Chines Literature	三套现代文学丛书陆续出版
1982.6	Selections from Sun Li Published	《孙犁文集》出版
1982.7	Guo Moruo's *Translations of English Poetry* Published	(郭沫若)《英诗译稿》出版
1982.8	*Selected Works of Ba Jin* to be Published	《巴金自选集》将出版
1982.9	New Poetry from the People's Literature Publishing House	人民文学出版社出版诗人自选集②
1982.10	*A Miscellaneous Collection of Lao She's Stories* Published	《老舍小说集外集》出版
1982.10	*Selected Works of Hu Yepin* Published	《胡也频选集》出版
1982.10	First Part of *Foreign Literature* of *Encyclopaedia Sinica* Issued	中国大百科全书《外国文学Ⅰ》出版
1982.11	The Novel *Raging Seas* Published	长篇历史小说《愤怒的海》出版
1982.11	*A Biography of Jiang Guangci* Published	《蒋光慈传》出版

---

① 原文误印为"陆继出版"。
② 第十二期总目录中将第 9 期的"9"误印为"6"。

续表

CL 期号	出版动态文章标题	对应事件或文章
1982.11	*Reference Book on Ding Ling Issued*	《丁玲研究资料》出版
1982.12	*The Path Guo Moruo Took in Literature* Published	《郭沫若的文学道路》出版
1982.12	*Jungar* to be Published	《江格尔传》即将出版

从表 3.3 可以看出,文艺出版界紧随国家的大政方针,开展自身的重要变革。很多"文革"时期遭受迫害的老作家如老舍、丁玲、吴晗等人的作品随着作家本人的平反得到正名,被出版社出版。同时,"文革"时期被误读、被禁止的很多作品也重新出版,如《天安门诗抄》《阿凡提的故事》《重放的鲜花》等。在纠正历史错误的同时,如何发展新时期的文艺是中国此时需要关注的重点。《文艺报》《世界文学》《收获》等曾经的主要文艺阵地得到恢复,《当代》《十月》《花城》《清明》等新的文艺阵地得到创办,为当时蓬勃兴起的中国文学创作的面世提供了有力保障。

"外联"主要体现在中国大陆文学与台湾地区文学,以及中国与西方国家之间的交流。台湾作品在大陆公开出版,如《〈台湾小说选〉在北京出版》("*Short Stories of Taiwan* Published in Beijing")、《〈台湾散文选〉在北京出版》("*Selection of Taiwan Prose* Available")、《聂华苓的短篇集〈台湾轶事〉出版》("*Interesting Events in Taiwan* by Hua-ling Nieh Published")等报道,反映了中国两岸关系的改善。大量外国作品译著甚至中国著名作家作品外译本的纷纷结集出版,《中国大百科全书·外国文学 I》及其他文学研究类图书的不断涌现,都昭示着新时期中国对"文革"时期禁锢革命文艺以及"自我封闭"政策的全面颠覆。

中国作家获国际大奖的相关文章,如《巴金荣获"但丁国际奖"》("Ba Jin Awarded 1982 International Dante Prize")、《冯至荣获 1983 年歌德奖章》("Professor Feng Zhi Receives Goethe Medal")、《王蒙荣获蒙德罗国际文学特别奖》("An Award Goes to Wang Meng")、《贾平凹荣获飞马奖》("Chinese Writer Wins Mobil Pegasus Prize"),说明中国文学在国际

社会获得认可。中外文学之间的交流恢复正常,外国文学不再被视为有害物质,而是被视为人类共同的优秀文化遗产,是能够促进新时期中国文学发展的有益因素;中国文学开始与世界文学融合,成为世界文学不可缺少的一部分。

总而言之,*Chinese Literature* 中的文艺简讯栏目以大事记的形式,向英语世界的读者介绍了中国"文革"结束后的国家形势和文学创作大背景,为英语世界读者了解"文革"后中国在整体意识形态层面批判"文革"、重建社会主义的主体导向提供了较为明确的语境资料。它们与新时期文学相互映射,形成互文关系,以文学"故事"与现实语境的契合将中国镜像更为真切地呈现给英语世界的读者。

小　结

互文性从其提出之日直至今天,经历了概念的流变,由广义到狭义,产生了不同的流派,从最初的文本理论发展成为一种具有实践操作意义的文学研究方法。它关注的既有文本形式之间的联系,也包含文本内容之间的联系,是通过文本相互作用进行的一种文化表意实践活动,是文本相互作用过程中产生的一种作者、文本、文化和读者之间的交流。从这一意义出发,互文性理论对于 *Chinese Literature* 的中国文学对外译介塑造国家形象具有实际的指导意义。

Chinese Literature 作为一种跨文化交际实践,需要参与两种文化的话语空间,一是原语国家的文化,二是译入语国家的文化。为实现原语国家和译入语国家的对话,*Chinese Literature* 必须首先完成与自身目的相一致的自我构建,这一自我构建即 *Chinese Literature* 文学对外译介实践中所呈现的互文建构方式。

由于 *Chinese Literature* 的文学译介实践是原语国家发起的、从弱势文化到强势文化的主动行为,原语国家中国作为 *Chinese Literature* 的发起国,创办 *Chinese Literature* 的主要目的是通过文学译介完成对外宣传,弥补西方世界对中国形象"他塑"的不足,构建本国正面形象。1978 年以后，随着国内外形势的转变，这一诉求尤为明显、强烈。因此，从最广义的文本概念出发，国家形象是我国对外宣传实践中需要构建的最基本文本或主文本，但由于这一文本是抽象的，它需要更为具体和形象的文本来加以表现。*Chinese Literature* 作为互文本与之产生互动，形成最高层面的互文建构，同时通过吸收具体文本、对其加以编辑形成内部的互文建构，从而完成塑造国家形象这一文化表意实践。这些具体文本主要包括文学文本——中国新时期文学作品的英译文本，以及非文学文本——卷首语、政策性文本和文艺简讯等，它们通过相互引用或转述等手段进行互动，形成巨大的"译""介"文本网络，合力作用，折射出原语国家的主流话语、社会现实和人民生活，映射出中国的具体形象。

此外，原语文本经过译介过程最终进入译入语国家后，首先面对的便是读者。互文建构的其中一个目的是将"前文本"和"现有文本"进行合力配置，方便读者理解，即互文性当中的可理解性。*Chinese Literature* 通过"译""介"文本互文建构，为读者提供"前文本"，这里的"前文本"主要指中国 1978 年以来的社会历史语境，从而帮助读者对中国新时期文学作品及其反映的中国社会得到合理理解。

总而言之，*Chinese Literature* 在对外译介中国新时期文学、塑造国家形象的过程中采用多重互文建构手段，构建具体文本与抽象文本的互动，实现文学作品与中国社会历史语境的相互作用、参互成文，形成联通中国语境与国家形象的具体介质，从而为英语读者理解中国、认识中国提供一个宏观语境与微观故事相结合的生动图景，进而形成更加饱满、更加真实的中国形象。

第四章　译介规范　国家形象塑造之实现途径

钱锺书曾在《林纾的翻译》一文中以许慎《说文解字》中关于翻译的一段训诂为基础,对翻译的丰富内涵做出了深刻而富有哲理的阐释——"虚函数意"(polysemy, manifold meaning),具体可拆解为"译、诱、媒、讹、化"。其中"译"是"传四夷及鸟兽之语",是五者中的基础和第一步骤,只有先有"译","诱、媒"的作用才能得到发挥;虽然难免会有"讹",但作为一种自古至今在人类交流中不可或缺的基本手段和方法,"译"不仅没有减弱或消失,反而被更加广泛地应用于人类社会和生活的各个领域,其内涵和外延乃至具体实施方法已得到了巨大的扩展。两种不同文字之间的转化不过是翻译的最基本形式,更多的表现形式和结构模式正在充盈着翻译的格局和发展。① 由此,无论从钱锺书的"讹"出发看翻译,还是从今天瞬息变化的翻译镜像看翻译,有一点已经非常了然——翻译远比我们想象的要复杂得多。

就 *Chinese Literature* 这个文学对外译介独立的本体而言,其译介工作从最初的译介选材,经过复杂的文本架构,最后进入关键的一步——翻译策略的选择和应用。*Chinese Literature* 的翻译是国家机构赞助下的翻译,是一种"国家翻译行为","是主权国家以国家名义为实现自利的战略目标而自发实施的自主性翻译实践"。② 这种翻译主体的国家性质决定了

---

① 　钱锺书. 七缀集. 上海:上海古籍出版社,1994:79-118.
② 　任东升,高玉霞. 国家翻译实践初探. 中国外语,2015(3):93.

其在整体机制上不同于国际惯例,具有高度的社会政治复杂性。作为社会文化系统中的一个子系统,翻译会受到诸多因素的影响,简单地说,即众所周知的文化翻译学派所提出的三大要素——"意识形态、诗学传统和赞助人",但细究起来恐怕要复杂得多,可能涉及一种语言的国际地位、译者所必须面对的语言组合、译作的重要性等,但其中至关重要的是反映意识形态和诗学传统的制度。① 换言之,制度操控是具有决定作用的,形成了"制度化翻译"——以国家意识形态为导向,服务于国家政治体制稳固和国家战略实施等政治目标的实现,往往是由国家权力机构和统治者当局发起和推动的有组织、有计划、有规模、有监控的翻译活动。② 这种制度化翻译首先体现在翻译方向的决定上,中国的具体国情和长期以来在国际社会中的身份地位使得新中国在对外交往和对外宣传中采取主动译出的新政策和新制度。*Chinese Literature* 便是新制度下的产物之一。它采取一种国际社会中只有少数国家使用或者比较边缘的翻译行为,即由原语国家主动向目标语国家发起的从汉语到英语的翻译实践,这是由弱势国家主动向强势国家发起的翻译实践,目的是维护自身利益、对外塑造本国的良好形象。另外,制度包含传统与规范。传统指的是"所有相关人员都知道,在特定情境下,他们其中的一员更可能做某件事而非另一件"③;规范(就翻译而言)则指"翻译活动的个体——委托人、赞助人、生产者、消费者、教师以及批评家之间的结构性互动"④,强调的是规则(rule)和限定(constraint)。而 *Chinese Literature* 的翻译在践行其对外宣传中国的基

---

① 见 Baker,M. *Routledge Encyclopedia of Translation Studies*. Shanghai:Shanghai Foreign Language Education Press,2009:67. 此处虽然所指是影响翻译方向的因素,但事实上,这些因素尤其是制度因素影响着翻译的每一个环节。

② 任东升,高玉霞. 翻译制度化与制度化翻译. 中国翻译,2015(1):21.

③ Snell-Hornby, M., Jettmarova, Z. & Kaindl, K. (eds.). *Translation as Intercultural Communication:Selected Papers from EST Congress, Prague 1995*. Amsterdam and Philadelphia:John Benjamins Publishing Company,1997:7.

④ Snell-Hornby, M., Jettmarova, Z. & Kaindl, K. (eds.). *Translation as Intercultural Communication:Selected Papers from EST Congress, Prague 1995*. Amsterdam and Philadelphia:John Benjamins Publishing Company,1997:7.

本目的时,需要遵循的传统和规范中,最基本也是最重要的就是首先在宏观上与国家的翻译政策保持高度一致,然后在政策的具体实施中体现微观上的译者构成、译者职责与分工以及翻译策略选择等。

第一节　社会规范:翻译政策

作为国家翻译实践行为的践行主体,*Chinese Literature* 实施的是一种制度化翻译,其终极目标就是"实现国家的政治价值目标"①。制度化翻译概念下,"翻译活动注定要受制于国家战略并必须要为国家文化和外交服务"②,要服从于国家为实现其战略目标所指定的翻译政策。

一、翻译政策的界定

自 1972 年詹姆斯·霍尔姆斯在"The Name and Nature of Translation Studies"一文中将翻译学作为一门独立的学科提出后,翻译学科得到正名,翻译研究的具体分支和方向也更加明晰——以"纯理论研究"和"应用研究"为大类,在各自范围内又有具体的小类或分支。其中"应用研究"包括四个研究方向:译员培训、翻译工具、翻译政策和翻译批评。霍尔姆斯将翻译政策视作"翻译学者的任务":"他们要从整体上对译者、译事以及译作在社会中的地位和角色提供有依据的建议,包括在特定的社会语境中需要翻译哪些作品、译者目前的经济社会地位如何、他们应当享有什么样的经济社会地位、翻译在外语教学和学习中所发挥的作用。"③

从"政策"一词的意义来看,无论在中国还是英语世界,都不是一个人或一个领域的人所能单独决定的。中文中,"政策"指的是"国家或政党为

① 任东升,高玉霞. 翻译制度化与制度化翻译. 中国翻译,2015(1):21.
② 任东升,高玉霞. 翻译制度化与制度化翻译. 中国翻译,2015(1):22.
③ Holmes, J. S. The Name and Nature of Translation Studies. In Venuti, L. (ed.). *The Translation Studies Reader*. London and New York:Routledge, 2000:182.

实现一定历史时期的路线而制定的行动准则"①。英语中使用"policy"一词,意指"a course or principle of action adopted or proposed by a government, party, business, or individual"②,对应的汉语意思是多义的,可指国家政府或政党的政策、企业的制度和个人的做事原则等。"policy"的这一多义解释既可以理解为该词在不同语境下由于制定者不同而产生的不同意义,同时也可以理解为,在同一具体语境中有多个制定者参与时,不同制定者分为由高到低的不同层次。翻译作为社会活动的一个分支,是人类社会系统中的一个子系统,也是一个国家运行机制中的子系统,从外到内涉及众多因素,包括国际国内政治语境,国家经济、社会文化语境,翻译活动的参与者(赞助人、委托人、译者、出版商、发行人等),包括国家、具体机构以及个人,因此翻译活动首先受到整体外部语境和局势的影响,其次要服从具体国家政府或相关政党在具体语境下所制定的政策,而一个国家的翻译政策也要隶属于总的路线、方针政策,再次才是所属机构在政策指导下的相关制度和个体参与者的个人决定和行动准则。

因此,霍尔姆斯将翻译政策的制定权赋予某个个人或某个专业群体,虽然明确了翻译政策内涵中的具体内容,但忽略了影响翻译政策的众多因素,尤其是忽略了翻译活动作为社会运行部分的诸多外部条件。

但霍尔姆斯已经极具前瞻性地为后来者提供了一个颇有意义和价值的研究起点。近年来,随着翻译研究的逐渐深入,翻译政策在翻译领域的重要作用越来越受到学者们的关注,不仅在意义的界定上有所发展,而且在具体应用和研究范围上也得以拓展。

中外学者也都曾试图对翻译政策做出不同的界定和研究。如吉登·图里(Gideon Toury)将翻译政策界定为"特定时期、特定文化或语言通过

---

① 现代汉语词典. 北京:商务印书馆, 2015:1664.
② *The New Oxford Dictionary of English*. Shanghai: Shanghai Foreign Language Education Press, 2003:1434.

翻译引进文本时,那些决定文本类型甚至具体文本选择的因素"①。杰拉米·芒迪(Jeremy Mundy)则将翻译政策进一步引入意识形态范畴。② 真正对翻译政策进行深入研究的是梅勒阿茨(Reine Meylaerts)和冈萨雷斯·纽尼斯(González Núñez)。前者将翻译政策界定为官方和非官方两种情形③,简单来说,官方的翻译政策主要指政府或权威管理部门制定的翻译行为准则,或是公共领域用以管理翻译的法律条文;非官方的翻译政策则指一些非官方机构在具体语境中为促进翻译所采取的一些行动准则。后者的研究是目前的最新成果,努涅斯认为翻译政策与语言政策密不可分,因为翻译与语言是紧密联系在一起的,因此他从博纳德·斯波斯基(Bernard Spolsky)关于语言政策的定义出发,将翻译政策界定为翻译管理(translation management)、翻译实践(translation practice)和翻译观念(translation beliefs)的三位一体。④ 翻译管理指的是权威人士就某一领域是否使用翻译做出的决定;翻译实践指一个既定团体所实施的实际翻译活动;翻译观念则指团体内成员对某些事情所持的观点,如特定语境中为某一特定群体或为实行特定目的提供/不提供翻译的意义何在。

除了国外学者,国内学者也在不断探索翻译政策的研究。由于研究对象和所涉理论模型的不同,翻译政策也被赋予了不同的意义。以下就曾对翻译政策做出过明确界定的研究加以说明。滕梅将翻译政策置于翻译的规范理论之下,认为它是一种"特殊的规范",是"国家政府或政府机构所提出或制定的与翻译活动有关的各种规定性的要求"⑤,"主要包括政

---

① 见 Toury,G. *Descriptive Translation Studies and Beyond*. Shanghai:Shanghai Foreign Language Education Press,2004:58.

② 见 Mundy,J. *Introducing Translation Studies*. Shanghai:Shanghai Foreign Language Education Press,2012:13.

③ 见 Meylaerts,R. Translation Policy. In Gambier,Y. & Van Doorslaer,L. (eds.). *Handbook of Translation Studies*:*Volume 2*. Amsterdam and Philadelphia:John Benjamins Publishing,2011:165-167. 官方政策制定者有两类,一是政府部门,二是像欧盟或联合国等类型的权威机构。

④ Núñez,G. G. On Translation Policy. *Target*,2016,28(1):92.

⑤ 滕梅.1919 年以来的中国翻译政策研究. 济南:山东大学出版社,2009:14.

府及政府机关与翻译相关的规定性要求"①。黄立波、朱志瑜认为"翻译政策通常都是由一定权威的机构或个人制定的、具有强制性的、制度化了的明文规定","是指导和约束翻译活动的各种规则和制度"。② 杨文瑨则指出翻译政策是"国家政府或政府机构,亦包括非政府性民间团体或组织在国家指导或影响下,针对翻译活动所做出的书面或口头上的合法指导方针或具体规定"③。

从以上界定中不难看出,由于每个个案的研究对象和研究方法不同,翻译政策便成了一个可借鉴多种理论模型并包含多重意义的概念,这就为翻译政策的研究制造了一定难度。同时,这些研究个案基本上集中于外国作品的汉译上,尚少涉及中国作品的外译,属于单向研究,这一点也导致目前已有的翻译政策研究更多地集中在目标语国家的翻译政策上,而鲜有对主动发起对外翻译活动的原语国家翻译政策的研究。研究者需要在实施具体研究的过程中,根据研究对象的特性,在已有概念的基础上,对翻译政策做出客观具体、易于应用的界定。

本研究中,*Chinese Literature* 所进行的中国文学对外翻译实践属于国家翻译行为,是国家的一种对外宣传策略。它不仅受到国际国内政治经济局势的影响,还受到中国在具体历史时期的外交政策、文艺政策等大的路线方针的指引,其详细的规章制度由国家对外宣传机构——中国外文局根据翻译任务制定,然后由相关译者实施。因此,这里所涉及的翻译政策源于"政策"最狭义的概念,即"由政府发起,由其相关行政机构实施的一种政治实践"④,涉及国家政府、翻译机构和译者三个主体,其中"翻译机构作用于政权与译者之间,既是翻译政策的执行者,同时又是沟通译者

---

① 滕梅. 中国翻译政策研究. 北京:中国人民大学出版社,2013:7.
② 黄立波,朱志瑜. 晚清时期关于翻译政策的讨论. 中国翻译,2012(3):27.
③ 杨文瑨. 论晚清洋务派的翻译政策与京师同文馆的翻译人才培养模式. 北京第二外国语学院学报,2014(12):31.
④ 见 Meylaerts,R. Translation Policy. In Gambie,Y. & Van Doorslaer,L. (eds.). *Handbook of Translation Studies:Volume 2*. Amsterdam and Philadelphia:John Benjamins Publishing,2011:163.

与政府的桥梁"①。译者作为翻译实践的具体执行者,虽具有选择翻译策略的主体性,但仍然要服从国家政府和所属机构的翻译政策和制度。这一定义虽然是最狭义的,但也是最宏观的。如果要对翻译政策做进一步的研究,还需要对翻译政策的微观层面做出解析,即存在哪些具体领域、每个具体领域又有哪些分支等。

二、1978—1989 年中国的翻译政策走向

1978 年是中国历史的重要转折点,在国家整体改革开放及各领域新建、恢复政策的带动下,翻译事业也进入了一个春天,成为"最迅速得到恢复和发展"的领域之一,翻译政策由"文革"时的极其紧张开始走向宽松。

在努涅斯看来,翻译政策可分为显性政策和隐性政策。显性政策是不同文件中正式编入或写就的文本,上到国家法律,下至地方分支机构的指导方针。② 隐性政策则是可能没有经过显性政策表述的,即主要指以现实的方式帮助形成的翻译实践政策,这些翻译实践并非总是在法律规定的明确批准之下进行的。③

(一)显性政策

因为翻译是一个社会的系统分支,受到该系统内多种因素的影响,因此在不同时代、不同国情下,翻译政策的内容也有所不同。1978 年以后,国家的显性翻译政策主要体现在当时出台的一些相关政策文件中。

1. 国家宏观政策

1978 年以后是中国和世界重新建立关系和纽带的重要时期,中国的翻译政策也与这一时期中国整体的路线方针密不可分,具体体现在外交政策、文艺政策、对外宣传政策等方面。通常我们在进行翻译分类时,可以按照应用范围将其分为文学翻译和非文学翻译,或按照方向划分为原语到目标语的翻译和目标语到原语的翻译。前文也曾提到,无论是哪种

---

① 滕梅. 中国翻译政策研究. 北京:中国人民大学出版社,2013:16.

② 见 Núñez, G.G. On Translation Policy. *Target*,2016,28(1):92.

③ 见 Núñez, G.G. On Translation Policy. *Target*,2016,28(1):92.

方向的翻译,通常到达的语言都应该是译者的母语。中国的翻译实践,无论是文学翻译还是非文学翻译,存在的具体实践方向都为外译中和中译外。前者更多受促于国家新时期宏观的文艺政策,很多"文革"时期被视为"禁书"的外国文艺作品开始进入中国;而后者更多得益于中国新时期的对外宣传政策和文艺政策。1978 年至 1989 年,国家不断根据形势就对外宣传政策做出一系列调整,确立了我国对外宣传工作的根本任务、对象和要求;根本任务是"为党的总路线和对外路线服务";对象要"尽可能广泛",可以是"世界各国各阶层、各种不同政治思想的外国人,还有港、澳同胞和华侨、华裔";要求则是"大胆、活泼、全面、及时",包含了"解放思想、实事求是、丰富多彩、讲求时效"的国家主流意识形态的精髓,或者也能说是国家主旋律在对外宣传工作中的体现。这些内容最终成文于中央对外宣传小组上报的《关于改进和加强对外宣传工作的意见》,由于该《意见》共十条,后在外文局内部资料中统称为《十条》。诸如此类政策文件的出台,为 *Chinese Literature* 的文学译出提供了良好保障——对外开放的外宣传政策为 *Chinese Literature* 提供了良好的外在条件,逐渐解禁的文艺政策则为 *Chinese Literature* 提供了内在的驱动力,这一点既体现在可供选择的文艺作品的众多数量上,也体现在文艺作品丰富的题材和体裁上,当然更重要的是这些作品所体现的中国新时期的镜像(详见第二章)。

2. 翻译机构的政策

作为中国对外宣传的重要国家机构,中国外文局在新时期紧跟中央的政策决定,在各个方面开始了一系列的改革。1978—1986 年,外文局主要学习贯彻中央各项重要文件。1978 年 1 月,为增加对外宣传的针对性,外文局内部创办《编译参考》,以帮助外文局内部的编辑、记者、翻译及相关同志了解国外舆情。[①] 同年 9 月 5 日,外文局编译研究室写作《分清对外书刊宣传工作中的路线是非》,就新中国成立后十七年的外宣成就和当时存在争议的问题(毛泽东思想的对外宣传、内外有别问题、中间读者和

---

① 戴延年,陈日浓. 中国外文局五十年大事记. 北京:新星出版社,1999:314.

实事求是问题)提出看法。① 1979 年 3 月 1 日胡耀邦接见外文局领导,明确提出五个问题:领导问题(罗俊任外文局领导)、任务重点(团结起来抓工作)、历史遗留问题(正确对待、妥善解决)、工作标准(杂志在数量上质量上不断提高,不断发展;工作人员要提高政治水平、理论水平、政策水平和外文水平)和领导班子问题(多听取群众意见),并要求此后一个月再次探讨对外宣传和翻译问题。② 此后,《外文局和广播局德国专家对我对外宣传工作的意见》得到批示;外文局各单位向中宣部汇报改革方案(1979年 5 月)、对相关出版社的工作做出批复(1979 年 5 月 26 日《关于进一步开展新世界出版社工作的建议》)。时任中宣部副部长朱穆之和廖井丹分别在 1979 年 5 月 15、18、19、22 和 29 日就对外宣传工作中的若干问题提出意见,包括编辑部门的作用、对外宣传新闻干部的培养问题、宣传报道中实事求是的问题、重视读者来信问题和《人民画报》及期刊长期脱刊的问题。③ 外文局也在三个月的改革尝试之后针对具体工作情况和进一步改革的方案提出《关于三个月的工作情况和改革意见的报告》(1979 年 6月 26 日),这一汇报主要分为三大块:各单位业务改革方案;调整领导班子,注意发挥编译骨干和外国专家的作用;认真落实政策、平反昭雪冤假错案,促进安定团结。④ 1979 年 8 月 17 日,外文局报文化部《请将中罗互派翻译进修人员列入 1980—1981 执行计划》,后得到批准,该事项被列入1981—1985 年中国文化交流协定,并于 1981 年 6 月开始执行。⑤ 同年 8月 18 日,外文图书出版社编委会修订《外文图书出版社改革方案》,对出版方针和各类书籍的出版提出指导性意见。⑥ 9 月 1 日,外文局向中宣部

① 戴延年,陈日浓. 中国外文局五十年大事记. 北京:新星出版社,1999:320.
② 周东元,亓文公. 中国外文局五十年史料选编(一). 北京:新星出版社,1999:432-442.
③ 周东元,亓文公. 中国外文局五十年史料选编(一). 北京:新星出版社,1999:466-468.
④ 周东元,亓文公. 中国外文局五十年史料选编(一). 北京:新星出版社,1999:469-486.
⑤ 戴延年,陈日浓. 中国外文局五十年大事记. 北京:新星出版社,1999:356.
⑥ 戴延年,陈日浓. 中国外文局五十年大事记. 北京:新星出版社,1999:357.

呈报《关于与国外出版社合作翻译出版的请示报告》,在对已有工作进行总结的基础上,对未来工作中的重点做出规划,这些重点包含选题、对象、文种、方式、资助和海外出版点。① 1979 年 10 月 6 日,外文局再次向中宣部提请进一步改善外文局对外书刊工作条件,并在次月得到中宣部批复和肯定。这一请示主要是就外文局对外宣传工作中的薄弱环节请示中央,请相关各单位(新华社,人民日报社国内部、国际部、理论部,中央办公厅,人大常委会办公厅,国务院办公厅,全国政协及各有关主管部门,中央、国务院各有关主管部门)给予配合。1979 年 12 月 4 日,邓颖超对外文书刊发行等工作提出意见,指出我国外文书刊的时效性不够(不及时)、专业人员培养不够两个主要问题。外文局于次日对此做出反馈:缩短外文书刊印刷时间,加强外文书刊运输、订阅、销售、代售和陈列等各环节的配合问题,派专业人员出国考察国外书刊发行状况,并派外语人员出国进修,此方案于 7 日得到中宣部批复肯定。1980 年 2 月 12 日,外文局请示国务院与美国伊利诺伊大学进行进修人员和实习人员交换方案,得到肯定批复。1980 年 9 月 26 日,外文局提出外文书刊出版发行的初步改革设想:对 6 种期刊的文版等方面做出调整以适应国外形势与读者需求;加强图书出版工作(改进加强出版社工作:因地制宜,针对不同国家进行外文书刊编辑出版工作;广开书路,即一是各刊可在期刊出版之外增加书籍出版,二是加强中外合作出版);聘请华裔、华侨译者以填补英语翻译力量的不足。② 同年 11 月 6 日,中央对外宣传小组讨论并同意了外文局《北京周报》的编辑方针和外文图书出版规划。1981 年 10 月 23 日外文局请示编辑出版中外文版《中国名人辞典》,得到肯定批示。1981 年 12 月 30 日,外文局再次向中央对外宣传小组汇报加强外文书刊出版发行工作的八项举措:明确书刊对外发行的方针和指导思想;区别贸易发行和非贸易发行的品种;加强非贸易发行,扩大书刊的赠送;巩固提高和积极发展我在国外

① 戴延年,陈日浓. 中国外文局五十年大事记. 北京:新星出版社,1999:359-360.
② 周东元,亓文公. 中国外文局五十年史料选编(一). 北京:新星出版社,1999:502-517.

的发行网点;着重放宽对第三世界国家的发行条件;积极探索新的发行方式;加强推广工作和出版工作。① 1985 年 11 月 9 日,文化部就对外开放政策下国外来访者人数激增的情况对国内对外书刊宣传工作做出调整,要求提高对外书刊的针对性,调整陈列网点的品种、文种,加强涉外单位的对外书刊推广工作,继续加强海外发行工作,改进发货和销售工作。随后的 1986 年 4 月 5 日,文化部对外文局在地方建立对外宣传点的请示做出批复。1988 年起,外文局先后在烟台、厦门、无锡和桂林四个城市建立了对外图书交流中心。1986 年 6 月,为加强对外书刊国外发行网点的影响力,文化部请示国务院为国外发行网点购建房舍。1986 年 8 月,外文局提出落实中央 17 号文件的计划和措施,主要包含五个方面:调整期刊布局;改进图书出版;加强推广发行;提高印刷和纸张质量;充分发挥国外网点的作用。② 此后外文局工作基本进入稳定。从 1988 年起,外文局每年要对本年的工作做出总结,并对下年工作要点进行规划。

可见,从 1978 年起,为适应国际形势和国内形势,中共中央采取了较为开放的对外宣传政策,中央文件成为中国外文局对外宣传工作的直接指导和参照,外文局也因此就外文书刊的编辑、翻译、出版、发行、外宣人员和翻译人员的相关政策做出书面上的请示、报告等,两者结合形成了1978—1989 年中国显性的翻译政策。

（二）隐性政策

与显性政策相对应的中国隐性翻译政策更多地体现在中国翻译界的翻译活动中。一是建立翻译组织。1982 年,中国翻译者协会正式成立,中国外文局为该协会的挂靠单位,这一协会为中国翻译事业的发展和规范提供了保障,同时期会刊《中国翻译》(前身为《翻译通讯》,1986 年更名)成为翻译理论和实践提供重要的讨论阵地。二是设立奖励政策和奖项。为

① 周东元,亓文公. 中国外文局五十年史料选编(一). 北京:新星出版社,1999:518-537.
② 周东元,亓文公. 中国外文局五十年史料选编(二). 北京:新星出版社,1999:12-31.

促进对外宣传工作,1985 年 3 月 20 日,外文局举行优秀外文书刊作品授奖大会①;1987 年 3 月 12 日,外文局制定了《对非贸易书刊宣传工作人员实行奖励的暂行办法》②;1986 年《中国翻译》编辑部举办"青年有奖翻译"比赛,只有英译汉,该奖项因 1989 年 3 月韩素音女士为《中国翻译》捐赠款项,改为"韩素音青年翻译奖"(该奖项在 1997 年第十届比赛中将汉译英纳入其中)。③ 三是培养翻译人才。除了将外文局专业人员送到其对应的语言国家学习之外(其实这种派出最早从 1975 年开始,派出对象以英语专业人员为主,随后随着中国与世界各国外交关系逐步正常化,各语种专业人才派出逐渐增多),外文局展开了国内的相关培训。1979 年 6 月 21 日,外文局决定成立外文局干部训练班以提高外文局编辑、翻译、出版、财会人员的业务水平。其中包括英、法、西、德、阿拉伯和日语六个中级班和一个英语初级班,一个出版班,一个财会班。④ 1987 年 1 月,外文局和文化部教育局联合决定将文化管理干部学院对外文化(英语)干部专修课扩大,招收部分省、市对外宣传部门的干部参加学习。⑤ 四是学习探讨翻译方法和翻译理论。严复的"信、达、雅"和奈达的"对等翻译"是当时翻译界的讨论热点(参见第二章)。

第二节　机构规范:责任分工

制度化翻译的另一显著特征是翻译机构"国家化",即为了维护国家利益,主权国家往往会建立国家级的翻译机构,直接按照国家的翻译政策

---

① 戴延年,陈日浓. 中国外文局五十年大事记 1949—1999. 北京:新星出版社,1999:48-50.
② 戴延年,陈日浓. 中国外文局五十年大事记 1949—1999. 北京:新星出版社,1999:103.
③ 此处参照 1986—2016 年《中国翻译》目录及比赛页面。
④ 戴延年,陈日浓. 中国外文局五十年大事记(一). 北京:新星出版社,1999:347-348.
⑤ 戴延年,陈日浓. 中国外文局五十年大事记(二). 北京:新星出版社,1999:48-50.

从事翻译出版活动,服务于国家战略的实施。① 这里,中国外文局是执行国家翻译政策的第一翻译机构,*Chinese Literature* 杂志社隶属于中国外文局,是第二翻译机构,服从于国家宏观政策和外文局具体制度。

1978 年以来 *Chinese Literature* 也开始推行新时期的改革举措,主要包含人事变动、编辑方针、体制改革、对外交流学习和出版方式等方面(参见第二章第一节)。在人事任用上,*Chinese Literature* 更注意专业人员的配备,如杨宪益、罗新璋等进入编译委员会,杨宪益出任总编辑等,加上中国译者、外国译者,形成专家体系,构成选稿人、译者和审稿人相互配合、分工合作的"翻译群落"。② 在编辑方针和方法上则更注重"译""介"结合,即文学作品英译本、配套作家作品介绍评论文章英译本,还通过卷首语、编者按和文艺简讯等介绍文本加以补充,整体上的模式就是双边译者构成译审分工合作。下文将从 1978 年至 1989 年 *Chinese Literature* 的译者概况、中国译者职责和外国译者职责出发,进行讨论(以附录 3 的统计数据为基础进行说明和阐释)。

一、译者概况

翻译离不开译者。译者作为翻译行为的主体,在 *Chinese Literature* 的翻译实践和研究中自然也无法缺席。通常而言,*Chinese Literature* 的译者作为国家机构的成员,首先是经过国家机构严格挑选、政治合格的人选。换言之,在制度化翻译环境下,译者作为所属翻译执行机构的成员,被纳入组织体制,其工作受到管理乃至监管。③ 此时,译者兼具公务员的身份,这就要求他们首先要绝对服从机构的要求和宗旨,甚至要上升为服务于国家政治、经济、文化、安全等的要求。④

1978 年以后,受"文革"严重影响和破坏的经济、文化等各项工作虽然已经进入恢复阶段,但由于破坏严重,各项工作不可能在短期内完全恢

---

① 任东升,高玉霞. 翻译制度化与制度化翻译. 中国翻译,2015(1):22.
② 胡庚申. 生态翻译学的研究焦点与理论视角. 中国翻译,2011(2):7.
③ 任东升,高玉霞. 制度化译者探究. 复旦外国语言文学论丛,2019 年春季号:144.
④ 任东升,高玉霞. 制度化译者探究. 复旦外国语言文学论丛,2019 年春季号:146.

复,需要经历一个过渡期。1978—1980 年便是 *Chinese Literature* 的过渡期。受"文革"影响,这段时间 *Chinese Literature* 的很多细节方面都尚未得到修正和改进。译者作为杂志文本形成的核心,除个别人有所"显身"外,大部分译者在 *Chinese Literature* 文本说明中处于"隐身"状态。[①] 这种情况持续到 1981 年,在同年第 4 期的 *Chinese Literature* 中得到改观。从这一期杂志开始,译者名被标注于译文末。*Chinese Literature* 的编辑开始进入成熟阶段,也更注意翻译和编辑的完整性,译者开始拥有物理状态上的"显身"。读者从对译者名的标注情况中就可以真正了解到 *Chinese Literature* 有哪些译者,可以看到译者构成情况和翻译模式。这一变化虽然微小,但也从细微之处反映着国家翻译政策的变化,塑造着国家形象:一是通过译者构成的具体比例透视出我国外交政策开放程度的加大;二是体现了翻译事业以及翻译工作者在中国新时期的地位有所提高;三是这可以让广大读者了解到 *Chinese Literature* 的众多译者。这些信息对于中国当代文学作品、对于当代中国的诠释,尤其是对于国外汉学家等专业型阅读人士都大有帮助。具体参见附录 3。

1978—1989 年,*Chinese Literature* 在对外译介中国新时期文学的过程中,总共涉及 50 位译者,其中本土译者 27 位,外国译者 23 位,比例约为 1∶1,外国译者人数其在译者总数中的比例,与新中国成立后十七年和"文革"时期相比较,都有巨大的突破和改变,尤其是 20 世纪 80 年代后期,外国译者出现的频率较前期更高。可见这一时期中国外文局对外国专家的重视程度是非常高的。

至于翻译模式,1978—1989 年 *Chinese Literature* 主要采用本土译者独立完成和外国译者独立完成两种,没有中外合译的模式。实际存在的合作模式是译审合作。虽然中外译者都承担着翻译工作,但就附录 3 所呈现的译文数量而言,中国译者翻译作品居多,外国译者在承担翻译工作

---

① *Chinese Literature* 自 1955 年第 1 期开始,每篇作品英译本末均会标注译者,1966 年第 7 期开始这一标注减少,1966 年第 10 期完全消失,之后于 1981 年第 4 期恢复。

的同时,更多承担着语言文字审核工作。

二、本土译者职责

Chinese Literature 的本土译者由两部分组成:一是广义上的译者——译者出身,担任杂志社管理人员,包括社长、总编、副总编和副社长;二是狭义上的译者——直接实施翻译行为的主体。

第一类译者,对上,要准确把握国家的对外宣传政策;对下,要精准传达政策精神。其职责主要体现在两个环节。第一,选稿。选稿即"译什么"的问题,是翻译过程中首先要解决的问题。而"译什么"是在明确"为何译"的基础上提出的。*Chinese Literature* 是一种文学对外译介期刊,其译介目的在于让英语世界的读者通过阅读英文版中国文学作品更加了解中国社会、文化和中国人民的真实生活状况。因此,*Chinese Literature* 的领导班子在兼顾国家政策与外宣目的的基础上,"比较注意选取体现中华民族人文精神的作品,注重人性关爱和普通人的真实生活和情感"①。第二,实施编辑方针。为了让政策执行到位,*Chinese Literature* 的领导班子会讨论每期杂志的工作重点,及时沟通不同意见。②

第二类译者以喻璠琴③、胡志挥、胡士光、王明杰、匡文栋、熊振儒等人为代表。就附录 3 的统计结果而言,他们都是 *Chinese Literature*(1978—1989)的翻译中坚力量。这些本土译者均为 *Chinese Literature* 杂志社的专职英文译者,兼具编、写、译的能力。除了文学作品的翻译工作,他们在接到国家(1978 年以后现当代文学作品遴选主要参照中国作协的意见)的

---

① 胡牧,朱会云. 英文版《中国文学》杂志生产传播机制中的译者群体与人文精神——王明杰先生访谈录. 燕山大学学报(哲学社会科学版),2019 (4):29.
② 胡牧,朱会云. 英文版《中国文学》杂志生产传播机制中的译者群体与人文精神——王明杰先生访谈录. 燕山大学学报(哲学社会科学版),2019 (4):29.
③ 拼音为 Yu Fanqin,但在已有研究资料中,何琳的《〈中国文学〉的文化研究》中为喻璠琴,倪秀华的《翻译新中国:〈中国文学〉英译中国文学考察(1951—1966)》中为喻蟠琴,由于"蟠"读音为"pán",故采用前一种写法。

翻译任务后,首先要对作品中有损中国共产党形象的内容进行删节或修改。① 翻译完成后还要进行中英文对照、核查,甚至要撰写关于作家作品的介绍性文章(这也是 1978 年以后中国外文局对编译人员的一个主要要求)。他们的工作主要是保证 *Chinese Literature* 的具体编译能够符合国家的审查制度、符合塑造国家形象的对外宣传目标和政策。② 在具体的翻译过程中,首先要忠于原著,还要尽可能译出原作者的风格,其次,必须让读者看得懂。③

三、外国译者的职责

Chinese Literature(1978—1989)的 23 位外国译者中,一部分是著名的汉学家,长期从事中国文学翻译、教学和研究,一部分则是对中国和中国文学感兴趣、渴望来到中国的英国学生或初级研究员和自己应聘的外国译者。④ 这些译者主要承担着翻译、审校、修改润色的任务。作为制度化译者,他们"是以国家名义组织的国家翻译实践的实施者"⑤,他们的翻译"不仅仅是语际转换的翻译内行为,更具有执行国家政治意图和文化战略的翻译外行为"⑥。因而,他们所承担的翻译任务首先要服从于实现国家的对外宣传和交流的目的,这是重要的政治任务。正如沙博理所言:"我有三只手,一只手带着中国的腔调与西方握手;另一只手带着高鼻子的西方文明与中国交流;第三只手,最重要的,是我要拉住中国发展的衣

---

① Mcdougall, B. S. *Translation Zones in Modern China : Authoritarian Command versus Gift Exchange*. New York: Cambria Press, 2011:73-76.

② Mcdougall, B. S. *Translation Zones in Modern China : Authoritarian Command versus Gift Exchange*. New York: Cambria Press, 2011:67-69.

③ 胡牧,朱会云. 英文版《中国文学》杂志生产传播机制中的译者群体与人文精神——王明杰先生访谈录. 燕山大学学报(哲学社会科学版),2019 (4):30.

④ Mcdougall, B. S. *Translation Zones in Modern China : Authoritarian Command versus Gift Exchange*. New York: Cambria Press, 2011:57.

⑤ 任东升. 从国家叙事视角看沙博理的翻译行为. 外语研究,2017(2):16.

⑥ 任东升. 从国家叙事视角看沙博理的翻译行为. 外语研究,2017(2):16.

襟,跟上中国的步伐。这只手跟上,其他两只手就都跟上了。"①

　　戴乃迭的翻译实践行为也可以说明这一点。1978—1989 年,戴乃迭在 *Chinese Literature* 中共翻译了 21 篇新时期当代文学作品(参见附录 3),这些作品基本上都反映了新时期中国大地上发生的各种变化,是塑造中国国家形象的好材料。1982 年,戴乃迭受 *Chinese Literature* 杂志社的委托,翻译古华的《芙蓉镇》。《芙蓉镇》的故事发生在 20 世纪 50 年代,有其时代特征。为了避免英语国家读者误读中国,戴乃迭对其中文句进行了删除。② 她的这一行为正是对国家意识形态、国家外交政策、外宣政策和文化政策的合理把握,从而促进译文塑造中国国家形象的外宣功效。

　　此间,还有很多新一代的汉学家为中国新时期的文学对外译介多国家形象塑造践行了国家翻译实践下的译者职责,如澳大利亚译介中国当代文学的第一人杜博妮。1978—1989 年,杜博妮在 *Chinese Literature* 上发表的译文有:王蒙的小说《春之声》(1982.1);牛汉选编的《白色花》诗集里阿垅、鲁黎、彭燕郊、冀汸、曾卓、杜谷、绿原、芦甸、牛汉、胡征十人的作品共十一篇(1982.8);1985 年第 2 期翻译《鲁黎诗选》中的六首诗歌(1985.2);刘岚山③、朱红、王辽生、邓海南的作品共五篇(1985.4);郑敏、王尔碑、郑玲、林子、舒婷、王小妮的作品共七篇(1986.1)。还有英国汉学家詹纳尔,澳大利亚汉学家白杰明,加拿大汉学家艾莉森·贝利(Alison Bailey),白润德(Daniel Bryant),美国使馆前公使前新闻文化参赞劳埃德·内伯斯(Lloyd Neighbors),美国汉学家魏恺贞(Janice Wickeri)、梅丹理(Denis Mair)等,都译出了自己的代表性作品(参见附录 3)。

①　温志宏.周明伟:我与沙老的十年——中国外文局局长谈沙博理.今日中国,2014(11):56-59.

②　任东升.国家翻译实践视域下的戴乃迭独译行为研究.当代外语研究,2016(5):84.

③　http://bonniesmcdougall.squarespace.com/publications-translations/这一网页上将诗人名字写为"Liu Gangshan",与 *Chinese Literature* "刘岚山"索引显示不一致,经查,这一时期有诗人"刘岚山",参见 http://www.chinawriter.com.cn/zxhy/member/2995.shtml.

这些外国译者或外国专家对中国译者翻译的初稿进行修改润色①,他们对于中国文学的兴趣和深入研究、长期翻译中国文学的经历为 *Chinese Literature* 的翻译实践提供了较为成熟的经验和指导。

总而言之,*Chinese Literature*(1978—1989)这一国家翻译机构在其国家翻译实践中,在国家宏观政策的指引下,积极制定机构规范,根据译者的不同身份进行合理分工,明确各自责任,为中国文学的对外译介做了巨大努力。众多外国译者和专家的参与不仅为 *Chinese Literature* 的译介实践提供了更多的参考意见,同时还带动了中国译者的较快成长,在一定程度上弥补了"文革"之后中国译者青黄不接的尴尬局面,也为后来中国文学走进英语世界做出了很大推动作用。他们的分工合作、相互配合以及各自的自我责任和主体意识在国家对外宣传政策、翻译政策的具体执行和国家形象的塑造方面发挥了关键性的保障作用。

第三节 译者规范:翻译策略

切斯特曼提出过一套翻译规范体系,认为翻译规范可分为过程规范和产品规范。② 过程规范包括责任规范、交际规范和关系规范,产品规范指期待规范。这些规范都是译者在翻译过程中或翻译产品所应该遵循的规范。具体而言,责任规范指译者的翻译行为应该忠实于原作者、翻译委托人和预期读者;交际规范指译者的翻译行为应该优化原作者与委托人或预期读者之间的交流;关系规范指译者的翻译行为应该使原文和译文建立并保持一种良好的关系;期待规范指译者的翻译行为应该符合读者期待。翻译规范是对译者行为的规定性描述,翻译策略是译者在规范引

---

① Mcdougall, B. S. *Translation Zones in Modern China*:*Authoritarian Command versus Gift Exchange*. New York:Cambria Press,2011:57.

② Chesterman, A. From "Is" to "Ought":Laws, Norms and Strategies in Translation Studies. *Target*,1993,5(1):1-20.

导下所采取的策略①，翻译规范决定翻译策略的选择。在 *Chinese Literature* 的翻译实践中，译者所应遵循的规范是及时、全面、真实、有效地向英语世界介绍中国，恰恰与切斯特曼提出的不同规范下的伦理价值观相一致——清晰易懂、真实有效、易于理解。② 在这样的翻译规范下，*Chinese Literature* 的中外译者通力合作，采取恰当的翻译策略，实现了中国文学的对外译介与中国国家形象的良好自塑。

一、副文本策略

目的决定手段。1978 年以来国内外环境的变化使中国重塑国家形象的需求成为中国新时期对外宣传的工作重点。为实现这一目的，国家的翻译政策由"文革"时期的高压走向宽松。中国外文局及旗下包括 *Chinese Literature* 在内的各杂志社也积极参与改革，从人员配备到具体策略等各个方面都进行了积极调整：*Chinese Literature* 中专业人员配比增大，外国译者数量激增，编辑和译者的意见受到重视，译者作为翻译过程主要实施者的主体性也有所增加。但是 *Chinese Literature* 毕竟是国家机构赞助下的文学对外译介期刊，它担负着通过文学进行对外宣传的任务，外国读者也曾指出，*Chinese Literature* 并非在向他们介绍中国的著名作家作品、帮助他们认识中国文学作品的风格特色，而是在讲述中国社会发生的重大事件，阐释中国的立场和主张。③ 这表明 *Chinese Literature* 翻译中体现的政治性并未完全消失，只是表达方式有所不同。1978—1989 年 *Chinese Literature* 的政治性是阐释中国新时期否定"文革"的主流价值话语和国家革新政策的介绍。与政治性并存的是 *Chinese*

---

① Chesterman，A. From "Is" to "Ought"：Laws，Norms and Strategies in Translation Studies. *Target*，1993，5(1)：14.

② Chesterman，A. Ethics of Translation. In Snell-Hornby，M.（ed.）. *Translation as Intercultural Communication*. Amsterdam/Philadelphia：John Benjanmins Publishing Company，1995：150-156.

③ 张立方. 我对"编译合一"的看法//书刊对外宣传的理论与实践. 北京：新星出版社，1999：595.

Literature 翻译中体现的文化性,即所译文学作品体现的中国文化特色元素。如果说政治性体现在帮助英语世界读者理解中国政策方面的深层次问题①,文化性则是帮助他们认识了解中国社会中曾有的和现存的文化习俗、传统民情和大众生活。

因此,在这"两性"置首的原则下,*Chinese Literature* 的译者主体性需要首先服从国家翻译政策和机构具体制度,总体上采取"编译"(editing and translating)为主的改写式翻译以实现国家对外宣传的目的。具体策略为使用副文本对主文本进行语境、背景补充。

随着翻译研究的文化转向,翻译文本背后的社会文化语境开始进入翻译研究者的视野。在研究翻译文本时,副文本也被视为一种重要的翻译策略,与正文本相互映射,成为读者理解正文本时关键的文化补充。

在 *Chinese Literature* 的文本编译中,副文本是最突出的一种翻译策略。

副文本的概念和理论最初由法国著名的叙事学理论家热奈特提出,在其 1987 年的著作《门槛》(*Seuils*)中进行了详细阐述。1997 年,该书英文版 *Paratexts*:*Thresholds of Interpretation* 出版,书中界定"副文本"是连接书、作者、出版商和读者的复杂中介②,正文中还详细阐述了从内文本(peritext)到外文本(epitext)等十三种不同类型和功能的副文本。近年来,副文本理论被频繁应用于翻译研究中,主要用于研究与译文文本相关的内文本或外文本。内文本通常包括译例言、脚注、尾注、索引、致谢等,外文本则包含译者回忆录、译者书信、日记、译文评论等。就个体译者而言,这些副文本无疑是译者主体性的体现,也是研究者揣摩译者心理和翻译过程的重要实证。但对于 *Chinese Literature* 这种国家机构赞助下、期刊形式的对外译介而言,以编者按为主、辅以少量注释的副文本更多地成为引导读者理解和接受中国语境、中国话语的一个主要途径和方法。正

---

① 郭林祥.为中国文学走向世界架起桥梁//书刊对外宣传的理论与实践.北京:新星出版社,1999:462.

② Genette,G. *Paratexts*:*Thresholds of Interpretation*. Cambridge:Cambridge University Press,1997.

如弗兰克在《翻译选集》（"Anthologies of Translation"）一文中所说，

> 文学选集一般都是为了构建一个简洁连贯的一国文学形象或多
> 国文学形象，或者是这些形象中的一部分，如某一文类的形象或某一
> 时期的形象。它们这么做是因为它们遵循了"语料库编排"原则：按
> 照质量、代表性原则遴选材料；按照信息传递目的或美学欣赏目的，
> 或者是两者兼顾进行编排。一些选集会包含序言、评论、前言或后
> 记，而另一些选集则不包含这些内容，无论是哪种，都能让用心的读
> 者发现它们所要表现的评价和阐释。①

虽然 Chinese Literature 并不符合此处"翻译选集"的定义，但它包含
内容之丰富已经相当于一本文学翻译选集。它以原语国家对外宣传的目
的为基础，所塑造的不是外国的文学形象，而是本国的文学形象乃至整个
国家的形象。它分明的历史特色已经充分展现着中国文学乃至中国社会
每一个具体历史时期的形象。虽然无论有无序言等副文本，都"能让用心
的读者发现它们所要表现的评价和阐释"，但有副文本能够实际补足并引
导读者阅读的基础知识。② Chinese Literature（1978—1989）也正是通过
副文本形式主动引导英语世界读者"深入了解中国文学的发展和走向，主
动帮助读者理解中国作家的创作思想及我们的文艺政策等深层次的
问题"③。

经过第三章的论述，我们已经了解到单纯的文学作品英译并不足以
让国外读者较为全面地了解中国现实状况，因此 Chinese Literature
（1978—1989）的本文构建中便增加了许多与中国新时期文学作品相辅相
成、进行中国语境再现的互文本。尤其是 1978 年到 1982 年，不同类型的

---

① 参见：Frank，A. P. Anthologies of Translation. In Baker，M.（ed.）. *Routledge Encyclopedia of Translation Studies*. Shanghai：Shanghai Foreign Language Education Press，2004：14.

② 见 Genette，G . *Paratexts：Thresholds of Interpretation*. Cambridge：Cambridge University Press，1997：2.

③ 郭林祥.为中国文学走向世界架起桥梁//书刊对外宣传的理论与实践. 北京：新星出版社，1999：462.

这种互文本在 *Chinese Literature* 中的数量达到极致。因此,本章对翻译策略的讨论在关注文学文本英译的同时也将关注这类非文学文本英译。

1978—1989 年,*Chinese Literature* 共译载约 17 篇关于中国文艺界发展变化动态的社论、讲话和报道,其中 1978 年到 1981 年这段中国国家重要转折时期内的文艺界重要文章都附有编者按。这几篇文章分别是《"文艺黑线专政"论的出笼与破灭》("The 'Gang of Four's' Attack on Progressive Literature and Art", 1978 年第 6 期)、《文艺的春天》("My Heartfelt Wishes",郭沫若在中国文联三届全国委员会第三次扩大会议上的书面发言, 1978 年第 10 期)、《在毛主席革命文艺路线指引下,为繁荣社会主义文艺而奋斗》("Strive to Bring About the Flourishing of Literature and Art",黄镇,中国文联三届全国委员会第三次扩大会议上的讲话, 1978 年第 10 期)、《继往开来,繁荣社会主义新时期的文艺》("Our Achievements, Lessons and Tasks",周扬, 1980 年第 3 期)、"作家报告"① ("Writers' Reports", 1980 年第 4 期)。

以上报道或发言除最后一篇外,都是"文革"结束后我国文艺界复兴的重大事件和主要发言。以"The 'Gang of Four's' Attack on Progressive Literature and Art"为例,中国文艺界于 1977 年开始复兴,同年 11 月 21 日,《人民日报》邀请茅盾、刘白羽、张光年、贺敬之、谢冰心和吕骥、蔡若虹、李季、冯牧等文艺界人士举行座谈会,批判所谓的"文艺黑线专政"论。从 1977 年 11 月 25 日起,《人民日报》陆续刊登文艺界知名人士关于批判"文艺黑线专政论"的系列文章。但是,对于对中国"文革"十年知之甚少的英语读者而言,"文艺黑线专政"论是什么,它对中国文艺界有怎样的伤害,*Chinese Literature* 又因何译介这篇文章等问题,都无从知

---

① 　其中包括:《没有突破就没有文学》("No Breakthrough, No Literature",白桦,在第四次文代会上的报告摘要)、《我们的责任》("Our Responsibility",王蒙,在第四次文代会上的发言)、《讲一点心里话》("A Few Words from My Heart",丁玲,在第四次文代会上的发言)、《我的意见》("My Opinions",夏衍,在第四次文代会上的发言)、《让生活变得更美好》("For a Better Life",王蒙,在美国爱荷华"中国周末"的发言)。

晓。因此,这篇包含"文艺黑线专政"论基本形成过程、核心内涵和最终破灭的文章无疑是国外读者了解"文艺黑线专政"论的最佳读物。翻译过程中,在文前增加编者按之类的副文本,使英语读者深入了解这篇文章的译介背景,也就成为翻译策略的不二选择。

> 编者按:中国文艺界目前正在批判"文艺黑线专政"论。多人发文指出该谬论的关键错误在于它否定了新中国成立以来(1949—1966,"文革"以前)十七年间文艺战线所取得的一切成就。因此,这里我们为大家奉上一篇近期《人民日报》发表的文章节选。①

从上文可以看出,*Chinese Literature* 借助编者按为英语世界读者提供了三方面的信息:一是目前中国文艺界的动态——批判"文艺黑线专政"论;二是以众多文章的核心观点(首先确认该理论是谬论,其次指出谬论的错误之处)反映中国文艺界的呼声;三是点明节选文章来自《人民日报》。第三点虽然看上去似乎在内容上并没有前两点重要,但实际上却是非常关键的一点。因为《人民日报》是我们党和国家的重要舆论工具,它代表着党和国家的政策方向,因此,批判"文艺黑线专政"论正是这一时期党和国家主流政策在文艺领域的体现。这一副文本以极其简洁明了的方式配合主文本,向英语世界读者介绍宣传了中国社会正在发生的变化。

同样,对于1978年召开的中国文联第三届全国委员会第三次扩大会议,*Chinese Literature* 虽然重点译介了中国文联主席郭沫若的书面致辞和文化部长黄镇的重要讲话,但是中国文联的相关背景知识,以及这次重要会议的主旨、精神、任务和基本内容也是英语读者无从知晓的。因此,增加以编者按形式出现的副文本仍然是两篇文章翻译时的基本策略。

> 中国文学艺术界联合会(简称中国文联)成立于1949年中华人民共和国成立之际。今年5月27日至6月5日,中国文联第三届全国委员会第三次扩大会议在北京举行。会议讨论了如何发展社会主

---

① "The 'Gang of Four's' Attack on Progressive Literature and Art". *Chinese Literature*, 1978(6):97.

义文学艺术事业。会议宣布被"四人帮"解散十二年的中国文联恢复其活动。中国作家协会、戏剧家协会、音乐家协会、电影艺术家协会、舞蹈家协会也一并恢复活动。同时,中国文联的报刊《文艺报》恢复出版。

　　刚刚去世的中国文联主席郭沫若从医院向大会发来祝辞,这是他留给文艺界最后的寄语。会议闭幕一周后,郭沫若逝世。文化部长黄镇在大会上发表讲话。以下便是我们摘自两篇文章的节选。关于此次大会的详细报道请参见 1978 年第 9 期 *Chinese Literature* 中的《文化大纪事》。

——编者①

　　以上编者按语介绍了中国文联的成立与当年该协会的重要活动,通过介绍各协会和重要报刊的恢复情况突出体现了中国新时期对文艺界的复兴之举,以及中国文坛重要人物对新时期中国文坛的重要寄语。

　　除了在政策性文本的翻译中使用副文本再现中国语境外,*Chinese Literature* 在文学作品的翻译中也使用副文本来反映中国作家作品的文化特色。

　　如 1984 年第 2 期 *Chinese Literature* 在译介刘绍棠作品《瓜棚柳巷》时,编者曾在文末以作者简介的副文本形式这样写道:

　　刘绍棠,1936 年生于河北省通县,是一位广受好评的多产作家,也是中国作家协会北京分会的成员。他在北京大学就读期间便开始写作,1952 年发表了第一部短篇小说选。1957 年,他被错误划为"右派"。自 1980 年平反以来已发表多部作品,包括《蒲柳人家》(*Chinese Literature*,1982 年第 5 期)、《小荷才露尖尖角》(*Chinese Literature*,1983 年第 4 期),还有新近出版的两部短篇小说选和中篇小说选。刘绍棠的作品充满浓郁的地方特色。

---

① My Heartfelt Wishes. *Chinese Literature*,1978(10):119.

本期选篇《瓜棚柳巷》首次发表于 1981 年第 3 期的《当代》。①

这段副文本除了对作家作品基本情况的说明之外，还包括两个重要信息，其一是字面信息——"刘绍棠的作品充满浓郁的地方特色"。这一阐述即为引导读者阅读作品时的重要"门槛"（threshold）。以此为依据，读者首先可以理解广阔疆域的中国拥有极其丰厚的文化资源和背景，其次也可依此去寻找刘绍棠作品中具有"浓郁地方特色"的文字，当然，这通常也是异域读者在阅读中国文学作品时颇为感兴趣的一点。另一重要信息是字里行间所透露的。"1957 年，他被错误划为'右派'，自 1980 年平反以来已发表多部作品"这一介绍间接表达了当时中国社会的政治话语——对"文革"及其以上历史错误的确认和批判，对新时期改革为中国社会注入活力的肯定。

因此，在通过文学对外译介完成中国对外宣传任务的过程中，使用副文本的翻译策略是 *Chinese Literature* 的重要选择之一，尤其是对于体现国家重要政策和动态的政治性文本的翻译，这一策略的使用也是至关重要的。正是因为有副文本的画外音存在，英语读者才能更加准确地通过中国文艺界的重大事件和活动了解整个中国的发展变化，让世界人民对"文革"后的中国有一个新的认识。

二、删节策略

Chinese Literature 采用的另一主要翻译策略是删节。*Chinese Literature* 为让英语世界读者更加直观简洁地了解中国，在编译过程中主要采用了节略细节、变观点为事实、简化修辞等手段，重点突出 1978 年以后新时期中国的社会语境。

（一）节　略

上节提到，1978—1982 年，*Chinese Literature* 刊载了诸多反映中国文艺界动态和政策的政策性文本英译文章，其中一篇是"The 'Gang of

①　The Liuxiang Melon Hut. *Chinese Literature*，1984(2)：67.

Four's' Attack on Progressive Literature and Art",此文原文为《"文艺黑线专政"论的出笼与破灭》,由中国人民解放军总政治部文化部评论组撰写,发表于《人民日报》1978 年 2 月 6 日第一版。文章从开篇就将"四人帮"的反动行径与苏联的反对派斗争做类比,给予严厉的结论定性;正文部分则从"合谋""颠倒""'破''立'""破产"四个方面对"文艺黑线专政"论进行阐释;结尾则是新时期政治语境下对该谬论的否定。但是译文"The 'Gang of Four's' Attack on Progressive Literature and Art"从标题开始已经确立了整篇文章的基调——没有对"文艺黑线专政"论进行直接翻译,而是将关键点直接放到当时中国政治语境中的话语下,用"attack"一词指涉"四人帮"对中国社会的破坏。因此"attack"就成为该译文的关键词。为重点突出这一点,译文对原文进行了大量的节略,包括以下几个方面。

1. 节略引言

《"文艺黑线专政"论的出笼与破灭》原文以一大段引言开篇。

> 在和托洛茨基反对派的斗争中,斯大林曾有过一句名言:"在我们党内没有一个反对派别能象托洛茨基主义那样灵活而巧妙地以'左的'和最最最革命的词句掩饰自己的机会主义"。林彪、"四人帮"也是这样一种机会主义的反党派别。他们常常打着马列主义、毛泽东思想的旗号,兜售反马列主义、反毛泽东思想的货色;喊着"左"得无法再"左"的口号,推行右得不能再右的路线;戴着捍卫无产阶级专政的假面具,干着颠覆无产阶级专政的罪恶勾当。江青勾结林彪炮制的"文艺黑线专政"论,就是这样一个假左真右的典型。①

这一引言以对照的方式将林彪等"四人帮"的行为类比为苏联托洛茨基反对派的行为,并为其做了定性评论。这种评论方法从某种意义上讲,还存在着"文革"遗留下的影响,使得文章充满了较为浓厚的"火药味"。*Chinese Literature* 在翻译时将这段省略,直接进入到对"文艺黑线专政"

---

① "文艺黑线专政"论的出笼与破灭. 人民日报,1978-02-06(1).

论的核心描述,可以说是通过一种恰当的过滤,弱化了政治斗争的口吻,将"文艺黑线专政"论以较为客观的陈述方式呈现在英语世界读者的面前。

2. 节略过程描述

《"文艺黑线专政"论的出笼与破灭》原文的另一大特点是对"文艺黑线专政"论的形成始末进行了详细描述,以此加强对"四人帮""文艺黑线专政"论阴谋的揭露。但是 Chinese Literature 的译介目的只是让英语读者了解"文革"十年来"四人帮"所实施的一切破坏,因此,阴谋形成过程中的某些细节在此已经显得不太重要,甚至有些啰唆,如第一部分"一伙反党野心家的合谋"中第三段开头部分和第四段前大半部分。

> 名为座谈,事先并不通告座谈内容,更不征求意见。而且江青一上来就宣布不准记录,不准外传,特别不准"让北京知道",甚至还查问"带窃听器没有"。会也确乎开得出奇。自始至终就是江青的"一言堂"。
>
> ······
>
> 座谈会结束后,整理了一份江青的谈话要点,可是她看完就骂:"歪曲了我的意思!"原来,她那个不"歪曲"的"意思",就是既要写上她那一套攻击无产阶级专政的胡言乱语,又不得露出她搞阴谋诡计的蛛丝马迹;内容要是她的,而形式则须用部队名义。她恫吓地宣称,她是"请"了"尊神"的,这个"尊神"就是林彪。随后,江青把她的那个亲信(也就是一九七四年"四人帮"搞"三箭齐发"时,江青安插在部队搞"放火烧荒"的那个"纵火犯")从北京再次叫到上海。①

以上两大描述"四人帮""文艺黑线专政"论的过程在译文中全部被省略。

3. 节略引语

引语使用是《"文艺黑线专政"论的出笼与破灭》原文的一大特点。其

---

① "文艺黑线专政"论的出笼与破灭. 人民日报,1978-02-06(1).

引语分为三大类型：一类为修饰性引语，如"在这个'山雨欲来风满楼'的时刻"，"林彪这个熟读'巧借闻雷来掩饰，随机应变信如神'权术经的阴谋家和'寻常看不见，偶尔露峥嵘'的野心家江青"；一类是证明式引语，即用来证明"四人帮"罪恶行径的"四人帮"成员话语，如第一部分第六段，"林彪在'五·一八'讲话中说：'笔杆子、枪杆子，夺取政权靠这两杆子。'"，"林彪有一段话，说是：'资产阶级搞颠覆活动，也是思想领先，先把人们的思想搞乱。另一个是搞军队，抓枪杆子。文武相配合，抓舆论，又抓枪杆子，他们就能搞反革命政变。'"；最后一类是领袖真理式引语，如开篇斯大林所言，中间部分大段对毛泽东在新中国成立十七年间就文学艺术所发表的言论和做出的批示，以及结尾部分大量引用的华国锋的报告讲话。对于这三类引语，*Chinese Literature* 在翻译过程中选择完全节略第一类、第二类，只保留了第三类中毛泽东的引语，并且用黑体着重标出。这充分说明了 *Chinese Literature* 的翻译与当时的政治话语保持着高度一致。在拨乱反正的过程中，毛泽东思想的经典仍然是指导中国社会主义建设的重要纲领，尤其在文艺界，"百花齐放、百家争鸣"作为毛泽东在延安文艺座谈会讲话中的精华和对社会主义文艺事业的重要指导，在新时期仍然是复兴文艺界的根本基础，多元局面的回归已经成为众多文艺界人士的迫切愿望。这也正是新时期中国社会重大转折的一个侧影。

4. 节略文学形象刻画

与非文学文本翻译对应的是这一时期文学文本的翻译。文学文本的翻译也存在着一定的节略选择。就刚刚进入新时期的中国当代文学作品而言，这一特点可能更为明显，因为这一时期的文学作品是文艺界经历十年"文革"洗劫后的新芽，就文学形式、手法和深度上而言都比较稚嫩，但它们终究是现实主义的产物，真实反映着新时期中国文学领域的变化和中国社会的变化，虽不一定具有美学特征，但其信息功能不可否认，同时其在新时期中国当代文学中的代表性也是中外文学研究者所公认的。

因此，*Chinese Literature* 从 1979 年开始的、以《班主任》为开篇的一系列反映中国最新政治动态和政策变化的"伤痕文学"和"改革文学"等作品的对外译介，便成了对外宣传我国"文革"后最新变化的最佳文学作品。

这一点同样也体现在英语世界对我国这些新时期文学作品的译介中。但是 *Chinese Literature* 对外宣传的基本性质决定了其在这一阶段的主要任务是扭转"文革"以来国际社会对中国的负面形象,这一点与英语世界诸多汉学家对"文革"后中国当代文学作品的译介并不完全相同。这些汉学家虽然也关注中国社会、政治、文化等方方面面的变化,但更多地从文学角度对中国当代文学作品进行解读,他们对中国当代文学作品的译介更多是以自己的研究旨趣为前提。因此,两者不同的翻译目的导致了两者在翻译策略使用上的差异。

以 *Chinese Literature* 和白杰明、李怡所选译的"The Wounded"为例。前者是中国文学对外译介期刊上的文章,后者是"文革"后英语国家对中国新时期文学英译选集,两者在对中国新时期文学伤痕作品在选材时有一定重叠,但翻译策略却截然不同。前者的编译存在大量的节略,后者则基本上是全译版本。这一方面是因为两种不同出版物的不同篇幅所限,另一方面则是因为这两种出版物的出版性质和目的不同,其中后一方面为主要原因。英语国家英译出版的中国当代文学作品虽然一方面也是为了满足当时英语世界读者迫切了解中国"文革"镜像和"文革"后变化的需求,但更多是研究中国文学的学者的兴趣所在,如"The Wounded"中,编者和译者更加关注中国新时期文学的基本特点,他们将所选作品视为中国文学创作的"新方向",是中国新时期文学创作体现"新现实主义"的开端。[①] 他们对所选文学作品加以介绍,甚至对其中优缺点加以评论,[②]因而在翻译时,他们也就注重将文学作品的内质呈现于读者面前,更多地倾向于学术翻译,译法丰厚详尽。但 *Chinese Literature* 是我国的文学对外宣传期刊,其主要目的是通过文学作品向英语世界介绍新时期中国的现实状况,其翻译策略服从于当时我国总的对外宣传要求。强调及时、客观、真实、时效性和信息性是 *Chinese Literature* 翻译过程中需要特别注意

① Gereme,B. & Bennett,L.(eds.). *The Wounded*:*New Stories of the "Cultural Revolution"*. Hong Kong:Joint Publishing Co.,1997:3.

② Gereme,B. & Bennett,L.(eds.). *The Wounded*:*New Stories of the "Cultural Revolution"*. Hong Kong:Joint Publishing Co.,1997:5-6.

的问题。为实现这一目的，*Chinese Literature* 在文学文本翻译过程中节略大量细致的人物刻画，突出中国社会真实的现实矛盾，反映当时中国的政治话语。以下以"伤痕文学"的开篇《班主任》和"改革文学"的代表作《乔厂长上任记》为例，进行讨论。

《班主任》一文被视为中国新时期文学中"伤痕文学"的开篇之作，虽然笔触不够深刻细致，人物刻画也显得简单稚嫩，但它代表了中国当代文学发展的新方向——现实主义的回归和悲剧创作的突破，也更多地体现着中国国家主流意识形态变化在文艺政策上的反映，是中国社会转型时期的一个重要体现。

小说原文共九个部分，以光明中学因一位转学学生引起的风波为核心，通过描写班主任张俊石面对同事、学生等不同群体时对此事的反应及其心理过程和行动过程，对"文革"给年轻一代心灵上造成的影响做出批判。对此，"The Wounded"将全文基本一字不落地译出，除了使用语言不同，文章几乎是原文复制再生，所有中文特有成分如人名、书名等均使用标准的汉语拼音表示，即使是段落顺序和句序也没有很大变化，在遣词造句上也会通过使用较为复杂的词汇和句式体现原文的文学性。相比之下，*Chinese Literature* 的翻译也就更加注重其政策宣传效果，以传递信息为主。全文保持整体各部分不变的情况下，对每一小部分的段落进行重新编排，或合并或删减，很多直接引语转化为间接引语，语言简单。*Chinese Literature* 的译文"The Class Teacher"经过编译之后，在保留完整情节的基础上更加突出中国社会政治语境和话语的传达。

原文前半部分在引入每一个具体人物时，会适时插入关于这一角色的外貌、所处环境、心理刻画等。但 *Chinese Literature* 的译文对此做了较多省略，如原文第二部分第三段对小说核心人物班主任张俊石的描写。

例1　原文：张老师实在是太平凡了。他今年三十六岁，中等身材，稍微有点发胖。他的衣裤都明显地旧了，但非常整洁，每一个纽扣都扣得规规矩矩，连制服外套的风纪扣，也一丝不苟地扣着。他脸庞长圆，额上三条挺深的抬头纹，眼睛不算大，但能闪闪发光地看人，撒谎的学生最怕他这目光；不过，更让学生敬畏的是张老师的那张嘴,人们都说薄嘴唇的人能说会道,张老师却是一对厚嘴唇,冬春常被风吹爆出干皮儿,从这对厚嘴唇里迸出的话,总是那么热情、生动、流利,像一架永不生锈的播种机,不断在学生们的心田上播下革命思想和知识的种子,又像一把大条帚,不停息地把学生心田上的灰尘无情地扫去……①

译文 1:Thirty-six years old, Chang was of medium height and slightly overweight. His clothes were old, but clean and tidy, every button done up. Friendly, lively and an animated talker, he tried to instill in his students revolutionary ideas and knowledge, while weeding out their muddled and wrong thoughts.②

译文 2:Zhang Junshi is actually quite undistinguished. He is thirty-six years old this year, of medium build and a little overweight. His clothes are well-worn but neat, and all the buttons are done up immaculately, even on his outer jacket. His face is oval-shaped, his forehead creased and his eyes, though not large, can flash when he is angry—students who tell lies are most afraid of that look. What the students respect the most, however, is Zhang Junshi's mouth. It is popularly held that people with thin lips are very knowledgeable, but Zhang Junshi's lips were thick, and in spring and winter were usually dried and chapped from the wind. But what issued from between these lips was always full of passion and verve, sharp and fluent like a seeding machines that never got rusty and constantly planted in the minds of the students seeds of revolutionary thinking and knowledge. It was also like a broom, tirelessly and mercilessly sweeping out the dust that collected in

---

① 刘心武. 班主任. 人民文学,1977(11):16-17.
② Liu Xinwu. The Class Teacher. *Chinese Literature*,1979(1):16-17.

their minds. ①

从以上原文和译文的对比可以看出,原文以文学的笔触,从总体评价到细节描写,层层递进,并使用对比、明喻等修辞手法对文中主要人物进行刻画描写。译文 1 十分简短,将原文中的三个短句和一个长句浓缩为一个短句和一个长句,并且省略了原文中评论性语言"张老师实在是太平凡了",也省略了纽扣细节的深入描写"连制服外套的风纪扣,也一丝不苟地扣着"和最后比喻、拟人的纯文学修辞表达。译文 2 与原文基本上没有出入,从完整性到修饰语添加再到修辞使用方面都能再现原文面貌。

同样,在 *Chinese Literature* 的整个译文中,还有几处明显的文学细节节略。如原文第三部分第二段尹老师的外貌描写、第五部分第二段石红的神态刻画、第六部分第一段宋宝琦家的"凌乱"状况等。这就从一个侧面说明,*Chinese Literature* 对于这些中国文学作品的编译是有侧重点的,重点不在于文学作品的文学性上,而在于背景阐释的信息传达上。

这一点也可从《乔厂长上任记》的英译本中得到佐证。《乔厂长上任记》是一部根据生活的真实面貌创作的改革文学作品,反映着时代的特色,是对"文革"后中央"将工作重点转移到现代化建设","实行改革开放"的成功图解。小说刻画的重点是中国改革新时期所出现的新矛盾和新问题。因此,*Chinese Literature* 在翻译过程中也特别关注这一点,适当节略,突出重点。

小说原文以主人公乔光朴的发言记录为开篇,引导读者把握文章的主题思想。*Chinese Literature* 的译文将这一段直接略去。而正文中一些生动的形象描写,旁白心理描写,如"会议要讨论的内容两天前已经通知到各委员了,霍大道知道委员们都有准备好的话,只等头一炮打响,后边就会万炮齐鸣。他却丝毫不动声色,他从来不亲自动手去点第一炮,而是

---

① Gereme, B. & Bennet, L. (eds.). *The Wounded: New Stories of the "Cultural Revolution". Hong Kong: Joint Publishing Co.*, 1997:148-149.

让炮手准备好了自己燃响,更不在冷场时赔着笑脸絮絮叨叨地启发引诱"①;情境过程描写,如"此法果然有效,不管是几个小时的批斗会,不管是'冰棍式',还是'喷气式',他全能应付裕如。甚至有时候还能触景生情,一见批判台搭在露天,就来一段'我正在城楼观山景,耳听得城外乱纷纷……'";或是俗语套话等,如"正如俗话所说的,他像脚后跟一样可靠,你尽管相信他好了""占着茅坑不屙屎""怕死的杨五郎上山当了和尚"……都在 Chinese Literature 的译文中被完全省略。这些省略无疑都是为了减少译文读者的阅读困难,让读者能在阅读中比较容易地了解到中国真实的现实语境,是符合期待规范、关系规范、交际规范和责任规范的。

(二)变观点为事实

"文革"结束初期的新时期文学虽然开启了"百花齐放、百家争鸣"的自由之旅,突破揭露社会"阴暗面"的禁忌,但仍然服从于中国的政治话语,与政治保持着紧密一致的关系,因此,作品会直接或间接体现中国政府或国家的某些政策和行为,这些内容也就成为对外宣传工作中需要特别注意的一部分。《班主任》这部作品正是如此,作者在字里行间有形无形地揭露着"四人帮"的丑恶和阐释着新政策为人们带来的希望。以下是原文第三部分第三段:

例 2　原文:在这一九七七年的春天,尹老师感到心里一片灿烂的阳光。他对教育战线,对自己的学校、所教的课程和班级,都充满了闪动着光晕的憧憬。他觉得一切不合理的事物都应该而且能够迅速得到改进。他认为"四人帮"既已揪出,扫荡"四人帮"在教育战线的流毒,形成理想的境界应当不需要太多的时间。不过,最近这些天他有点沉不住气。他愿意一切都如春江放舟般顺利,不曾想却仍要面临一些复杂的问题。②

---

① 蒋子龙. 乔厂长上任记//王蒙. 全国小说奖获奖落选代表作及批评. 长沙:湖南文艺出版社,1995:152.

② 刘心武. 班主任. 人民文学,1977(11):17.

译文：In that spring of 1977，Yin had great hopes for the future of education in the country in his work and classes. The "gang of four" had been overthrown in the previous October，and education was moving ahead rapidly. It was just what he had longed for as a teacher. ①

与例 1 相仿，译文中同样省略了原文中诸多文学性的语言描写，但这里更突出的特点在于，原文对尹老师个人的憧憬和个人想法的描写在译文中基本上转换成了对现实状况的陈述。"他认为""他觉得"这些字眼被完全省略，同时译文中采用增译的方法添加了"四人帮"被粉碎的时间，和此后中国社会正在发生的巨大变化——"四人帮"被推翻后，国家教育事业正在快速发展。这就说明 *Chinese Literature* 是通过文学作品在向英语世界的读者阐释"文革"后中国社会的转变，塑造中国励志图变的新形象。

（三）简化修辞

该小说中与直接出现在文学作品中的政治话语相呼应的其实还有文学作品本身所揭示的现实和反映的内涵——"四人帮"对青少年一代的戕害。这些细节因为其他细节的节略而显得更为突出，也使文章批判"四人帮"的口吻更加明显。原文中共有两处这样的描写，一是第五部分第九段中关于谢惠敏"可爱而又可怜"的深入描写，二是第六部分第十段关宋宝琦"资产阶级思想"的深刻分析。在原文中这两部分使用非常浓重的笔墨和较长的篇幅进行描写阐释，在译文中也同样如此，只是原文中修辞表达和文学表述在译文中变得更为直接简单：

例 3　原文：在谢惠敏的心目中，早已形成一种铁的逻辑，那就是凡不是书店出售的、图书馆外借的书，全是黑书、黄书。这实在不能怪她。她开始接触图书的这些年，恰好是"四人帮"搞法西斯文化专制主义最凶的几年。可爱而可怜的谢惠敏啊，她单纯地崇信一切用铅字新排印出来的东西，而在"四人帮"控制舆论工具的那几年里，她

---

① Liu Xinwu. The Class Teacher. *Chinese Literature*，1979(1):16.

用虔诚的态度拜读的报纸刊物上,充斥着多少他们的"帮文",喷溅出了多少戕害青少年的毒汁啊! 倘若在谢惠敏最亲近的人当中,有人及时向她点明:张春桥、姚文元那两篇号称"阐述无产阶级专政理论"的"重要文章"大可怀疑,而"梁效"、"唐晓文"之类的大块文章也绝非马列主义的"权威论著"……那该有多好啊! 但是,由于种种主观和客观上的原因,没有人向她点明这一点。她的父母经常嘱咐谢惠敏及其弟妹,要听毛主席的话,要认真听广播、看报纸;要求他们遵守纪律、尊重老师;要求他们好好学功课……谢惠敏从这样的家庭教育中受益不浅,具备了强烈的无产阶级感情、劳动者后代的气质;但是,在资产阶级、修正主义的白骨精化为美女现形的斗争环境里,光有朴素的无产阶级感情就容易陷于轻信和盲从,而"白骨精"们正是拼命利用一些人的轻信与盲从以售其奸! 就这样,谢惠敏正当风华正茂之年,满心满意想成为一个好的革命者,想为共产主义这个大目标而奋斗,却被"四人帮"害得眼界狭窄、是非模糊。①

译文:Hsieh was convinced that all books obtained outside bookstores and libraries were automatically bad or pornographic. How could she think otherwise, having grown up during the time when the "gang of four"exercised a fascist dictatorship over culture? Hsieh had naively and trustingly swallowed all that had been printed, devoutly reading the newspapers and magazines which were full of "the gang's" pernicious writings. If only someone vey close to Hsieh could have pointed out at that time that the "important articles on theories of proletarian dictatorship" by members of the "gang of four" like Chang Chun-chao and Yao Wen-yuan were dubious and not authoritative Marxist-Leninist writings. But for various reasons no one ever did. Her parents urged their children to follow Chairman Mao, listen to the broadcasts, read newspapers,

---

① 刘心武. 班主任. 人民文学,1977(11):20.

be disciplined, respect their teachers and study hard.

She grew up a daughter of workers, with strong proletarian feelings. Yet when the bourgeoisie and revisionists appeared <u>in a revolutionary disguise</u>, then people with simple proletarian feelings were prone to be duped. Young and inexperienced, aspiring to be a good revolutionary, Hsieh had become narrow-minded and confused <u>under the influence and restrictions of the "gang of four"</u>. [1]

通过对照译文和原文,我们发现译文有两大特点:一是与原文一样明确表达了国家政治话语下对"四人帮"的批判;二是译文在表达政治话语时更为简洁直接,省略、简化了原文中充满感情色彩的情感表达和修辞应用。如对于原文中"喷溅出了多少戕害青少年的毒汁啊!",译文中只使用一个词"pernicious"作为"the gang's writings"("帮文")的修饰语,代替原文中的拟人和比喻修辞,说明"四人帮"的毒害作用。这个看似简单的词实则意义深刻,表达精准。根据《朗文当代英语大辞典》和《新牛津英语词典》相关词条,"pernicious"一词在英文中属于"正式"语域,该词来源于中世纪英语,起源于拉丁词"perniciosus",表示"破坏性的,毁灭性的"(destructive);其名词形式为pernicies,意同"ruin",基于词根"nex""nec"(意为"death"——死亡)形成。所以"pernicious"一词的意义为"having a harmful effect, especially in a gradual and subtle way",即"有害的、恶性的、致命的","犹指一种日积月累、潜移默化施加的影响"。"四人帮"对于人们的洗脑正是通过文化专制,控制舆论工具,进行潜移默化的灌输而实施的,而且对于中国的各个领域的发展、各类人群的成长都产生了致命性的打击。因此"pernicious"一词十分贴切地将原文的核心内涵表达了出来。同样,原文"在资产阶级、修正主义的白骨精化为美女现形的斗争环境里,光有朴素的无产阶级感情就容易陷于轻信和盲从,而'白骨精'们正是拼命利用一些人的轻信与盲从以售其奸!"将"资产阶级"和"修正主义"暗喻为中国古典名著《西游记》中残害百姓的"白骨精",将无产阶级暗喻

---

[1]　Liu Xinwu. The Class Teacher. *Chinese Literature*，1979(1):21-22.

为"美女",从而形象刻画"四人帮"的伪装行径。对此,译文省略了原文中暗喻的修辞手法,以直接简单的一句话将原文意义表达出来——"Yet when the bourgeoisie and revisionists appeared in a revolutionary disguise, then people with simple proletarian feelings were prone to be duped."——既体现了中国政治话语中对"四人帮"的批判,也以直观的方式为不了解"白骨精"意象的英语读者省去了理解困难,准确传达了信息。

由此,*Chinese Literature* 对以《班主任》为代表的"伤痕文学"的译介,通过节略次要细节、化繁为简的翻译策略将中国政治语境下对"四人帮"的无情揭露和批判呈现在英语读者面前,充分呈现了新时期中国拨乱反正的政治话语。

与此类似的是稍晚一些的"改革文学"的译介。"改革文学"是体现我国拨乱反正之后经济体制改革的重要作品,它们集中反映着新时期中国改革进程中的英雄人物和改革面临的矛盾和困境。*Chinese Literature* 在翻译这些作品时,仍然以突出现实语境描写为主,节略了诸多次要的细节,如《乔厂长上任记》的英译。

节略之后的余留部分是原文中最为关键的矛盾问题描写,即改革的现实描写部分。以"上任"的第二部分中描写电机厂的混乱局面来看,*Chinese Literature* 通过具体选词策略和简化手段将中国的改革现实呈现在读者面前:

例4 原文:电机厂工人思想混乱,很大一部分人失去了过去崇拜的偶像,一下子连信仰也失去了,连民族自尊心、社会主义的自豪感都没有了,还有什么比群众在思想上一片散沙更可怕的呢? 这些年,工人们受了欺骗、愚弄和呵斥,从肉体到灵魂都退化了。而且电机厂的干部几乎是三套班子,十年前的一批,"文化大革命"起来的一批,冀申到厂后又搞了一套自己的班子。老人心里有气,新人肚里也不平静,石敢担心这种冲突会成为党内新的斗争的震心。等着他和乔光朴的岂止是个烂摊子,还是一个政治斗争的漩涡,往后又得在一夕数惊的局面中过日子了。①

　　译　文：The workers in this plant were rather confused ideologically. The idol many had worshipped had gone. They had even lost their national pride and faith in socialism. For many years they had been cheated, <u>manipulated</u> and criticized. <u>They'd become demoralized.</u> Moreover, in this plant, there were three groups of cadres: those who had been cadres before the "Cultural Revolution"; or during it; or after the downfall of the gang when Ji Shen became the manager. The old people were still hurt, while the young felt resentful. Shi worried that one day they would be flared up and clash head-on, causing renewed conflict within the Party. There was not only chaos awaiting him and Qiao, <u>but also bitter political rivalries. They were up against a very difficult situation.</u> ②

　　此处译文在对原文意义的传达上并无多大出入和差距,需要特别注意的主要有三处,即上文画线部分,它们突出体现了 *Chinese Literature* 翻译时的选词考虑和表达度量。一是原文中的"愚弄"在译文中被译为"manipulate"。根据《新牛津英语词典》相关词条,"manipulate"意为"control or influence (a person or situation) cleverly, unfairly, or unscrupulously",即有"操纵,摆布"之意,似乎在指涉当时的专制政策。第二处和第三处均属于化繁为简,原文中"从肉体到灵魂都退化了",直接用"demoralize"一词表达,"demoralize"意为"cause (someone to lose confidence or hope)",等同于"dispirit"③,表达了"文革"对人们精神的伤害;"政治斗争的漩涡""一夕数惊的局面"这些触动原语国家读者情感共鸣的描述则变为"bitter political rivalries""a very difficult situation"等简单表达,强调基本信息传递,让译入语读者更好理解。

---

①　蒋子龙. 乔厂长上任记. 人民文学,1979(7):13.

②　Jiang Zilong. Manager Qiao Assumes Office. *Chinese Literature*, 1980(2):40.

③　新牛津英语词典. 上海:上海外语教育出版社,2003:491.

因此,总体而言,*Chinese Literature* 在翻译过程中,一个非常重要的方面就是采用节略简化的手法实现淡化处理,含蓄地传递政治话语和语境信息,体现文学文本的历史原貌。必要的删节能够提高杂志的可读性,易于英语世界的读者接受,从而提高中国文学的接受度。

三、显化策略

1978 年以来中国的对外宣传即要"丰富多彩地"介绍我国情况,其在文学对外译介中的体现便是新时期以来我国文学领域多元文学主题和创作文本之具体呈现。除紧扣时代脉搏的"伤痕文学""改革文学""反思文学"或"知青文学"之外,具有民族气质和韵味的"乡土文学""寻根文学"以及少数民族作品也是 *Chinese Literature* 的译介对象(具体作品参见第三章)。如果说"伤痕文学""改革文学"的作品是在用文学转述转型期的中国的新的历史政治话语,那么"乡土文学""寻根文学"以及少数民族文学则是中国民族文化的表达。文学作品中民族文化因子的实现成为具体翻译策略选择时需要关注的焦点。

以 *Chinese Literature* 译介的刘绍棠所有作品为例。刘绍棠是新时期文学大潮中引领乡土文学潮流的主要代表,他的作品是极具"中国气派"和"浓郁地方特色"的民族风格作品。*Chinese Literature*(1978—1989)共译介《蒲柳人家》《小荷才露尖尖角》《青藤巷插曲》和《瓜棚柳巷》四部作品,译者分别是 Alex Young、匡文栋、胡志挥和 Rosie Roberts。虽然每部作品译者不同,但是四篇译文采用的翻译策略却基本接近,采用都是显化的翻译策略,让不甚了解中国文化的读者能够十分清楚地了解到原文中的民俗风情。译介中比较突出的策略有以下几点。

(一)民俗专名英译

刘绍棠乡土小说中地方特色的一大体现首先是对京郊运河两岸风俗民情的介绍。以《瓜棚柳巷》为例,《瓜棚柳巷》关于京东运河风情的细致描绘主要体现在第三部分关于"种瓜"手艺传承的问题和第五部分的"放鹰"生意上。*Chinese Literature* 对这两部分也基本上是一字不漏地全部译出。但是因为其中含有特色风俗,因此具体的翻译策略值得我们进一步关注。以第五部分"放鹰"生意的描写为例,根据现代汉语大辞典①,"放鹰"指的是"嗾使女子诱拐他人财物的骗局",其例句便是《瓜棚柳巷》中的"(大人贩子)专做放鹰生意。他手里降伏了一棒子被拐骗来的女人,专找孤身男子……"这就说明,"放鹰"是刘绍棠笔下 20 世纪二三十年代京东运河地界上独有的一种生意或者文化。原文第五部分开篇从"放鹰"生意的运输工具说起,随后又通过花三春之口叙述了"放鹰"的具体过程,这些特有的文化专有项在翻译时便是需要关注的焦点。

例 5　原文:运河上,常有人贩子的<u>鸡笼小船</u>,仓里捆绑着被坑、蒙、拐、骗来的女子,蒙上眼罩堵上嘴,又用一根缆绳串起来;就象一条线拴几只蚂蚱,谁也飞不动,跑不了。鸡笼小船白天不敢露面,都是夜深人静悄悄溜河边行走,所以又叫<u>黄花鱼小划子</u>。②

译文:On the canal there were many <u>small boats like chicken coops</u> that trafficked in human flesh. Inside the tiny cabins lay women who had been deceived, duped or plainly kidnapped, eyes blindfolded, mouth gagged and tied securely together with thick ropes like grass-hoppers on a string. There was no chance of escape.

<u>The little chicken coop boats</u> didn't dare to make their appearance during the day, only in the dead of night when there was not a soul around did they quietly glide along close to the canal bank. This earned them the name of "<u>yellow croaker rowboats</u>". ③

由上文可以看出,人贩子用于"放鹰"的交通工具为"鸡笼小船",另名为"黄花鱼小划子"。"鸡笼小船"因其形状而得名,该名称首次出现时,为让读者明白其名称来由,以解释的方式译为"small boats like chicken coops"。此后,下文中再次出现"鸡笼小船"时,译文采取了直接对译的方

---

① 一是参考现代汉语大词典在线词典 http://www. hydcd. com/cd/htm4/ci072742p. htm,一是根据卡西欧电子词典中《现代汉语大词典》。

② 刘绍棠. 瓜棚柳巷. 长春:吉林人民出版社,1983:15.

③ Liu Shaotang. The Liuxiang Melon Hut. *Chinese Literature*,1984(2):20.

式,将其译为"the little chicken coop boats"。"黄花鱼小划子"的得名来自其昼伏夜出的行动轨迹与黄花鱼的生活习性有某种相似之处,文中对这一原因并未深入解释,而是进行了直接对译。需要指出的是,直接对译之后,译文中以加引号的方式对其进行特殊标注,这种标注一来可以引起读者的关注,二来也表明了中国民俗文化专有词的特殊性。

对于"放鹰"一词也采用了同样的译法:

例 6　原文:花三春这才吐露真情。那个摇橹的人名叫花子金,是她的生身之父,给一个大人贩子跑腿拉线儿。这个大人贩子家住天津卫三不管,专做放鹰生意。①

译文:Only then did Hua Sanchun reveal the true situation: the oarsman was her father, Hua Zijin, who did the running around for a big flesh merchant from Tianjin specializing in "flying falcons."②

此处"放鹰"之汉语意义本小节开篇已做过阐释,是指唆使女子诱拐他人财物,其中女子是要放出去的"鹰",被诱拐者便是"猎物",因此译文选择"falcon"——指专门用于猎鸟的猎鹰、鹰隼,将"放鹰"直接对译为"flying falcons",并加引号表示与正常意义的"放鹰"是有区别的。

另如《蒲柳人家》中曾用大篇幅描写一丈青大娘对孙子何满子的疼爱之情,展示了京东运河边农村的乡土民情。何满子出生起便享受到奶奶独特的恩宠:

例 7　原文:一丈青大娘一听见孙子呱呱坠地的啼声,喜泪如雨,又烧香又上供,又拜佛又许愿。洗三那天,亲手杀了一只羊和三只鸡,摆了个小宴;满月那天,更杀了一口猪和六只鸭,大宴乡亲。她又跑遍沿河几个村落,挨门挨户乞讨零碎布头儿,给何满子缝了一件五光十色的百家衣;百日那天,给何满子穿上,抱出来见客,博得一片彩声。到一周岁生日,还打造了一个分量不小的包铜镀金长命锁,金光

① 刘绍棠. 瓜棚柳巷. 长春:吉林人民出版社,1983:16.
② Liu Shaotang. The Liuxiang Melon Hut. *Chinese Literature*,1984(2):22.

闪闪,差一点把何满子勒断了气。①

    译文:When Yi Zhang Qing heard her grandson's first whimper, she shed abundant tears of joy. She burnt incense and gave thanks, praying to Buddha and making many vows. <u>On the boy's third day</u>, Aunt Yi Zhang Qing slaughtered a sheep and three chickens and held a little banquet to mark the event. <u>When the boy was a month old</u>, Manzi's grandmother butchered a pig and six chickens. She invited all their relatives to the celebration. She then scoured all the neighbouring villages for pieces and scraps of coloured cloth to make a multi-coloured garment, "a hundred family garment", for Manzi. <u>On the boy's hundredth day</u>, it was ready. She dressed her grandson in it to receive the guests, who were each and all very impressed and who loudly praised the work and showered their felicitations on the boy. <u>On the boy's first birthday</u>, his grandmother had a shiny, gilded bronze lock cast to hang around his neck. The heavy amulet almost strangled the infant before he was another day older. ②

    例7原文包含了旧时中国社会中一个家庭在孩子一周岁前(包含一周岁)所要举行的所有仪式和庆典。最早是出生第三天的时候,俗曰"洗三",指婴儿出生第三日所举行的沐浴仪式,意在去除污秽、消灾免难、祈祥求福。通常要汇集亲友为婴儿祝吉,是中国古代诞生礼中非常重要的一个仪式。民间视"洗三"为大吉之礼,尤其是老北京人。然后是"满月",满月是婴儿出生满一个月时所举行的庆祝仪式,意在庆贺"添丁之喜""足月之喜"。再往后是"百日"或"百天",指婴儿满一百天所举办的庆典,祈愿孩子长命百岁。最后是周岁礼,即婴儿满一周岁时举行的庆祝仪式。这些民俗术语在译文中主要通过意义对等的显化方式呈现,直观明了。

---

①   刘绍棠. 蒲柳人家. 北京:人民文学出版社,1985:3.

②   Liu Shaotang. Catkin Willow Flats. *Chinese Literature*,1982(5):13-14.

"洗三"译为"on the boy's third day";"满月"译为"When the boy was a month old";"百日"译为"on the boy's hundredth day";"一周岁生日"译为"on the boy's first birthday"。此外,原文中出现的其他与风俗相关的术语或词语也采用了相同的翻译策略。如"百家衣"译为"a hundred family garment";"长命锁"译为"The heavy amulet"(护身符);文中主要人物一丈青大娘译为"Aunt Yi Zhang Qing"。

再如《小荷才露尖尖角》中对北京人夏天爱吃西瓜的风俗也做了生动描绘,包括瓜市情境、花街西瓜的名头、如何卖瓜、瓜的名目、瓜的形态等:

例8 原文:北京人在伏天爱吃西瓜,市面上年年闹瓜荒。花街的西瓜自古就有名,早年间在朝阳门外东大桥,东便门通惠河码头,前门箭楼子下面,三大瓜市摆状元摊。斗大的西瓜还带着一节青藤,两片绿叶,青藤上拴着三寸红头绳儿;有个名目,叫状元红,吃完西瓜还取个吉利。买到就吃,黑子红瓤儿,脆甜爽口;搬回家去,七天之内,色、味、香不变,走了成色保换。①

译文:Since Beijing people love eating watermelon on hot summer days, a melon shortage occurs every year. In the past, Flower Street had long been famous for its particular strain of melon known as "Red Number One Scholar". Red-fleshed and black-seeded, it was sweet and refreshing if eaten immediately on purchase. If taken home, the colour and taste kept for seven days and a replacement was guaranteed if it lost any of its quality. ②

译文中除了将花街西瓜名声远扬的状况——"早年间在朝阳门外东大桥,东便门通惠河码头,前门箭楼子下面,三大瓜市摆状元摊","状元红"西瓜的吉祥意义——"吃完瓜还取个吉利"省略,并对段落中的语言顺序稍作调整外,基本上采用了显化翻译的策略。将"伏天"译为"hot summer days",花街村的特产西瓜"状元红"译为"Red Number One

---

① 刘绍棠. 小荷才露尖尖角. 广州:花城出版社,1984:451.
② Liu Shaotang. The Budding Lotus. *Chinese Literature*,1983(4):12-13.

Scholar",直接将中国文化中特有的元素传送给英语世界读者。这样的显化翻译策略在译者所应遵循的具体翻译规范前提下,实现了中国民俗文化的清晰传递。

(二)民风俗语英译

从中国文学评论家的角度出发,上文提到的刘绍棠作品表现民族风格、地方特色的重点有二:一是作品内容饱含 20 世纪二三十年代京东运河上的民情风俗;[①]二是作品语言具有民族化风格,主要体现在京东风情运河味的语言使用、古语借用等特点上。[②] 因此在实现对外宣传和文学翻译合二为一的目的时,传递表现中国话语和特色文化的文学语言本质就成了 *Chinese Literature* 翻译的一个重任。就刘绍棠作品中突出的民风俗语而言,*Chinese Literature* 在翻译过程中除了部分省略之外,更多采用的也是意义阐释的显化翻译策略:

例 9　原文:可是,这些年只许<u>单打一</u>,不管高矮、胖瘦、大小、宽窄,全部一刀切。花街的西瓜<u>刨了祖坟</u>,十几岁的孩子,只在画上见过瓜模样儿。直到七九年<u>松了绑,放了足</u>;北京的水果店查档案,一窝蜂齐奔花街,家家走访,户户作揖,恨不能将花街这个弹丸小村的八百亩地,吊在半空中,上下、左右、前后,六面都种西瓜。然而当年的瓜把式,死的死,老的老,活着的手艺也撂生了。<u>矮子里拔将军</u>,旧日默默无闻的杜大胆儿,竟成了今天的高手。[③]

译文:However, <u>some years back grain was the crop to be grown in the countryside.</u> The watermelons of Flower Street were <u>uprooted</u> and the village teenagers had only seen them in pictures. It was only in 1979 that <u>the ban on growing them was lifted.</u> After

---

① 李守鹏. 清新质朴的乡土文学——评刘绍棠近年来中篇小说的民族风格. 安徽师大学报(哲学社会科学版),1982(3):81-87.杨续先;别开生面　独树一帜——评刘绍棠"小乡土三部曲". 南充师院学报(哲学社会科学版),1983(2):27-32,9.

② 姜家镳.《瓜棚柳巷》的民族化语言艺术. 温州师专学报(社会科学版),1982(1):64-67.

③ 刘绍棠. 小荷才露尖尖角. 广州:花城出版社,1984:451.

looking back over the records, purchasing agents from fruit companies in Beijing Swarmed into Flower Street, visiting every household and bowing to their hosts. They wished they could hang this small hamlet with its eight hundred *mu* of land in mid-air and grow watermelon on all six sides of it. Unfortunately, some of the veteran melon growers were now dead, some were old and the rest had grown rusty. It was necessary to "pick a general from among the dwarfs"—to choose the best person available. So Bold Fellow Du, unknown to the public in the past, now unexpectedly became a master grower. ①

例9原文中采用了大量京东运河农村当时的俗语,如"单打一""刨了祖坟""松了绑,放了足""瓜把式",还有中国民间流传甚广的歇后语"矮子里拔将军(短中取长)"。"单打一"是中国20世纪五六十年代的一种政策,指集中精力干一件事情而不管其他方面,在农业生产中体现为指种植一种植物,而不是因势利导、因地制宜。因此,译文将原文中的"单打一"以解释的方式翻译为"grain was the crop to be grown in the countryside"。"刨了祖坟"一般指刨平毁掉一户人家的祖先的坟墓,后用来比喻铲除某一事物的老根,因此译文中解释为"The watermelons of Flower Street were uprooted"。"松了绑,放了足"则是指1978年以后国家政策在各个领域的解禁,因而翻译为"the ban on growing them was lifted"。"瓜把式"之意主要来源于"把式","把式"指老手、行家,因此"瓜把式"是民间对种瓜能手的俗语称呼,翻译为"veteran melon growers"。歇后语"矮子里拔将军"也是民间俗语,指从现有的并不出色的人当中挑选最好的,译文采用了先形式对等、后具体阐释的方法译为"to 'pick a general from among the dwarfs'—to choose the best person available",不仅将原文的语言特点清楚地展现在译文中,而且通过解释让英语读者能够清楚理解这一俗语的本质意义。

---

① Liu Shaotang. The Budding Lotus. *Chinese Literature*,1983(4):13.

再如《小荷才露尖尖角》第四部分开头描写杜秋葵霉运当头的社会陋俗成因：

例 10　原文：运河滩老辈子有个陋俗，长得花枝似的姑娘，只要属羊和属虎，不但是赔钱货，而且是处理品，很难嫁出去，更难嫁好主儿。属羊的穷命，属虎的主凶，谁愿意将穷羊恶虎娶进门。属羊的命相又分三等。出生在春三月，羊有草芽吃，算是穷中有盼，是中等；出生在夏秋两季，草盛羊肥，叫穷中有福，是上等；出生在隆冬时节，天寒地冻，百草枯败，这可是穷到底儿，当然就算下等。如此胡说八道，至今还有人迷信。

属羊的杜秋葵，偏巧生在立冬那一天，那一年的那一天又是黑煞日。而且，她呱呱坠地，正逢未时；子鼠、丑牛、寅虎、卯兔、辰龙、巳蛇、午马、未羊……羊又占个未字，杜秋葵就更"羊"了。这已经够晦气，恰巧那一天又是未时交节；未时之前，还算秋日，未时之后，便立了冬。不早不晚，偏赶上此时此刻，杜大胆儿和二朵大婶恶心死了。自欺欺人，二朵大婶给她取名秋葵，不认未时立冬这个账。①

译文：According to a bad old custom still prevailing along the banks of the canal, a girl born in the year of sheep or the tiger, no matter how pretty, would cost her parents dearly in her trousseau even if she were married out as "substandard goods". Those born in the year of the sheep are fated to poverty and those in the year of tiger are fierce. Who would be willing to take in a poor sheep or a fierce tiger? The sheep-year-born creatures are again divided into three categories. Those born in spring, when sheep have grass shoots to eat, are thought of as having some possible way out of their poverty and so are placed in the middle category. Those born in summer and autumn, when the grasses are lush and the sheep fat, belong to the first category and are described as "fortune in

---

①　刘绍棠. 小荷才露尖尖角. 广州：花城出版社，1984：455-456.

poverty". Those born in winter, when it is cold and the earth is frozen and the grass withered, will live in abject poverty and are naturally considered the lowest category. Even to this day some people still believe in this nonsense.

Qiukui happened to be born on that very day of the nineteenth solar term—the Beginning of Winter in a sheep year and, even worse, at *weishi*, the period from 1 p. m. to 3 p. m. , which is considered the exact point at which winter sets in. Upset by this terrible timing, the Du couple refused to accept the fact and named the girl Qiukui—Autumn Sunflower—deceiving both themselves and others. ①

两段原文描述了中国民间关于出生时辰的解释和人们对于这一说法的深信不疑。原文对羊年不同季节出生的三类人的不同境遇和命运者采用了排比阐释的方法,译文也以同样方式将这一现象和说法对等呈现,同时还将"穷中有盼""穷中有福""穷到底儿"的意义清晰地解释出来,分别译为"having some possible way out of their poverty""fortune in poverty"和"in abject poverty"。对"未时"也采用了音译加解释的方法,译为"*weishi*, the period from 1 p. m. to 3 p. m. , which is considered the exact point at which winter set in"。译文中虽然省略了对"黑煞日"以及"子鼠、丑牛、寅虎、卯兔、辰龙、巳蛇、午马、未羊"等的英译和解释,但已经通过"even worse"和以上的解释帮助读者理解,呈现出最为关键的"未时"的民俗意义。

此外,《瓜棚柳巷》中使用了很多朗朗上口的民间俗语式的"兴起"句,用来推进故事情节或进行巧妙的起承转合:

例 11　原文:树高千丈,落叶归根;柳梢青一走三十年,带着一个十三四岁的女儿柳叶眉,从关外重返运河滩。②

---

① Liu Shaotang. The Budding Lotus. *Chinese Literature*,1983(4):17-18.
② 刘绍棠. 瓜棚柳巷. 长春:吉林人民出版社,1983:6.

译文:Though a tree grows ten thousand feet tall, the leaves still fall back to roots. ①

《小荷才露尖尖角》中描写秋葵迫不得已去找安天宝拯救她的瓜地时,开头以中国俗语"有病乱投医"为引子引出下文:

例 12 原文:有病乱投医,杜秋葵只得请安天宝动手。②

译文:Any doctor is worth a try if you're critically ill. Qiukui had no choice but to ask Tianbao for help. ③

类似这样采用民间俗语解释某一道理的例子在刘绍棠的小说中不胜枚举。此处再举两例:

例 13 原文:花婶子拉长了脸,说:"咱们是乡下人,不能自由得出了圈儿,过河得从桥上走,上房先得搬梯子。"④

译文:Aunt Hua pulled a long face, "We country people shouldn't go too far. To cross a river you have to walk over a bridge and to climb up to the roof you have to position the ladder. "⑤

例 14 原文:但是,前思后想,千里搭长棚,没有不散的宴席,到了点点头。⑥

译文:She debated with herself a long time and finally agreed, deciding to bow to the inevitable. The break had to come, sooner or later. ⑦

例 11 至例 14 表明,俗语使用是刘绍棠乡土文学作品的重要语言特色之一,*Chinese Literature* 对此采用显化的翻译策略,将刘绍棠作品的这

---

① Liu Shaotang. The Liuxiang Melon Hut. *Chinese Literature*,1984(2):7.
② 刘绍棠. 小荷才露尖尖角. 广州:花城出版社,1984:471.
③ Liu Shaotang. The Budding Lotus. *Chinese Literature*,1983(4):35.
④ 刘绍棠. 小荷才露尖尖角. 广州:花城出版社,1984:479.
⑤ Liu Shaotang. The Budding Lotus. *Chinese Literature*,1983(4):35.
⑥ 刘绍棠. 蒲柳人家. 北京:人民文学出版社,1985:4.
⑦ Liu Shaotang. Catkin Willow Flats. *Chinese Literature*,1982(5):14.

一语言特点呈现在英语读者面前。虽然这种译法也许并不能将这些民风俗语在原语环境中的"神韵"传达到极致,但还原了文学作品的语言真实性。这种语言真实性在一定程度上反映了汉语表层结构的形象信息美感,再现了中国文学作品中汉语的风格色彩,从而展现了中国文学作品折射出的中国民族文化形象。

小　结

规范是一个既定社会业已接受的行为准则,对社会内群体的行为具有规定性作用;这些规范依靠它们在既定社会的存在和该社会成员的内化发挥作用。[①] 对 *Chinese Literature* 的文学对外译介实践发挥作用的规范主要有三类:社会规范、机构规范和译者规范。

社会规范主要指国家的宏观政策。1978—1989 年,中国的翻译政策在国家整体政策更加宽松的走向之下也变得更加开放和包容。其中中译外的政策更多地依赖于国家的对外宣传政策。因此,这一时期 *Chinese Literature* 的翻译实践整体上服从于我国新时期的对外宣传政策指导下的翻译政策,以实现新时期文学塑造国家形象的基本目的。

机构规范主要指 *Chinese Literature* 杂志社在服从国家宏观政策的前提下,为实现中国国家形象"自塑"而建立的一系列更加具体的规范。主要体现在两个方面:一是中外译者的构成配比,*Chinese Literature* (1978—1989 年)翻译实践的译者构成配比与之前相比有了较大改变,虽然仍以中国译者为主,但也吸纳了较多外国译者;二是中外译者分工不同、职责不同。中国译者通过编、写、译的具体实施确保国家对外宣传政策的落实和国家形象的正确塑造;外国译者多为英语世界有着中国文学研究和翻译经历的汉学家,他们一方面为正在恢复中的中国对外宣传事业和翻译工作发挥着咨询作用,另一方面在中国对外宣传工作中的参与

---

① Chesterman, A. From 'Is' to 'Ought': Laws, Norms and Strategies in Translation Studies. *Target*, 1993, 5(1): 5.

从一个侧面体现了中国国家政府对西方世界的开放性。中外译者相互配合，合力打造新时期的中国。

译者规范主要指译者在翻译过程中和针对产品(译作)所遵守的规范，包括责任规范、交际规范、关系规范和期待规范。这些规范直接决定了译者对翻译策略的选择。虽然翻译过程中译者具有一定的主体性，但对于 *Chinese Literature* 的翻译实践而言，无论中国译者还是外国译者，其翻译行为首先都遵循当时国家的对外宣传政策和与之相一致的翻译政策，即社会规范，尽量向英语世界传递新时期中国的改革号角和发展镜像，以期扭转之前西方国家对中国的歪曲认识，然后遵循机构规范和译者规范。正如功能翻译理论中主张的那样，目的决定方法。在 *Chinese Literature* 翻译中国当代文学作品的过程中，虽然存在众多译者，但是国家对外宣传的目的决定了它在翻译策略和方法总体上的统一性。这种统一性主要体现三个方面。一是副文本策略，通过副文本与正文本相互补充，突出 *Chinese Literature* 中真实的新时期中国的政治语境和政治话语。二是删节策略，通过删节英语世界读者不太好理解的内容或者政治性过于浓厚的语言，突出信息的传递功能，形成中国新时期文学的语境真实、语言真实和文化真实。三是显化策略，这一策略类似于诺德的"纪实型翻译"，即"保留了原语文化语境，为读者留下了异国的陌生感或产生了一定的文化距离"①。以上三种策略方法的结合体现了 *Chinese Literature* (1978—1989)一定的翻译真实性——审美真实、身份真实和语言真实。② *Chinese Literature* (1978—1989)正是以 1978 年以后中国的社会现实为基础、采用翻译真实性的原则展现了中国新时期文学的历史真实性，展现了新时期中国社会的基本面貌，从而实现了期刊对外宣传和国家形象塑造的目的，塑造出一个真实、多元、进步、开放的新时期中国。

---

① Nord, C. *Translating as a Purposeful Activity—Functionalist Approaches Explained*. Shanghai: Shanghai Foreign Language Education Press, 2009:49-50.
② 陈吉荣. 翻译建构当代中国形象:澳大利亚现当代中国文学翻译研究. 北京:中国社会科学出版社,2012:162-172.

结　语

  Chinese Literature 作为新中国成立以来唯一一份文学对外宣传期刊,在进行文学对外交流的同时兼具国家形象塑造的作用,历时半个世纪,目睹新中国五十年的巨大变迁,因其基本的国家赞助性质而折射出新中国成立以来主流意识形态的变化发展,最终成为一部新中国社会发展史读本。尤其是 1978—1989 年,*Chinese Literature* 在有利的国际国内语境中因势求变,通过丰富的中国新时期文学作品、中国文艺界的政策读本和中国文坛最新动态向英语世界展示中国新时期的社会变化和主流价值话语,为当时渴望了解"文革"后中国的西方世界提供了及时的参照文本。这一努力是值得首肯和借鉴的。

  当今全球化时代下,文学译介作为世界文学和文化交流的重要手段显得更为举足轻重。中国作为一个具有悠久历史文化的文明古国和逐渐崛起的世界大国,其文学和文化在整个世界格局中的地位不容小觑。虽然在世界的整体文化交流系统中中国文化尚处于弱势地位,但这仍然阻挡不了中国文学融入世界文学、传播中国文化的步伐和努力。近年来,中国政府一直致力于通过文学对外译介的途径让世界人民更加了解中国社会和中国人民:官方推出《路灯》(*Pathlight*)(《人民文学》杂志社主办,外文出版社出版,创刊于 2011),新 *Chinese Literature*(新世界出版社,创刊于 2012)和各类项目丛书出版计划;民间自发组织"纸上共和国"/"纸托邦"(Paper Republic)、《天南》(*Chutzpah!*,广东民间文艺家协会,创刊于 2011)等翻译实践。莫言、刘慈欣、郝景芳、曹文轩等中国当代作家近年来连连荣获国际大奖,更是说明中国当代文学的对外译介已经历经文化的迎合、冲突、适应逐渐进入文化平等对话,已经从 1951 年中国当代文学对外译介的"引入期",经过 1978 到 20 世纪末的"成长期",进入今天全球化时代的"成熟期"。① 这一现象促使学界开始思考今天中国文学对外传播和中国国家形象塑造的许多重要相关问题:(1)要塑造怎样的中国形象?(2)需要选择什么样的作品?(3)通过什么样的文学译介方法进行形象建构? 等等。"引入期""成长期"是进入"成熟期"的必经过程,"成熟期"的实践是"成熟期"发展的基础,因此本书对 *Chinese Literature*(1978—1989)文学对外译介塑造国家形象的深入研究将为今天中国当代文学的对外译介提供一定的借鉴。

一、*Chinese Literature*(1978—1989)塑造国家形象之经验总结

1978—1989 年是中国结束"文革"后全面复兴的重要时期。这段时间 *Chinese Literature* 开始了杂志社内部的思想解放,从"文革"时期的极端政治宣传转向真正的以文学对外译介重塑中国国家形象的艰巨任务,杂志的发行量和订阅量一度达到历史巅峰,甚至还成为一些英语世界中国新时期文学作品英译选集编选的重要参考(参见第二章第一节)。这一成绩主要归结于以下四点。

(一)因时制宜,因域寻变

根据布迪厄社会学理论中所提出的场域概念,在一个特定的社会中,场域通常分为政治、经济、文化等不同类型,各场域之间相互作用、相互影响。

1978 年后,中国对外打开了与世界交往交流的大门,与世界多国建立外交关系;对内批判"文革"极"左"思潮,积极解放思想,调整经济、文化、外交等方方面面的政策,直接促进了中国社会全面转型期的到来——计划经济逐渐向市场经济过渡;文艺界重现"百花齐放、百家争鸣"的繁荣局

---

① 陶友兰. 经典的通俗化:论《论语》当代英译走向民间之良策. 翻译季刊,2015 (77):11,22.

面;外交局面逐渐打开,从官方到民间的国际交流活动逐渐增多,促进双方交流的翻译事业得到重视,为 *Chinese Literature* 的对外宣传和文学译介提供了有利的中国内部场域。

文学对外译介作为一种对外宣传手段,不仅涉及一个国家的社会场域,也是包含两个或两个以上国家的国际社会场域中的一种文化实践。换言之,*Chinese Literature* 的文学对外译介不仅是中国社会场域内的文化行为,还是中国和诸多英语国家多场域内的文化活动。因此,英语国家的政治走向、对中国的态度,以及与中国交往的态度也决定着中国文化传播的成败。1978 年以后,世界的整体格局也在发生着变化,很多国家希望与中国建立外交关系,进行经济、文化上的各种合作,尤其是在中国经历"文革"十年的封闭之后,很多英语国家都对"红色中国"产生了浓厚的兴趣,他们迫切希望能了解中国"文革"时期的情况和"文革"后的改变。因此,文学作为一种相对容易被接受的文化资本,尤其是"文革"后揭露"文革""阴暗面"和揭示中国社会矛盾的新时期文学作品,成为这一时期英语世界读者的青睐对象。

在以上利好的时代背景和文化传播场域,即良好的国际传播环境中,1978 年以来的 *Chinese Literature* 杂志社进行整体的宏观调整,如任用更加专业的编译人员、加强对外交流和翻译人员培养、赋予编辑人员相对自主的更多权力等。在微观操作上,*Chinese Literature* 设计出文本构建和文本形成最关键的三大策略和方法——"选""编""译":选择丰富多样、反映中国真实境况的新时期文学作品;"编""译"结合,构建现实中国,在国家译介规范指导下翻译新时期中国,以实现塑造国家形象的基本目的。

(二)选材典型,折射形象

Chinese Literature(1978—1989)的译介选材打破了新中国成立后十七年间单纯译介中国社会主义革命和建设成就的歌颂框架,更是摆脱了"文革"期间"红色中国"的极端宣传,更注重对中国境况的真实反映。所选新时期文学作品不仅具有时代同步性,还有主题和人物刻画的典型性;不仅歌颂社会主义新人和改革进程中的开拓者,也揭露"文革"极端政治下的中国镜像和现时中国改革进程的矛盾和阻力;既有对政策执行者的

描绘,也有对普通老百姓的刻画;既有汉民族的主体文化阐释,也有少数民族的特色风情展示。*Chinese Literature* 通过典型的选材,既反映出新时期中国解禁开放的政治语境和话语,也向世界展现了中国人民的日常生活和中国多民族生态下的多元文化;不仅通过文本本身体现了新时期中国的整体面貌,而且在更深层次上反映了中国政府正视现实矛盾与问题的勇敢担当。

(三)文文互鉴,充分架构

鉴于 1978 年以后国家对外宣传重塑国家形象的基本性质,*Chinese Literature* 采取了新的编辑方针和方法:在当代文学作品之外,增加更多的作家作品介绍、文学评论、文坛最新发展动态等文章。本书将这一方法称为互文建构。根据互文性理论,"文本"有狭义和广义之分,最广义的"文本"可以延伸到社会历史语境。因此在 *Chinese Literature* 进行文学对外译介塑造国家形象的实践中,中国国家形象是中国文学对外译介的主文本,*Chinese Literature* 是实现主文本的互文本,两者形成第一层面的互文建构关系。*Chinese Literature* 作为实现国家形象的具体文化表意实践,只是一个载体,需要具体文本的参与和阐释,因此,*Chinese Literature* 形成内部文本互文,即第二层次的互文建构,包括新时期文学英译文本之间的互文和新时期文学英译文本与引介文本之间的互文;这两种互文关系交叉作用,为读者呈现完整的中国镜像,最终形成第三层次的互文——国家形象与具体文本的互文建构。这一方法避免了单一译介文学作品的单调,为文化背景悬殊的异国读者提供了更多可以参考的语境前文本。

(四)译有所选,展示形象

1978 年以后,国家的翻译政策逐渐宽松,翻译事业也达到前所未有的高峰。这一时期 *Chinese Literature* 的翻译实践也必然受到当时翻译政策的规范,这些翻译政策包含显性概念中的国家外交政策、文艺政策和对外宣传政策,以及隐性概念中的翻译理论与方法探讨等。在整体规范之下,*Chinese Literature* 的文本翻译逐渐进入规范化,译者作为译文的主要生产者,得以出现在文本中。当时中外译者的构成比例几乎达到 1∶1,外国译者多为研究中国古典或现当代文学的汉学家,在 *Chinese Literature* 杂志社主要发挥翻译和译文文字的指导把关作用;中国译者在翻译过程中更多为国家外宣政策的落实发挥保障作用,确保塑造正确的国家形象。在具体策略选择上,*Chinese Literature* 主要服从于国家整体的翻译政策和其本身的对外宣传目的,虽然涉及众多译者,但在策略上有一致性,以使用副文本、删节和显化翻译为主要策略,重点突出新时期中国语境中的政治话语、现实状况和中国特色文化。

总之,*Chinese Literature*(1978—1989)因时制宜,根据具体的时代特点和文化传播场域调整文学对外译介的具体方法,以"真实"为基本准则,选择真实反映新时期中国的文学文本,辅以展示中国真实语境的介绍性文本,最后借助于翻译的真实性原则,努力实现塑造国家形象的目的,对今天中国当代文学的对外译介和国家形象塑造具有一定的借鉴意义。

二、启示与思考

中国文学对外译介与其他历史事件一样,具有一定的历史发展脉络和历史发展规律,它的成功或失败是客观规律和主观行动共同作用的结果。1978 年到 1989 年,中国刚刚走出"文革"的阴霾,封闭多年的中国需要与世界建立密切的联系以走出发展困境,与中国隔离多年的西方世界也同样渴望了解这个经历几次重大历史变革的东方文明大国。这样的文化传播场域就决定了两者之间的交往首先是以文化信息交流为主。因此 *Chinese Literature*(1978—1989)的文学对外译介实践通过具体的选材、多元文本的互文建构和展现中国镜像的翻译策略,直接或间接地向英语世界读者传递中国政治语境、中国现实社会图景以及中国的独特文化,以较全的覆盖面为英语读者讲述着不同时代、不同民族和不同地域的中国故事,强调时效性和信息性,突出政治性和文化性,取得了中国文学对外译介塑造国家形象的暂时成功。虽然 1989 年以后,随着中国经济、对外开放的飞速发展,中国与世界各国的交流更加频繁和密切,英语世界的人民了解中国和中国文学的途径更加多样和便捷,*Chinese Literature* 也由于种种原因陷入困境,最终尘封于历史的角落,但它曾经的努力和成功是不可抹杀的。

今天,全球化时代真正来临,中国作家开始在国际社会异军突起,连连走上国际领奖台,中国文化传播的场域已经发生变化。今天的中国文化传播场域中,"提升国家文化软实力""塑造文化国家形象""中国文学与世界文学融合"已成为关键词。因此,中国文学对外译介实践需要与时俱进,跟随时代步伐,依照历史发展规律积极进行调整,迎接文学对外译介"成熟期"的各种机遇和挑战。

1978—1989 年的 *Chinese Literature* 为实现中国国家形象重塑的目的,从译介选材、文本建构、译者构成和英译策略多个方面入手,进行内在层面的努力:尽量选择多元丰富的新时期文学作品;改进编辑手段,采用互文建构的方法让国家形象与具体文学文本和政策性文本、评论介绍性文本进行"译""介"互动,促进中国现实语境的真实构建,为读者提供更易理解的阅读文本;吸纳较多外国译者参与,采用副文本、节略、显化翻译等策略,重点突出地反映中国政治话语、中国现实语境和中国特色文化。站在今天反观历史,如果说 1978—1989 年,中国的文学对外译介凭借时效性、政治性和文化性打开了中国新时期文学国际交流、重塑国家形象的大门,那么今天莫言的作品、姜戎的《狼图腾》、刘慈欣的《三体》和郝景芳的《北京折叠》走上国际舞台凭借的是什么? 答案不容置疑,是文学性,是他们各自讲述中国故事的独特方式。因此,以 *Chinese Literature*(1978—1989)成功经验为参照,就中国当前提升文化软实力、塑造文化强国形象的文学对外译介实践来说,可以做出以下努力:

第一,保持中国当代文学作品的时效性和经典性。中国当代文学作品之所以能够代表中国形象,其最主要的内核是反映当下中国的社会境况,反映中国作家的文学水准和中国的文学质量,甚至是文学品牌,是谓"软实力"。只有最为及时的译介才能让世界读者了解中国文学和中国社会的最新变化。另外,保持向西方世界介绍中国最新的优秀文学成果是中国文学对外译介需要一贯秉承的宗旨。虽然东西方世界具有不同的意识形态体系和价值观,但真正优秀和经典的文学作品始终是人类精神世界的共同体悟,是没有国界、不分种族的,这也正是中国文学与世界文学的融合——和而不同。

第二，多文本互文建构。1978—1989 年的 *Chinese Literature* 的互文建构方式虽然不乏政治性，但仍然是一种值得借鉴的译介方法。只是为适应今天的文学对外译介实践语境，进行互文建构的具体文本也需要根据具体情况做出调整。在目前的中国文学对外译介实践中，不管是文学作品英译的单行本、文学选集还是期刊，多采用译者序、编者序以及注释等方式辅助译介中国文学作品。单行本中如果能够以互文建构的方式收入国际书评文章，或许能够引发异域读者的兴趣。因为按照国外读者的阅读习惯来说，他们秉持书评先行的原则，《纽约时报》等重要报刊的书评对他们的阅读选择有着重要的影响。书评作者可以是国际上享有良好声誉的中国国内文学界著名评论家，也可以是研究中国当代文学的国际汉学家，毕竟在全球化的今天，中国与世界学术圈的沟通也早已变得平常和密切。如此一来，中国当代文学作品的文学价值将得到广泛认可，而中国作为文化强国的形象也可以得到进一步提升。文学选集或期刊则可以进一步多元化，尤其是对外译介文学期刊，可以在借鉴 *Chinese Literature* 的原有互文建构的基础上，加入一些国外文学评论家的文章，也将会适当提升中国文学作品的地位和影响力。

第三，多元化译者构成。1978—1989 年的 *Chinese Literature* 的翻译实践和多年以来中国文学外译的实践表明，中国文学外译通常有两类译者、三种翻译模式。两类译者即中国译者和外国汉学家，三种翻译模式即中国译者独译、外国汉学家独译和中外合译。但是除许渊冲等大家的译作饱受赞美之外，大多数中国译者的译作并不被看好。相比之下，外国汉学家的译作更受青睐，尤其是莫言获得诺奖的成功后，人们似乎更加认定国际汉学家在助力中国文学"走向世界"中扮演着不可替代的角色。但是，《三体》和《北京折叠》荣膺雨果奖的经历则让我们意识到，中国当代文学的对外译介还可以有更为多元的译者群体——兼通中外两种语言、可以用外语写作的作家。《三体》和《北京折叠》的译者刘宇昆是美国华裔，自己就是一位英文科幻小说的作者，曾于 2012 年和 2013 年分别获得两次雨果奖。① 只有亲身参与写作的人才能真正感受到文学作品的内在魅力,连《三体》作者刘慈欣本人对刘宇昆的翻译也大加赞赏,称其"几近完美"。因此,如果有这样的作家译者参与,中国文学的对外译介将突破之前中国文学对外译介突出信息性、政治性的局限,也将突破国际汉学家和大多数中国普通译者翻译实践的拘囿,更大程度体现原作的文学性,使中国文学的真实面貌和水平更加准确地呈现给英语世界读者。

第四,英译策略选择。1978—1989 年 *Chinese Literature* 的文学对外实践表明,当时采用副文本、节略、显化翻译等策略以满足当时国家的对外宣传目的,以信息传达为基本要旨,突出体现了政治性和文化性。虽然这些策略和方法在一定程度上削弱了文学作品的文学性,但在当时取得了阶段性效果,同时作为文化传播中的改写手段在今天的历史舞台仍然被普遍使用。2012 年莫言获得诺奖后,葛浩文对作品删节、改写、迎合西方受众的英译策略虽然也被很多人认为是中国当代文学走进西方世界的必然适应,但若看到今天《三体》和《北京折叠》连获 2015 年和 2016 年雨果奖的事实,我们不禁反思:是否只有通过节译、选译等翻译策略,迎合西方国家的读者阅读旨趣、符合西方意识形态和诗学传统,才能使中国文学走向世界? 如果答案是肯定的,那么中国文学独特的、全面的文学性将如何得到体现,中国文学作为世界文学中独具特色不可缺少的一部分将如何与世界文学相融合,又如何彰显中国的文化软实力和中国作为文化强国的国家形象?

三、本研究的可拓展方面

自中国文学/文化"走向世界"的国家战略成为翻译研究领域的焦点以来,中国历史上唯一一份国家机构赞助的文学对外译介期刊 *Chinese Literature* 开始进入研究者的视野。不同的研究者曾分别从不同的视角对该期刊给予了关注,如期刊历史沿革的、期刊的国家机构赞助性质、研究期刊中个别译者等,本研究突破已有研究的关注视点,将焦点置于

① http://culture.people.com.cn/GB/n1/2016/0831/c22219-28679601.html.

Chinese Literature 的对外宣传、塑造国家形象的本质,以语境研究和文本研究为基础,探寻今天通过文学译介塑造国家形象的有效途径。研究既有成果也有缺憾。成果在于通过深入的文本研究所得出的启示和思考,缺憾在于研究的不足和尚可拓展的领域。

不足在于,其一,资料收集不算完备。研究过程中,本研究虽然可以充足的 *Chinese Literature* 文本为基础资料展开探讨,但辅助材料不够充足:一是国外相关研究资料缺乏,这导致了本研究的单声道效应;二是内部资料不足,比如关于第五章译者构成比例的解释中,很多译者(尤其是中国译者)的生平、学术履历和对自己在 *Chinese Literature* 翻译经历的叙述、对翻译工作的认识、对翻译策略等的思考都难以查到。如果在后期研究中能发掘更多的相关资料,将有助于对 *Chinese Literature* 的文学对外译介实践形成更加明晰的认识。

其二,影响研究不足。本研究将着眼点更多地放在文学译介对外宣传塑造国家形象的努力上,所以以探究实际的媒体策略为主。虽然本书并非完全的译介学研究,但与其不可分离。就目前的译介学研究而言,影响研究是非常重要的一个部分,可对于 *Chinese Literature* 而言,目前可以获得的资料都是中国官方公布的一些数据和报道。即使是作为中国对外宣传研究基础资料的"中国外文局五十年"丛书中也只是提供了所有对外期刊的总发行量,关于 *Chinese Literature* 个体发行量和读者接受情况的数据寥寥无几。另外,由于 *Chinese Literature* 期刊性质的特殊性,目前存在的问卷调查、售书网站的读者评论等影响研究方式都不太适用。因此,我们尚无法得到英语国家的真实数据来说明 *Chinese Literature* 在国外的接受度。如果能够深入国外曾经与中国外文局合作的友好书店等发行机构,寻求当年的 *Chinese Literature* 发行数量等关键信息,或者能够找到更多国外评论 *Chinese Literature* 英译本的文章,也许会对本研究有很好的补充。

本研究可拓展的空间一是英译文本的分类研究。如可以根据 *Chinese Literature* 中所出现的实际类别文本进行文学作品英译研究、文学评论英译研究、政治话语英译研究甚至是文艺简讯的英文编写研究等。

二是语料库翻译研究。在语言服务技术成为翻译领域主角的今天,单个文本或少量文本的研究分析似乎显得不够与时俱进,尽管我们已经尽量选取代表性极强的文本加以说明,但仍有不足之处。因此,如果能够将 *Chinese Literature* 的文本按照不同时期——新中国成立后十七年、"文革"、改革开放初期、改革深化阶段;不同类别——中国当代文学主潮下具体流派作品、不同地域作家作品英译等方式进行语料库建设和研究,将是对其文本翻译研究的又一个重大突破。三是新媒体环境下的文学对外译介研究。鉴于"纸托帮""中国当代文学海外译介推广平台"的诞生,互联网等新媒体已经成为中国文学对外译介的新媒体。因此,后续还可以借鉴本文对传统媒体文学对外译介的方法研究探索新媒体文学对外译介的有效途径。

总而言之,本研究以较为细致的方法对 *Chinese Literature* 的文本进行了深入研究,旨在考察和探讨文学译介和对外宣传如何良好结合,虽在前人研究基础上有一定突破,但未来还有很多可以拓展的领域和空间,也希望未来的研究能在今天认识不足的前提下更加完善、更有意义。

参考文献

一、中文参考文献

（一）著作类

贝茨. 1933—1973 美国史. 南京大学历史系英文对外关系研究室,译. 北京：
人民出版社,1984.

伯宁豪森,赫特斯.《中国革命文学》引言. 周发祥,陈圣生,译//中国社会科
学院文学研究所. 国外中国文学研究论丛：中国现代文学专辑. 北京：中
国文联出版公司,1985：111-129.

陈福康. 中国译学理论史稿. 上海：上海外语教育出版社,2000.

陈吉荣. 翻译建构当代中国形象：澳大利亚现当代中国文学翻译研究. 北京：
中国社会科学出版社,2012.

陈季同. 中国人自画像. 黄兴涛,等译. 贵阳：贵州人民出版社,1998.

陈晓明. 中国当代文学主潮. 2 版. 北京：北京大学出版社,2013.

程曼丽. 国家形象塑造及其问题与对策//周伟明. 国家形象传播研究论丛.
北京：外文出版社,2008：16-23.

戴延年,陈日浓. 中国外文局五十年大事记. 北京：新星出版社,1999.

戴延年,陈日浓. 中国外文局五十年大事记 1949—1999. 北京：新星出版
社,1999.

段连城. 对外传播学初探. 北京：中国建设出版社,1988.

方梦之. 译学词典. 上海：上海外语教育出版社,2004.

葛桂录. 他者的眼光：中英文学关系论稿. 银川：宁夏人民教育出版社,2004.

辜鸿铭. 辜鸿铭文集. 黄兴涛,等 译. 海口:海南出版社,1996.

韩洪洪. 胡耀邦在历史转折关头(1975—1982. 北京:人民出版社,2009.

洪子诚. 中国当代文学史. 北京:北京大学出版社,1999.

雷音.杨宪益传. 香港:明报出版社,2007.

李朝全. 文艺创作与国家形象. 北京:华艺出版社,2007.

李辉.杨宪益与戴乃迭:一同走过.郑州:大象出版社,2001.

李勇. 西欧的中国形象.北京:人民出版社,2010:11-16.

李越. 老舍作品英译研究. 北京:知识产权出版社,2013.

李智. 中国国家形象——全球传播时代建构主义的解读. 北京:新华出版社,2011.

林文艺. 1951—2001 年英文版《中国文学》研究. 重庆:重庆大学出版社,2012.

刘继南,何辉,等. 中国形象:中国国家形象的国际传播现状与对策.北京:中国传媒大学出版社,2006.

刘继南. 大众传播与国际关系. 北京:北京广播学院出版社,1999.

刘江凯. 认同与"延异"——中国当代文学的海外接受. 北京:北京大学出版社,2012.

刘绍棠. 瓜棚柳巷.长春:吉林人民出版社,1983.

刘绍棠. 小荷才露尖尖角. 广州:花城出版社,1984.

刘绍棠. 蒲柳人家. 北京:人民文学出版社,1985.

马士奎. 中国当代文学翻译研究(1966—1967). 北京 : 中央民族大学出版社, 2007.

马祖毅,任荣珍.汉籍外译史. 武汉:湖北教育出版社,1997.

钱锺书. 七缀集. 上海:上海古籍出版社,1994.

萨莫瓦约. 互文性研究. 邵炜,译. 天津:天津人民出版社,2003.

沙博理. 我的中国.宋蜀碧,译.北京:中国画报出版社,2006.

腾云. 新时期小说百篇评析. 天津:南开大学出版社,1985.

滕梅. 1919 年以来的中国翻译政策研究. 济南:山东大学出版社, 2009.

滕梅. 中国翻译政策研究. 北京:中国人民大学出版社, 2013.

王蒙. 全国小说奖获奖落选代表作及批评(短篇小说上).长沙:湖南文艺出版

社,1995.

王蒙. 全国小说奖获奖落选代表作及批评(短篇小说下). 长沙:湖南文艺出版
　　社,1995.

王蒙. 全国小说奖获奖落选代表作及批评(中篇小说上). 长沙:湖南文艺出版
　　社,1995.

王蒙. 全国小说奖获奖落选代表作及批评(中篇小说下). 长沙:湖南文艺出版
　　社,1995.

王庆生. 中国当代文学辞典. 武汉:武汉大学出版社,1996.

王佐良. 翻译:思考与试笔. 北京:外语教学与研究出版社,1989.

魏清光. 改革开放以来中国翻译活动的社会运行研究. 北京:中国社会科学
　　出版社, 2014.

吴旸.《中国文学》的诞生//中国外文局五十年回忆录. 北京:新星出版社,
　　1999:488-492.

谢天振. 译介学导论. 北京:北京大学出版社,2007.

谢益显. 中国当代外交史 1949—1995. 北京:中国青年出版社, 1997.

杨伟芬. 渗透与互动——广播电视与国际关系. 北京:北京广播学院出版
　　社,2000.

杨宪益.略谈我从事翻译工作的经验和体会//金圣华.因难见巧:名家翻译经
　　验谈.北京:中国对外翻译出版公司,1998:79, 84.

杨宪益. 漏船载酒忆当年.薛鸿时,译. 北京:北京十月文艺出版社,2001.

苑茵.往事重温:叶君健和苑茵的人生曲. 上海:华东师范大学出版社, 2008.

张健. 外宣翻译导论. 北京:国防工业出版社, 2013.

张立方. 我对"编译合一"的看法//书刊对外宣传的理论与实践.北京:新星出
　　版社,1999:595-599.

张毓强. 论国家形象传播的基本模式. 亚洲传媒研究 2008. 北京:中国传媒
　　大学出版社,2009: 162-175.

中共中央宣传部. 十一届三中全会以来党的宣传工作文献选编. 北京:中共
　　中央党校出版社,1989.

《中国翻译》编辑部. 中译英技巧文集. 北京:中国对外翻译出版公司,1992.

周东元,亓文公. 中国外文局五十年史料选编. 北京:新星出版社,1999.

朱寨. 中国当代文学思潮史. 北京:人民文学出版社,1987.

邹霆. 永远的求索——杨宪益传. 上海:华东师范大学出版社,2001.

(二)期刊论文类

阿卞. 读者对《中国文学》的反应. 对外大传播,1995(5):50.

陈吉荣. 形象学视域下翻译作品中的中国形象. 辽宁师范大学学报(社会科学版),2014(4):570-575.

程锡麟. 互文性理论概述. 外国文学,1996(1):72-79.

邓小平. 在中国文学艺术工作者第四次代表大会上的祝辞. 文艺研究,1979(4):3-6.

冯牧. 丹心似火　斗志如钢——看话剧《丹心谱》. 人民戏剧,1978(5):55-59.

付文慧. 中国女作家作品英译合集:文学翻译、性别借用与中国形象构建. 外国语,2013,36(5):67-71.

葛文峰.《中国文学》与《译丛》:中国文学对外翻译出版模式的范例. 史料研究,2014(9):101-104.

顾钧. 王际真的鲁迅译介. 新文学史料,2012(3):176-180.

郭林祥. 外宣工作中的新考验. 对外大传播,1997(7):28-29.

郭林祥. 为中国文学走向世界架起桥梁. 对外大传播,1996(3):12-13.

何琳. 从文化翻译研究角度看翻译选材——《中国文学》20世纪60年代和80年代对比研究. 泰山学院学报,2011(1):104-108.

何琳. 翻译家葛浩文与《中国文学》. 时代文学,2011(4):164-166.

何琳,赵新宇. "卅载辛勤真译匠":杨宪益与《中国文学》. 文史杂志,2010(4):55-57.

何琳,赵新宇. 沙博理与《中国文学》. 文史杂志,2010(6):35-38.

何琳,赵新宇. 意识形态与翻译选材——以"文革"为分期的《中国文学》选材对比研究. 天津外国语学院学报,2010(6):29-33.

何琳,赵新宇.《中国文学》的历史与文化价值. 文史杂志,2011(2):50-53.

何明星. 欧美翻译出版中国当代文学作品的现状及其特征. 出版发行研究,2014(3):15-18.

胡牧,朱会云. 英文版《中国文学》杂志生产传播机制中的译者群体与人文精神——王明杰先生访谈录. 燕山大学学报(哲学社会科学版),2019(4): 27-31.

黄立波,朱志瑜. 晚清时期关于翻译政策的讨论. 中国翻译,2012(3): 26-33.

季羡林. 东学西渐与东化——为《东方论坛》"东学西渐"栏目而作. 东方论坛,2004(5): 1-5.

姜家镠.《瓜棚柳巷》的民族化语言艺术. 温州师专学报(社会科学版),1982(1): 64-67.

姜智芹. 中国当代文学海外传播与中国形象塑造. 小说评论,2014(3):4-11.

蒋子龙. 乔厂长上任记. 人民文学,1979(7):1-26.

金介甫. 中国文学(一九四九——一九九九)的英译本出版情况述评. 查明建,译. 当代作家评论,2006(3): 67-76.

金介甫. 中国文学(一九四九——一九九九)的英译本出版情况述评(续). 查明建,译. 当代作家评论,2006(4): 137-152.

李守鹏. 清新质朴的乡土文学——评刘绍棠近年来中篇小说的民族风格. 安徽师大学报(哲学社会科学版),1982(3): 81-87.

李征. 中国典籍翻译与中国形象——文本、译者与策略选择. 长春大学学报,2013(9): 1147-1151.

林煌天. 略论我国外国文学翻译工作的发展. 福建外语,1995(1): 92-95.

林文艺. 二十世纪五六十年代《中国文学》(英文版)作品选译策略. 福建论坛(社科教育版),2011(4):49-51.

林文艺. 英文版《中国文学》作品翻译选材要求及影响因素. 龙岩学院学报,2011(4):58-62.

林文艺.《中国文学》(英文版)少数民族题材选材作品分析. 武夷学院学报,2012(1): 44-48.

林文艺. 为异域他者架设理解的桥梁——英文版《中国文学》的文化译介及其传播功能. 福州大学学报,2012(4): 79-87.

林文艺. 英文版《中国文学》译介的少数民族形象分析——以阿诗玛和阿凡提为例. 民族文学研究,2012(5): 69-73.

林文艺. 英文版《中国文学》译介《诗经》探究. 东南学术,2012(6): 342-348.

林文艺. 建国十七年中国国家形象的塑造与传播——以《中国文学》(英文版)革命历史题材作品的选取为例. 福建论坛(人文社会科学版),2012(10):108-113.

刘心武. 班主任. 人民文学,1977(11):16-29.

林文艺.《中国文学》(英文版)农村题材小说翻译选材探析. 福建农林大学学报(哲学社会科学版),2013(1):106-109.

罗列,杨文瑨. 论作为国家文化战略的翻译政策——以京师同文馆的翻译活动为例. 山东外语教学,2015(2):91-97.

吕世生. 18 世纪以来"走出去"的中国文学翻译改写模式. 中国翻译,2013(5):29-34.

马士奎. 塑造自我文化形象——中国对外翻译现象研究. 东方论坛,2010(3):33-37,43.

马士奎. 从母语译入外语:国外非母语翻译实践与理论考察. 上海翻译,2012(3):20-25,69.

倪秀华. 翻译新中国:《中国文学》英译中国文学考察(1951—1966).天津外国语大学学报,2013(5):35-40.

欧阳昱. 澳大利亚出版的中国文学英译作品. 四川大学学报(哲学社会科学版),2008(4):112-120.

潘旭澜. 报告文学的新里程碑——论《哥德巴赫猜想》集. 复旦学报(社会科学版),1979(3):92-98.

秦海鹰. 互文性理论的缘起与流变. 外国文学评论,2004(3):19-30.

任东升. 从国家叙事视角看沙博理的翻译行为. 外语研究,2017(2):12-17.

任东升,高玉霞. 翻译制度化与制度化翻译. 中国翻译,2015(1):18-23,126.

任东升,高玉霞. 国家翻译实践初探. 中国外语,2015(3):92-103.

任东升,高玉霞. 制度化译者探究. 复旦外国语言文学论丛,2019 年春季号:144.

任东升,郎希萌. 国家翻译实践视阈下的戴乃迭独译行为研究. 当代外语研究,2016(5):81-85,93.

任生名.杨宪益的文学翻译思想散记.中国翻译,1993(4):33-35.

苏叔阳. 从实际生活出发塑造人物——创作《丹心谱》的几点体会. 人民戏

剧,1978(5)：62-65.

孙有中. 国家形象的内涵及其功能. 国际论坛,2002(3)：14-21.

唐家龙. 面向世界的中国文学出版社. 对外大传播,1998(7)：49.

陶友兰. 经典的通俗化:论《论语》当代英译走向民间之良策. 翻译季刊,2015(77)：1-25。

王建开. "走出去"战略与出版意图的契合:以英译作品的当代转向为例. 上海翻译,2014(4):1-7.

吴旸.《中国文学》的诞生. 对外大传播,1999(6):24-25.

吴自选.《中国文学》杂志和中国文学的英译——原《中国文学》副总编王明杰先生访谈录. 东方翻译,2010(4):52-55.

吴自选. 翻译与翻译之外:从《中国文学》杂志谈中国文学"走出去". 解放军外国语学院学报,2012 (4)：86-90.

肖娴. 戴乃迭《中国文学》译介的生态翻译学解读. 河北工程大学学报,2014(1)：75-77,95.

徐慎贵,耿强. 中国文学对外译介的国家实践——原中国文学出版社中文部编审徐慎贵先生访谈录. 东方翻译,2010(2):49-53,76.

徐慎贵.《中国文学》对外传播的历史贡献. 对外大传播,2007(8):46-49, 50.

徐妍. 以仪式的形式悬搁记忆——鲁迅百年诞辰仪式的背后话语分析. 海南师范学院学报,2004(6)：36-40.

杨文瑨,罗列. 论晚清洋务派的翻译政策与京师同文馆翻译人才培养模式. 北京第二外国语学院学报, 2014(12)：31-37.

杨续先. 别开生面　独树一帜——评刘绍棠"小乡土三部曲". 南充师院学报(哲学社会科学版),1983(2):27-32, 9.

查明建. 译介学:渊源、性质、内容与方法——兼评比较文学论著、教材中有关"译介学"的论述. 中国比较文学,2005(1)：40-62.

中国翻译工作者协会章程. 翻译通讯,1982(6):63-64.

中国文学杂志社. 丰富多彩的《中国文学》杂志——国外读者对《中国文学》的评论. 动向与线索,1986(11):3-4.

周宁. 世纪末的中国形象:莫名的敌意与恐慌. 书屋,2003(12):49-58.

朱振武,袁俊卿. 中国文学英译研究现状透析. 当代外语研究,2015(1)：

53-58.

祝克懿. 互文:语篇研究的新论域. 当代修辞学,2010(5):1-12.

卓科达.《中国文学》美籍专家卓科达在招待会上的讲话. 对外大传播,1998(Z1):11.

（三）其他

冯牧. 新时期文学的广阔道路. 人民日报,1984-09-24.

耿强. 文学译介和中国文学"走向世界". 上海:上海外国语大学,2010.

何琳,赵新宇. 新中国文学西播前驱:《中国文学》五十年. 中华读书报,2003-09-24(瞭望版).

何琳.《中国文学》的文化研究. 天津:天津师范大学,2003.

何苗. 从目的论角度看中国国家形象宣传片的翻译. 成都:四川师范大学, 2013.

胡洁. 建构视角下的外宣翻译研究. 上海:上海外国语大学, 2010.

黄庆华. "对岸的诱惑"虹影小说《K》译本中的"中国形象"研究. 重庆:四川外语学院,2010.

孔许友. 中国文化软实力与中国文学对外传播的变迁. 成都:四川大学,2010.

林文艺. 主流意识形态语境中的中国对外文化交流——以英文版《中国文学》研究为中心. 福州:福建师范大学,2014.

卢华萍. 从翻译的社会功能谈翻译政策研究. 太原:山西大学,2008.

卢小军. 国家形象与外宣策略研究. 上海:上海外国语大学,2013.

仇贤根. 外宣翻译研究——从国家形象塑造与传播角度谈起. 上海:上海外国语大学,2010.

田文文.《中国文学》(英文版)(1951—1966)研究. 泉州:华侨大学,2009.

王璇.《红楼梦》在美国的传播研究及其对文化外交的启示. 北京:北京外国语大学,2014.

徐巧灵. 从改写理论看杨宪益与《中国文学》杂志. 武汉:华中师范大学,2010.

严慧. 1935—1941:《天下》与中西文学交流. 苏州:苏州大学,2009.

野莽. 一本空前绝后的杂志. 中国书报刊博览,2004-08-14(8).

赵欣. 基于国家形象传播视角的外宣纪录片翻译研究. 兰州:兰州理工大
学,2014.

郑晔. 国家机构赞助下的中国文学的对外译介——以英文版《中国文学》
(1951—2000)为个案研究. 上海:上海外国语大学,2012.

中国人民解放军总政治部文化部评论组. "文艺黑线专政"论的出笼与破灭.
人民日报,1978-02-06(1).

(四)主要网络参考来源

中国翻译协会官方网站:http://www.tac-online.org.cn

人民网理论频道:http://theory.people.com.cn

新华网:http://news.xinhuanet.com

中国作家网:http://www.chinawriter.com.cn

党史学习教育官网:http://dangshi.people.com.cn

求是网:http://www.qstheory.cn

全国报刊索引数据库:https://www.cnbksy.com

《人民日报》数据库:http://data.people.com.cn

二、英文参考文献

(一)著作类

Allen, G. *Intertextuality*. London & New York:Routledge Taylor & Francis Group, 2000.

Baker, M. *Routledge Encyclopedia of Translation Studies*. Shanghai: Shanghai Foreign Language Education Press, 2009.

Barme, G. R. and Lee, B. (eds.). *The Wounded:New Stories of the Cultural Revolution*. Hong Kong:Joint Publishing Co., 1979.

Barme, G. R. and Minford, J. (eds.). *Seeds of Fire:Chinese Voices of Conscience*. New York:Hill and Wang, 1988.

Beaugrand, R. de. & Dressler, W. *Introduction to Text Linguistics*. New York:Longman, 1981.

Chesterman, A. Ethics of Translation. In Snell-Hornby, M. (ed.). *Translation as Intercultural Communication*. Amsterdam and Philadelphia: John Benjanmins Publishing Company, 1995: 150-156.

Duke, M. S. (ed.). *Contemporary Chinese Literature : An Anthology of the Post-Mao Fiction and Poetry*. Armonk, New York: M. E. Sharp, 1985.

Eoyang, Eugene Chen. *The Transparent Eye : Reflections on Translation , Chinese Literature , and Comparative Poetics*. Honolulu: SHAPS Library University of Hawaii Press, 1993.

Genette, G. *Palimpsests : Literature in the Second Degree*. Trans. Newman, C. & Doubinsky, C. Lincoln: University of Nebraska Press, 1997.

Genette, G. *Paratexts : Thresholds of Interpretation*. Cambridge: Cambridge University Press, 1997.

Goldblatt, H. (ed.). *Worlds Apart : Recent Chinese Writing and Its Audiences*. New York: M. E. Sharp, 1990.

Hatim, B. & Mason, I. *Discourse and the Translator*. Shanghai: Shanghai Foreign Language Education Press, 2007.

Hermans, T. *Translation in System : Descriptive and System-Oriented Approaches Explained*. Shanghai: Shanghai Foreign Language Education Press. 2004.

Hermans, T. Translation, Irritation and Resonance. In Wolf, M. & Fukari, A. (eds.). *Constructing a Sociology of Translation*. Amsterdam: John Benjamins, 2007:57-78.

Hsu, Kai-yu. Literature of the People's Republic of China. Bloomington & London: Indiana University Press, 1980.

Hung, Eva. Periodicals as Anthologies: A Study of Three English Language Journal of Chinese Literature. In Kittel, H. (ed.). *International Anthologies of Literature in Translation*. Berlin: Erich Schmidt Verlag, 1995: 239-250.

Lee, Y. (ed.) *The New Realism : Writings from China After the "Cultural*

Revolution". New York: Hippocrene Books Inc. , 1983.

Link, P. (ed.). *Rose and Thorns: The Second Blooming of the Hundred Flowers in Chinese Fiction*, 1970—1980. Berkeley: University of California Press, 1984.

Link, P. (ed.). *Stubborn Weeds: Popular and Controversial Chinese Literature after the "Cultural Revolution"*. Bloomington: Indiana University Press, 1983.

Liu, Nienling et al. (trans.). *The Rose Colored Dinner: New Works by Contempory Chinese Women Writers*. Hong Kong: Joint Publishing Co. , 1988.

Mcdougall, B. S. *Translation Zones in Modern China—Authoritarian Command versus Gift Exchange*. New York: Cambria Press, 2011.

Meylaerts, R. Translation Policy. In Gambier, Y. &. Van Doorslaer, L. (eds.). *Handbook of Translation Studies: Volume 2*. Amsterdam and Philadelphia: John Benjamins Publishing, 2011: 163-168.

Moi, T. (ed.). *The Kristeva Reader*. Philadelphia: University of Pennsylvania Press, 1986.

Mundy, J. *Introducing Translation Studies*. Shanghai: Shanghai Foreign Language Education Press, 2012.

Newmark, P. *A Textbook of Translation*. New York: Printice Hall International (UK) Ltd, 1988.

Nord, C. *Translating as a Purposeful Activity—Functionalist Approaches Explained*. Shanghai: Shanghai Foreign Language Education Press, 2009.

Nye, J. S. *Soft Power: The Means to Success in World Politics*. New York: Public Affairs Books, 2004.

Pearsall, J. (ed.). *The New Oxford Dictionary of English*. Shanghai: Shanghai Foreign Language Education Press, 2003.

Pokorn, N. K. *Challenging the Traditional Axioms*. Amsterdam: John Benjamins Publishing Co. , 2005.

Shapiro, S. *My China*. Beijing: Foreign Language Press, 1998.

Shuttleworth, M. & Cowie, M. *Dictionary of Translation Studies*. Manchester: St Jerome, 1997.

Siu, H. and Stern, Z. (eds.). *Mao's Harvest: Voices from China's New Generation*. New York: Oxford University Press, 1983.

Snell-Hornby, M. Jettmarova, Z. & Kaindl, K. (eds.). *Translation as Intercultural Communication: Selected Papers from EST Congress, Prague* 1995. Amsterdam and Philadelphia: John Benjamins Publishing Company, 1997.

Tai, J. (ed.). *Spring Bamboo: A Collection of Contempory Chinese Short Stories*. New York: Random House, 1989.

Toury, G. *Descriptive Translation Studies and Beyond*. Shanghai: Shanghai Foreign Language Education Press, 2004.

Tymoczko, M. *Translation in a Postcolonial Context—Early Irish Literature in English Translation*. Manchester: St. Jerome Publishing. 1999.

Venuti, L. *The Translator's Invisibility—A History of Translation*. London & New York: Routledge, 1995.

Yang, Hsien-yi. White Tiger: An Autobiography of Yang Hsien-yi. Hong Kong: The Chinese University Press, 2002.

Yang, Winston. L. Y. & Nathan K. (eds.). *Stories of Contemporary China*. New York: Paragon Book Gallery, 1979.

Zhu, H. (ed.). *The Chinese Western: Short Fiction from Today's China*. New York: Ballantine Books, 1988.

(二)期刊类

Chesterman, A. From "Is" to "Ought": Laws, Norms and Strategies in Translation Studies. *Target*, 1993, 5(1): 1-20.

Jenner. W. J. F. 1979: A New Start for Literature in China?. *China Quarterly*, 1981(86): 274-303.

Núñez, G. G. On Translation Policy. *Target*, 2016, 28(1): 87-109.

Yang Hsien-yi. Thirty Years of "*Chinese Literature*". *Chinese Literature*, 1981(10): 3-7.

（三）其他外文网络资源

UBC 亚洲研究部网站:http://asia. ubc. ca

英国亚马逊购物:https://www. amazon. co. uk

杜博妮个人网站:http://bonniesmcdougall. squarespace. com

Translation Journal 官 网 网 站 : http:// translationjournal. net/journal/ 17turkey. htm

附　录

附录1　1995年来中国政府对外译介

中国文学的重要工程/项目

序号	年份	项目名称	级别	资助方/发起方
1	1995	"大中华文库"	国家	外文出版社/译林出版社等
2	1999	"大学生读书计划"丛书 ——"英汉对照·中国文学宝库丛书"（古代系列,现代系列,当代系列）	国家	中国文学出版社 外语教学与研究出版社
	2001	FLP汉英对照经典读本·现代名家	国家	外文出版社
3	2004	中国图书对外推广计划	国家	国家新闻办、新闻出版总署
4	2006	中国当代文学百部精品对外译介工程	国家	中国作协
5	2006	中国当代文学精品丛书	国家	人民文学出版社 柯林斯国际出版集团
6	2008	国剧海外传播工程	高校	中国人民大学
7	2008	中译经典文库·中华传统文化精粹	国家	中国对外翻译出版有限公司
8	2008	中国文化汉外对照丛书	国家	上海外语教育出版社
9	2009	中国文化著作翻译出版工程	国家	中国作协
10	2009	SLOT计划:陕西文学海外翻译计划	省级	陕西省

（续表）

序号	年份	项目名称	级别	资助方/发起方
11	2009	中国文学海外传播	国家	国家汉办,北京师范大学 美国俄克拉何马州大学
12	2009	经典中国国际出版工程："中国学术名著系列"	国家	国家新闻出版总署
13	2009	21世纪中国当代文学书库	国家	外文出版社
14	2010	20世纪中国文学选集	国家	清华大学、译林出版社
15	2010	"经典回声"（英汉对照）系列	国家	外文出版社
16	2011	中国京剧百部经典剧目外译工程	高校	中国人民大学 北京外国语大学 美国夏威夷大学
17	2012	"中国文学"丛书	国家	作家出版社、新世界出版社
18	2013	中印经典和当代作品互译出版项目	国家	国家新闻出版广电总局
20	2014	中国文学大家译丛	国家	外文出版社
21	2014	中国当代少数民族文学对外翻译工程	国家	中国作协
22	2014	中国文学大家译丛	国家	外文出版社/国家汉办
23	2014	汉外对照典籍英译丛书	国家	商务印书馆
24	2015	中国近现代文化经典文库	国家	中国出版集团
25	2015	中国古典游记选译系列	国家	商务印书馆
26	2016	中国经典对外读库	国家	外文出版社
27	2016	"走向世界的中国作家"文库	国家	文化发展出版社
28	2016	中国文化译研网（CCTSS）中国当代文学海外译介推广平台启动	国家	文化部中外文化交流中心
29	2016	中国古典文学英译丛书	国家	商务印书馆
30	2016	当代中国文学精品海外译介推进计划	高校	北京第二外国语学院
31	2018	新世纪中国当代作家、作品海外传播数据库	国家	中国文化对外翻译与传播研究中心暨中国文化译言网,中国作家协会《小说选刊》杂志社

（续表）

序号	年份	项目名称	级别	资助方/发起方
32	2018	敦煌文化艺术著作外译工程	国家	中国外文局
33	2018	百年百部中国儿童文学经典书系	国家	长江少年儿童出版社
34	2019	亚洲经典著作互译计划	国家	中宣部进出口管理局
35	2019	汉英对照"用英语讲中国故事"	国家	人民出版社

注：1. 本表内关于中国文学对外译介项目的统计属于不完全统计，一是因为一部分项目已经成为长期稳定的项目，如"经典中国国际出版工程""中国当代作品翻译工程"等每年度都会招标，列表中只体现其发起计划；二是因为这些工程每年入围的出版社、书目种类繁多，列表中只有部分已经出版的系列。故该表主要目的旨在说明近年来国家对中国文学外译的积极推动。

2. 表中具体项目情况介绍可参考王建开《中国当代文学作品英译的出版与传播》一书第四编。

附录 2 *Chinese Literature*（1983—1989）
文艺简讯之文艺动态一览表

CL 期号	文艺简讯标题	对应事件或文章
1983. 1	Collected Works of He Qifang Published	《何其芳文集》出版
1983. 1	The First Yearbook of Chinese Drama Published	中国第一部戏剧年鉴出版
1983. 1	Collection of Gu Hua's Works Published	《古华中、短篇小说集》出版
1983. 1	Contemporary Writers Series to Be Published	上海将出版现代作家丛书
1983. 1	China's First Film Studio Set up	中国第一个电视制片厂成立
1983. 2	Modern Chinese Literature Archives Office Established	中国现代文学馆筹建处正式成立
1983. 2	*A Chronicle of Guo Moruo's Life* Published	《郭沫若年谱》出版
1983. 2	Materials on Liu E and *The Travels of Lao Can*	有关《老残游记》的资料即将出版
1983. 2	Celebration of 366ᵗʰ Anniversary of Tang Xianzu's Death	汤显祖逝世 366 周年纪念
1983. 2	Symposium on *Pilgrimage to the West* in Jiangsu	《西游记》学术讨论会在江苏举行
1983. 2	London Shakespeare Group Performs in China	伦敦莎士比亚剧组访华演出
1983. 3	90ᵗʰ Anniversary of Guo Moruo's Birth Marked	北京纪念郭沫若诞辰 90 周年
1983. 3	The First Mao Dun Literature Prize Announced	首届茅盾文学奖揭晓
1983. 3	Data on *the History of Modern Chinese Literature* to Be Published	《中国现代文学史资料汇编》将陆续问世
1983. 3	*The Reminiscences of the China League of Left-Wing Writers* Published	《左联回忆录》出版

（续表）

CL 期号	文艺简讯标题	对应事件或文章
1983.3	*Selected Works of Women Writers from Taiwan and Abroad* Published	福建出版《台湾地区和海外华人女作家作品选》
1983.3	The 1220th Anniversary of Li Bai's Death in Beijing	北京纪念伟大诗人李白逝世1220 年
1983.3	Symposium on Liu Xie's *Literary Criticism*	山东举行《文心雕龙》学术讨论会
1983.3	Ba Jin's *Rapids Trilogy* adapted for TV	巴金的《激流三部曲》将拍成电视连续剧
1983.3	90th Anniversary of Ivo Andric's Birth Marked in Beijing	首都文化界集会纪念南斯拉夫伟大作家安德里奇诞生90周年
1983.4	*Selected Works of Ba Jin* Published	新编《巴金选集》出版
1983.4	*A Collection of Ten Classical Chinese Tragedies* Available	《中国十大古典悲剧集》问世
1983.4	Folk Literature of the Bouyei Ethnic Minority Published	布依族民间文学丛书出版
1983.4	Commemoration of Du Fu in Beijing	北京纪念伟大诗人杜甫
1983.4	105th Birth Anniversary of Iqbal Commemorated	北京集会纪念巴基斯坦诗人伊克巴尔
1983.5	*On Ai Qing* and *Fallen Leaves* Published	《艾青论》《落叶集》出版
1983.5	Shandong Collector Donates Two Volumes of the *Yongle Encyclopaedia*	山东发现两卷《永乐大典》副本原本
1983.5	Tibetan Classical Song and Dance Drama Staged in Qinghai	大型藏族古典歌舞剧《霍岭大战》在青海公演
1983.5	Play *Absolutes Signal* Shown in Beijing	话剧《绝对信号》在北京上演
1983.5	Film Version of *At Middle Age*	小说《人到中年》搬上银幕
1983.5	First Tibetan TV Play	西藏第一部电视剧《还愿》
1983.5	Burns Night in Beijing	纪念苏格兰名诗人彭斯诞辰224 周年
1983.6	Noted Chinese Poet Xiao San Dies	著名诗人肖三逝世

（续表）

CL 期号	文艺简讯标题	对应事件或文章
1983.6	*A Lun Xun Glossary* Being Compiled	《鲁迅大辞典》开始编纂
1983.6	Complete Edition of *Amazing Stories* Published	《拍案惊奇》四十卷足本出版
1983.6	Play About Julius Fücik Staged in Beijing	话剧《尤里斯·伏契克》在北京重新公演
1983.6	More Essays of Feng Zikai Found	发现一批丰子恺遗作
1983.6	Stories from Cyprus Translated into Chinese	中国笔会中心组织翻译塞浦路斯小说
1983.6	Ancient Yi Books Donated to Archives	彝族群众献出彝文书千余册
1983.7	Best Literary Works Awarded	全国优秀文艺作品评奖揭晓
1983.7	Symposium on Mao Dun	茅盾研究学术讨论会在北京举行
1983.7	Professor Feng Zhi Receives Goethe Medal	冯至获 1983 年歌德奖章
1983.7	Best Teleplays Announced	优秀电视剧评选揭晓
1983.7	Chinese Cartoonists Win Awards	中国美术电影工作者获柏林国际漫画展览奖
1983.7	Bai Hua's New Play Staged	北京人艺上演话剧《吴王金戈越王剑》
1983.7	*Sultan and Emperor* Performed in Beijing	历史剧《苏丹与皇帝》在北京上演
1983.7	Hungarian Poet Petofi Commemorated	北京集会纪念裴多菲诞辰 160 周年
1983.8	Uygur Classic *The Wisdom to Bring About Happiness* to Be Published	维吾尔族古典名著《福乐智慧》即将出版
1983.8	*The Tragedy of the Taiping Heavenly Kingdom* Staged	阳瀚笙名剧《天国春秋》在北京上演
1983.8	Best Films of 1982 Announced	文化部评出 1982 年优秀影片
1983.9	*Dunhuang Tang Dynasty Poems* Published	《敦煌唐人诗集残卷考释》出版

（续表）

CL 期号	文艺简讯标题	对应事件或文章
1983.9	Forum on Chinese Folk Literature and Art	中国民间文艺研究会在北京举行
1983.9	Hasek's Centenary Marked	北京集会纪念捷克作家哈谢克诞生 100 周年
1983.9	Kazantzakis's Centenary Celebrated	北京集会纪念希腊作家赞扎基诞生 100 周年
1983.9	*Peer Gynt* Staged in Beijing	《培尔·金特》在北京公演
1983.9	Society Founded in Honour of Guo Moruo	郭沫若研究会成立
1983.10	*Selected Fairy Tales of Mao Dun Published*	《茅盾童话选》出版
1983.10	Tian Han's *Shanghai* Published	田汉自传体小说《上海》在沪发表
1983.10	Symposium on Xuefeng Held	首届"雪峰研究学术讨论会"在浙江举行
1983.10	30th Anniversary of *World Literature*	《世界文学》创刊 30 周年
1983.10	Liu Yazi Commerated in Beijing	北京纪念柳亚子先生逝世 25 周年
1983.10	Russian Writers Commemorated in Beijing	北京集会纪念屠格涅夫和阿·托尔斯泰
1983.11	The China PEN Centre Admits Foreign Members	中国笔会中心吸收第一批外籍会员入会
1983.12	Award Ceremony for PLA Literary and Art Prize Winners	"中国人民解放军文艺奖"首届授奖大会在北京举行
1984.1	American Women Writers Delegation in China	美国女作家访华
1984.1	Lao She's "Teahouse" Tours Japan	北京人民艺术剧院赴日演出老舍名剧《茶馆》
1984.2	*Youth Everlasting*	长篇小说《青春万岁》搬上银幕
1984.2	Australian Writers Visit China	澳大利亚作家访华

（续表）

CL 期号	文艺简讯标题	对应事件或文章
1984.3	Ba Jin's Gift to the Modern Chinese Literature Center	巴金捐献珍贵资料
1984.3	86th Birthday of Rewi Alley Celebrated	中国笔会中心为路易·艾黎 86 寿辰举办诗歌朗诵会
1984.4	Best Short Stories of 1983	1983 年全国优秀短篇小说评奖揭晓
1984.4	The International Culture Publishing Company Established in Beijing	北京成立国际文化出版公司
1984.4	Best Films of 1983	1983 年优秀影片评奖揭晓
1984.4	Singapore Book Exhibition in Beijing	《新加坡书展》在北京举行
1985.1	Best Works of Young Writers	中国评选最佳青年文学作品
1985.1	China PEN Centre Admits New Members	中国笔会中心吸收新会员
1985.1	Foreign Poets' Birthdays Marked in Beijing	北京集会纪念捷克和智利诗人
1985.2	Writers' Publishing House Reopens	作家出版社重建出书
1985.2	Chinese Fiction Society Established	中国小说学会等学术团体成立
1985.2	*Chinese Comparative Literature* Starts Publication	《中国比较文学》季刊创刊
1985.2	*Chinese Classical Literature* Starts Publication	《中国古典文学论丛》创刊
1985.2	*Women Writers* Starts Publication	《女作家》创刊
1985.2	Awards for Works on Chinese Drama	首届中国戏剧理论著作评奖揭晓
1985.3	Modern Literature Archive Established	中国现代文学馆正式成立
1985.3	Second Mao Dun Symposium Held in Hangzhou	茅盾研究学术讨论会在杭州举行
1985.3	*Complete Library of the Four Treasures* on Microfilm	缩微《四库全书》

（续表）

CL 期号	文艺简讯标题	对应事件或文章
1985.3	Chinese Shakespeare Study Society Set up	中国成立莎士比亚研究会
1985.4	Best Short Stories，Novellas，Reportage Selected	中、短篇小说和报告文学评选揭晓
1985.4	*Oriental World* Published	《东方世界》创刊
1985.4	Mao Dun's Former Residence Opened	茅盾故居正式开放
1985.4	China Books Announces Its 25th Anniversary	中国书刊社举办 25 周年纪念日
1985.4	Symposium of Chinese and German Writers	中德文学讨论会在京举行
1985.4	Beijing Hosts Brecht Symposium	中国举行布莱希特讨论会
1986.1	Mao Dun's House Opened to Public	茅盾故居正式开放
1986.1	Emergency Measures in Tibet to Save *King Gesar*	西藏大力收集《格萨尔王》佚文
1986.1	Symposium on *Jin Ping Mei* Held in Xuzhou	《金瓶梅》学术讨论会在徐州举行
1986.1	First Sina-Japanese Symposium on Libai	首届中日学者李白诗词讨论会结束
1986.1	Chinese Literary Week in West Berlin	西柏林首次举办中国文学周
1986.1	Hugo Centenary Meeting in Beijing	北京聚会纪念法国作家雨果
1986.1	Shanghai International Book Fair	上海国际书展开幕
1986.2	Comparative Literature Society Established	中国比较文学学会成立
1986.2	Beijing Marks Yu Dafu's Death	郁达夫遇难四十周年纪念大会在京召开
1986.2	Ba Jin Meets Soviet Writers	巴金会见苏联作家代表团
1986.3	Mao Dun Literary Prize Awarded	第二届茅盾文学奖颁奖
1986.3	Awards for Minority Literature	第二届全国少数民族文学奖评选揭晓
1986.3	Japanese Artists Visit Ba Jin	日本艺术家访问巴金
1986.3	Hongkong Book Fair	香港举办大规模书展

（续表）

CL 期号	文艺简讯标题	对应事件或文章
1986.3	Shakespeare Festival	首届莎士比亚戏剧节在北京上海举行
1986.3	Beijing Marks Tolstoy's Death and Chekhove's Birthday	北京纪念托尔斯泰逝世七十五周年 北京纪念契诃夫诞辰一百二十五周年
1986.4	Shakespeare Festival Held in China	中国举办首届莎士比亚戏剧节
1986.4	Thirteen Novels Win Awards	十三部长篇小说获"人民文学奖"
1986.4	Poetry Anthology Awards Announced	中国第二届优秀新诗集评奖揭晓
1986.4	Third Symposium on Lao She in Beijing	第三次老舍学术讨论会在京举行
1986.4	Dostoyevsky Symposium	中国举行陀思妥耶夫斯基学术讨论会
1986.4	Light on *Jin Ping Mei* Critic	《金瓶梅》评点者张竹坡之谜揭晓
1986.4	Joint Survey of Folk Literature	中国、芬兰学者联合考察民间文学
1986.4	Literary Editors Meet	中国召开全国部分期刊工作者会议
1986.4	Novella Awards	第二届中国优秀中篇小说评选揭晓
1986.4	Translators' Congress	中国译协第一次全国代表会议在京举行
1987.1	China Literary Fund Set up	中华文学基金会在京成立
1987.1	International Symposium on *A Dream of Red Mansions* in Harbin	国际《红楼梦》研讨会在哈尔滨举行
1987.1	Symposium on Ding Ling in Hunan	丁玲从事创作六十周年学术讨论会在湖南举行

（续表）

CL 期号	文艺简讯标题	对应事件或文章
1987.1	Symposium on Ming and Qing Novels	中外学者在沈阳研讨明清小说创作艺术
1987.1	*World of Chinese* Published	《华人世界》创刊
1987.2	Symposium on Contemporary Literature	新时期文学十年讨论会在京举行
1987.2	Beijing International Book Fair	中国首届国际图书博览会在京开幕
1987.2	Seminar on Fable Literature	寓言文学研讨会在京召开
1987.2	The 370th Anniversary of Tang Xianzu's Death	汤显祖逝世三百七十周年纪念
1987.3	Third National Young Writers' Conference	第三次全国青年文学创作会议在北京召开
1987.3	Chinese Ethnic Literature Foundation Established	中国少数民族文学基金会成立
1987.3	Lao She's Novel Found in Shanghai	老舍小说佚稿在上海发现
1987.3	Lun Xun Literature Award Established	中国设立鲁迅文学奖
1987.3	Shanghai Commemorates Yu Dafu's 90th Birthday	上海集会纪念郁达夫九十周年诞辰
1987.3	Deliberation on Tian Han in Changsha	田汉研讨会在长沙举行
1987.4	Yan'an Forum Commemorated	中国文艺界隆重纪念《讲话》发表四十五周年
1987.4	Beijing's Novels	北京今年出版九十多部长篇小说
1987.4	Opera Symposium	中国举行首届戏曲艺术国际学术讨论会
1987.4	Willa Cather	北京举行学习美国女作家维拉·凯瑟学习报告会
1987.4	*Liaozhai* Manuscript	蒲松龄手稿《聊斋杂记》问世
1987.4	New Editions of *Three Kingdoms*	新发现三种《三国演义》版本

（续表）

CL 期号	文艺简讯标题	对应事件或文章
1988.1	Chinese Popular Literature Association Founded	中国大众文学学会在京成立
1988.1	China Poetry Association Founded	中华诗词学会在京成立
1988.1	Dandong Seminar on Minority Literature	中国少数民族文学学会三届代表大会及学术讨论会在丹东召开
1988.1	Suzhou Seminar on Liu Yazi	柳亚子百年诞辰学术讨论会在苏州召开
1988.1	Shanghai International Seminar on Wang Guowei	上海举行国际王国维学术讨论会
1988.1	Jinan Meeting Commemorates Wang Tongzhao	王统照纪念会在济南召开
1988.1	Liu Zongyuan Memorial Hall Open	柳宗元纪念馆开放
1988.1	*Trends in Lu Xun Studies* Distributed Publicly	《鲁迅研究动态》公开发行
1988.1	Büchner Seminar in Beijing	毕希纳学术讨论会在京举行
1988.2	An Award Goes to Wang Meng	王蒙获蒙德罗国际文学特别奖
1988.2	Cao Jinghua，Translator and Writer，Dies	著名翻译家、作家曹靖华逝世
1988.2	*Jin Ping Mei* to Be Adapted for Screen	名著《金瓶梅》将搬上银幕
1988.2	Arabic Literature Research Society Founded	中国阿拉伯文学研究会成立
1988.3	Lun Xun and Zhou Zuoren Symposium	北京举行鲁迅、周作人比较研究学术讨论会
1988.3	*Western Chamber* Symposium	全国首届《西厢记》学术讨论会召开
1988.3	Novel Research	《三国》《水浒》研究的新进展
1988.4	*Red Sorghum* Wins Golden Bear Prize	《红高粱》荣获金熊大奖
1988.3	TV *Tales of Liaozhai*	《聊斋志异》拍成连续剧

（续表）

CL 期号	文艺简讯标题	对应事件或文章
1988.4	Ye Shengtao Dies	作家叶圣陶在京逝世
1988.4	Children's Literature Prizes	首届全国优秀儿童文学评奖揭晓
1988.4	*Three Kingdoms* on Screen	福建电视台改编《三国演义》
1989.1	Literary Award	＊各类文学奖项揭晓
1989.1	Drama Award	＊1986—1987 年中国优秀戏剧奖揭晓
1989.1	Shanghai Gets Popular Literature Society	＊上海成立大众文学学会
1989.1	New Women Writers Symposium	＊新时期女性作家研讨会在北京、上海举行
1989.2	Hu Feng Symposium	＊胡风研讨会在北京举行
1989.2	National Literature and Art Conference	＊全国文联第五次大会在北京举行
1989.2	Chinese Writer Wins Mobil Pegasus Prize	＊贾平凹小说荣获飞马奖
1989.3	Beijing Remembers Zheng Zhenduo	＊北京举办纪念郑振铎活动
1989.4	Chinese Film Wins Prize of 39 th West Berlin Film Festival	＊中国电影或西柏林电影节奖项
1989.4	Sina-Italian Literature Society	＊中意文学研究会在北京成立
1989.4	Symposium on Lao She Held in Chongqing	＊老舍研讨会在重庆召开

　　注:1.以上表格收集了 *Chinese Literature*（1983—1989 年）文艺简讯中的中国文艺界动态介绍文章,是对正文中 *Chinese Literature*（1978—1982 年）中国文坛动态的补充。

　　2.表格中 1983.1—1988.4 中文对应事件或内容为 *Chinese Literature* 本身每年年终一期的中文索引目录;1989.1—1989.4 中文对应事件名称在 *Chinese Literature* 的中文索引中没有出现,属于本文作者根据内容自译。

附录 3　*Chinese Literature*（1978—1989 年）
新时期文学作品英译译者与译作一览表

序号	译者〔国籍〕	译作名	原作者	原作名	体裁	CL 期号
1	英若诚〔中国〕	Wang Zhaojun	曹禺	王昭君	戏剧	1980.11
2	Gladys Yang（戴乃迭）〔英国〕	The Butterfly	王蒙	蝴蝶	小说	1981.1
		Look! An Australia	黄永玉	哈，那个澳大利亚人	诗歌	1982.8
		Pouches	黄永玉	口袋	诗歌	1982.8
		It Happened in South Bay	古华	南湾镇逸事	小说	1983.8
		Pagoda Ridge	古华	浮屠岭	小说	1984.2
		The Time is Not Yet Ripe	张洁	条件尚未成熟	小说	1984.3
		Ninety-nine Mounds	古华	"九十九堆"礼俗	小说	1984.4
		Mimosa	张贤亮	绿化树	小说	1985.1
		Emerald	张洁	祖母绿	小说	1985.2
		Snuff-Bottles	邓友梅	烟壶	小说	1985.3
		Chinese Profiles	张辛欣 桑晔	北京人	特写	1985.4/1986.1
		The Tall Woman and Her Short Husband	冯骥才	高女人和她的矮丈夫	小说	1985.4
		Shan Family Bridge	潮清	单家桥的闲言碎语	小说	1986.3
		Ten Years Deducted	谌容	减去十岁	小说	1987.1
		Between Themselves	王安忆	人人之间	小说	1987.4
		King of Trees	阿城	树王	小说	1986.4
		A Freakish Girl	谌容	一个不正常的女人	小说	1988.1
		Other-Worldly	陆文夫	清高	小说	1988.3
		A Gift of Night Fragrance	谌容	送你一束夜来香	小说	1989.1
		Daft Second Uncle	苏叔阳	傻二舅	小说	1989.1
		Dialogue in Heaven	残雪	天堂里的对话	小说	1989.4

（续表）

序号	译者 ［国籍］	译作名	原作者	原作名	体裁	CL 期号
3	喻璠琴 ［中国］	Lunar Eclipse	李国文	月食	小说	1981.4
		Out of Place	汪浙成 温小钰	错位的扣子	小说	1981.7
		A Bride for Guoming	高晓声	拣珍珠	小说	1981.7
		Thirty Million Yuan	柯云路	三千万	小说	1981.8
		My Better Half	王滋润	内当家	小说	1981.9
		The Flight of the Wild Geese	黄宗英	大雁情	报告文学	1981.10
		Xiao Jin	航鹰	金鹿儿	小说	1982.2
		Eight Hundred Meters Below	孙少山	八百米深处	小说	1982.11
		Sparkling Eyes	航鹰	明姑娘	小说	1983.3
		A Night at Swallow's Nest	魏继新	燕儿窝之夜	小说	1983.6
		I'm Digging for Suns	秦岭	我挖掘太阳	诗歌	1983.6
		Queen of the Homestead	刘小放	庄稼院里的女王	诗歌	1983.6
		Girls on Night Shift	筱敏	她们	诗歌	1983.7
		Flowers like Ivory	筱敏	米色花	诗歌	1983.7
		New Year Greetings	蒋子龙	拜年	小说	1983.8
		The Distant Sound of Tree-Felling	蔡测海	远处的伐木声	小说	1983.11
		Mountains，Men and a Dog	彭见明	那山，那人，那狗	小说	1983.12
		Destination	王安忆	本次列车终点	小说	1984.3
		The Last Angler	李杭育	最后一个渔佬儿	小说	1984.3
		Bon Voyage	肖复兴	一路平安	小说	1984.4
		The Angry Waves	陈世旭	惊涛	小说	1985.3
		The Gourmet	陆文夫	美食家	小说	
		The Wind on the Plateau	王蒙	高原上的风	小说	1986.3

（续表）

序号	译者 [国籍]	译作名	原作者	原作名	体裁	CL 期号
3	喻璠琴 [中国]	The Well	陆文夫	井	小说	1987.1
		Aremisia	贾平凹	蒿子梅	小说	1987.2
		Under the Wheel	王蒙	轮下	小说	1987.3
		Banyan, the March of Life	刘再复	榕树，生命进行曲	散文	1987.3
		Remember This Rain	张建萍	记住这雨	散文	1987.3
		The Sand Fox	郭雪波	沙狐	小说	1987.4
		Folk Music	莫言	民间音乐	小说	1988.1
		Fragrant Island	海涛	香岛	小说	1988.1
		The Sieve	古华	筛子	小说	1988.2
		Among Relatives	林元春	亲戚之间	小说	1989.1
4	胡志挥 [中国]	Are You a Communist Party Member	张林	你是共产党员吗	小说	1981.4
		Life in a Small Courtyard	王安忆	小院琐记	小说	1981.7
		Outside the Marriage Bureau	贺小虎	婚姻介绍所门外	小说	1981.8
		A Love Story of a Young Monk	汪曾祺	受戒	小说	1982.1
		New Year's Visit	鲁南	拜年	小说	1982.4
		After the Division of My Transfer	赵致真	调动之后	小说	1982.4
		A Herdsman Story	张贤亮	牧马人	电影剧本	1982.6
		No Disagreement, No Agreement	杨振声	报复	小说	1982.9
		A Corner Forsaken by Love	张弦	被爱情遗忘的角落	小说	1982.11
		A Visit to the Temple of the Goddess	冯骥才	逛娘娘宫	小说	1983.1
		Magistrate Jin	顾笑言	金不换	小说	1983.2
		Shasha and the Pigeons	贾平凹	鸽子	小说	1983.7
		Andante Cantabile	王蒙	如歌的行板	小说	1983.10

（续表）

序号	译者[国籍]	译作名	原作者	原作名	体裁	CL 期号
4	胡志挥[中国]	An Encounter in Green Vine Lane	刘绍棠	青藤巷插曲	小说	1983.11
		A Night's Lodging	林淡秋	一宿	小说	1984.4
		A Big Fish	邓刚	大鱼	小说	1985.2
		Voted Out	乔典运	满票	小说	1986.2
		Wildrace	王大鹏	野奔	小说	1987.3
		The White Birch	刘白羽	白桦树	散文	1988.3
		The Day of the Thaw	刘白羽	开江的日子	散文	1988.3
5	王明杰[中国]	Xu Mao and His Daughters	周克芹	许茂和他的女儿们	小说	1981.5/6
		A Soldier in the Tianshan Mountains	李斌奎	天山深处的"大兵"	小说	1981.8
		Selling Crabs	王滋润	卖蟹	小说	1981.9
		In the Village Street	何士光	乡场上	小说	1982.1
		Drifting though Life	薛海翔	啊,生活的浪花	小说	1982.3
		All the Colors of Rainbow	蒋子龙	赤橙黄绿青蓝紫	小说	1982.7
		After the Earthquake	中杰英	在地震的废墟上	小说	1982.9
		Little Grass	佳峻	小草	小说	1983.1
		The Yellow River Flows East	李凖	黄河东流去	小说	1984.3
6	胡士光[中国]	My Monthly Season Ticket	梁小斌	我的月票	诗歌	1981.6
		A Golden Apple	梁小斌	金苹果	诗歌	1981.6
		Lamp, a Burning Heart	叶延滨	灯,一颗燃烧的心	诗歌	1981.6
		Two Towels Hung on the Wire	叶延滨	铁丝上,搭着两条毛巾	诗歌	1981.6
		Night, the Quiet Night	叶延滨	夜啊,静悄悄的也	诗歌	1981.6
		Love to the Earth	舒婷	土地情诗	诗歌	1981.6
		A Pair of Shoes at the Edge of the Field	王小妮	地头,有一双鞋	诗歌	1981.6

（续表）

序号	译者〔国籍〕	译作名	原作者	原作名	体裁	CL 期号
6	胡士光〔中国〕	My Song	孙武军	我的歌	诗歌	1981.6
		I Am Proud, I Am a Tree	李瑛	我骄傲,我是一棵树	诗歌	1981.9
		Love Song of a Prospector	邵燕祥	地质队员的情歌	诗歌	1981.9
		The River Flows East	高晓声	水东流	小说	1981.10
		Expectation	艾青	盼望	诗歌	1982.1
		Snake	艾青	蛇	诗歌	1982.1
		A Girl Taking Aim	艾青	女射手	诗歌	1982.1
		In Your Dream	艾青	在你睡梦中	诗歌	1982.1
		How the East Glows Red	艾青	东方是怎样红起来的	诗歌	1982.1
		The Voice of the Mountain	邹荻帆	山的声音	诗歌	1982.2
		Mild Rain	李小雨	小雨	诗歌	1982.3
		Beyond the Mountains	孙中明	山的那边	诗歌	1982.3
		A Farm on the Plateau	雁翼	高原农场	诗歌	1982.6
		To the Banyan Tree	雁翼	给榕树	诗歌	1982.6
		Sails	雁翼	帆	诗歌	1982.6
		The Buoy	雁翼	浮标	诗歌	1982.6
		Thoughts in the Night	雁翼	夜思	诗歌	1982.6
		Sparkling Dewdrop in the Night	傅天琳	叶露晶莹	诗歌	1982.10
		Fragments of a Broken Heart	傅天琳	心灵的碎片	诗歌	1982.10
		Fallen Leaves	傅天琳	落叶	诗歌	1982.10
		The Sun River	傅天琳	太阳河	诗歌	1982.10
		Between the Child and the World	傅天琳	在孩子和世界之间	诗歌	1982.10
		To My Child	傅天琳	给孩子	诗歌	1982.10
		To the Innovators	陈敬容	致革新者	诗歌	1982.12

(续表)

序号	译者 [国籍]	译作名	原作者	原作名	体裁	CL 期号
6	胡士光 [中国]	Pebble	查干	彩石	诗歌	1982. 12
		The Seal of a Pathbreaker	章德益	拓荒者的图章	诗歌	1982. 12
		Echo	饶阶巴桑	回声	诗歌	1983. 1
		Riding on Horse Back	饶阶巴桑	骑	诗歌	1983. 1
		A Call to Spring	饶阶巴桑	发给春天的密码	诗歌	1983. 1
		Thunderstorm	雷抒雁	雷雨	诗歌	1983. 4
		Raindrops	雷抒雁	雨滴	诗歌	1983. 4
		The Green Grove	雷抒雁	青青的林子	诗歌	1983. 4
		Exploration	雷抒雁	探索	诗歌	1983. 4
		A Passenger	雷抒雁	过客	诗歌	1983. 4
		Grass That Can Speak	雷抒雁	会说话的草	诗歌	1983. 4
		The Icebreaker	高伐林	破冰船	诗歌	1983. 8
		The Wet Yangzi Delta	饶庆年	多雨的江南	诗歌	1983. 8
		A Little Girl Washing Watercress	饶庆年	洗地米菜的小姑娘	诗歌	1983. 8
		Waiting, Seeking…	吕剑	等待啊,追寻	诗歌	1983. 9
		Mountain Lake	吕剑	山中湖	诗歌	1983. 9
		March in the South	吕剑	江南三月	诗歌	1983. 9
		The Red-Crowned Crane	胡乔木	仙鹤	诗歌	1983. 10
		My Heart Beat Wildly	胡乔木	心跳	诗歌	1983. 10
		A Letter from across the Sea	李刚	海上发出的信	诗歌	1983. 10
		Snow	陈继光	雪	诗歌	1983. 10
		The Nature of the Grassland	巴·布林贝赫	草原的性格	诗歌	1983. 12
		The Site of the Ancient City of Jiaohe	艾青	交河遗址	诗歌	1984. 1
		The Pen	艾青	关于笔	诗歌	1984. 1
		After a Rain	李瑛	雨后	诗歌	1984. 2

（续表）

序号	译者〔国籍〕	译作名	原作者	原作名	体裁	CL 期号
6	胡士光〔中国〕	Salt Lake	杨牧	盐湖	诗歌	1984.2
		Quicksand	周涛	流沙	诗歌	1984.2
		The Story of a Small Boat	申爱萍	采莲船的故事	诗歌	1984.2
		Father, a Stranger	申爱萍	陌生的父亲	诗歌	1984.2
		The Last Bus	傅天琳	夜班车	诗歌	1984.2
		Three Leaves	梅绍静	三片叶子	诗歌	1984.2
		The Rain in the South	张志民	江南雨	诗歌	1984.4
		Grandfather	李琦	老祖父	诗歌	1985.1
		Ice Sculpture	李琦	冰雕	诗歌	1985.1
		Strolling Along a Reedy Bank on a Autumn Day	余小平	秋日,我漫步在江边芦苇滩上	诗歌	1985.1
		Grandpa and His Canary	申爱萍	爷爷和他的金丝雀	诗歌	1985.1
		Drizzling Rain	骆晓戈	细雨沥沥	诗歌	1985.1
		Boat	白桦	船	诗歌	1989.3
		A Return to My Readers	白桦	复读者们	诗歌	1989.3
		At One	白桦	相知	诗歌	1989.3
		Here Is Only Spring	白桦	这儿只有春天	诗歌	1989.3
		Rain Scene	白桦	看雨	诗歌	1989.3
		The Stars Laughed	白桦	星星笑了	诗歌	1989.3
7	匡文栋〔中国〕	Our Corner	金水	就是这个角落	小说	1981.6
		A Tale of Big Nur	汪曾祺	大淖记事	小说	1981.10
		The Betel Nut Ball	聂震宁	绣球里有一颗槟榔	小说	1982.3
		Chen Huansheng Transferred	高晓声	陈奂生转业	小说	1982.4
		Crimson Clouds	吕雷	火红的云霞	小说	1982.7
		A Stuffy Summer Night	母国政	窒闷的夏夜	小说	1982.10
		The Ex-wife	航鹰	前妻	小说	1983.3
		The Budding Lotus	刘绍棠	小荷才露尖尖角	小说	1983.4

（续表）

序号	译者〔国籍〕	译作名	原作者	原作名	体裁	CL 期号
7	匡文栋〔中国〕	The Funerals in Stone Alley	陆永基	石子弄的丧事	小说	1983.6
		Scatterbrain	苏叶	痴心	小说	1983.9
		The Old Customs of Brick Stove Beach	李杭育	沙灶遗风	小说	1983.12
		Weishan Lake	王洪震 周沛生	微山湖人家	小说	1985.1
8	熊振儒〔中国〕	A Typical Example	马烽	典型事例	小说	1981.9
		The Matchmaker	罗旋	红线记	小说	1981.10
		Shuqin Catches Praws	邓刚	芦花虾	小说	1984.3
9	Bonnie S. Mcdougall 杜博妮〔澳大利亚〕	Voices of Spring	王蒙	春之声	小说	1982.1
		Without Title	舒婷	无题	诗歌	1986.1
		Orientation	王小妮	方位	诗歌	1986.1
		A Green World	白虹	绿色世界	诗歌	1986.1
10	Shen Zhen〔中国〕	Story after Supper	汪曾祺	晚饭之后	小说	1982.1
		The Wasted Years	张抗抗	空白	小说	1982.3
		We All Have Our Tomorrows	范小青	我们都有明天	小说	1982.6
		A Summer Experience	戈悟觉	夏天的经历	小说	1982.10
		A Grandfather, a Grandson and the Sea	杨显惠	爷爷·孙子·海	小说	1983.2
		A Land of Wonder and Mystery	梁晓声	这是一片神奇的土地	小说	1983.5
		My Faraway Qingpingwan	史铁生	我的遥远的清平湾	小说	1984.1
		Qiqiao'er	贾平凹	七巧儿	小说	1983.7
11	Song Shouquan〔中国〕	Shot Gun	徐光兴	枪口	小说	1982.3
		Regeneration	曹冠龙	树皮	小说	1982.3
		Han the Forger	邓友梅	寻找"画儿韩"	小说	1982.6
		Diognosis	若禾	诊断	小说	1982.7
		Cripple Chen and Team Leader Qiu	京夫	陈跛子和裘队长	小说	1982.7

（续表）

序号	译者〔国籍〕	译作名	原作者	原作名	体裁	CL 期号
11	Song Shouquan〔中国〕	Deaf Mute and His Suona	韩少功	风吹唢呐声	小说	1983.1
		The Stage, a Miniature World	王安忆	舞台小世界	小说	1983.9
		Lotus	韩起	荷花	小说	1983.6
		Spring Festival Eve	达理	除夕夜	小说	1985.3
		Water Town	赵沛	水乡	散文	
		The Fairyland of Flowers, Birds and Insects	李霁野	花鸟昆虫创造的奇境	散文	
		The Giant Innstone	李平易	巨砚	小说	1987.3
		The Change in the Kiln	谢友鄞	窑变	小说	1988.1
12	Alex Young〔不详〕	Catki Willow Flats	刘绍棠	蒲柳人家	小说	1982.5
13	Rui An〔中国〕	My Pedlar Friend	流华	买来卖去	小说	1982.6
		Bitter Springs—A Truck Driver's Story	张贤亮	肖尔布拉克	小说	1984.4
14	Zhang Maijian〔中国〕	Wedding Day	凝溪	婚日	寓言	1982.8
		The Fox, the Wolf and the Lion	凝溪	狐狸, 狼和狮子	寓言	1982.8
		The Rooster and the Sun	凝溪	晨鸡与太阳	寓言	1982.8
		The Road Sign and the Bicycle	凝溪	路标与自行车	寓言	1982.8
		The Cat and the Cavalry Horse	凝溪	猫和战马	寓言	1982.8
		The Big Zero and the Little Zero	凝溪	大零和小零	寓言	1982.8
		Dove and the Boat	姜滇	阿鸽与船	小说	1982.10
		The Dance of the Fallen Leaves	田珍颖	叶儿飘飘	小说	1983.6

(续表)

序号	译者 [国籍]	译作名	原作者	原作名	体裁	CL 期号
14	Zhang Maijian [中国]	What Happened in Sanmenli Village	乔迈	三门李轶闻	小说	1984.3
		The Noisy Cat	黄瑞云	会叫的猫	寓言	1986.2
		The Magic Cab	黄瑞云	宝桶	寓言	1986.2
		The Tiger's Prestige	凝溪	虎威	寓言	1986.2
		The Fox's Eyes	湛卢	狐狸的眼睛	寓言	1986.2
		The Moon's Reply	李继槐	月亮的回答	寓言	1986.2
		The Peacock Prize	陈乃祥	孔雀得奖	寓言	1986.2
		Sweets	周密	糖	小小说	1986.3
		Dream of Guitar	陆海桥	琴的梦	小小说	1986.3
		Making Light	彭学甫	避重就轻	小小说	1986.3
		Under the Grapevine	刘家林	她,在葡萄架下	小小说	1986.3
		Reeling	星哥	蹒跚	小小说	1986.3
15	Yang Nan [中国]	Dyed Rice	王业霖	乌饭	小说	1982.11
		The Seven-Tines Stag	乌日尔图	七叉犄角的公鹿	小说	1983.1
		Brothers	夏守邦	手足	小说	1983.6
		The Top Prize	李顺兴	一等奖	小说	1983.6
		The Petrol Barrel	陈国凯	一只汽油桶	小说	1983.6
		Sleep	程枫	睡	小说	1983.6
		The Jet Ruler	梁晓声	煤精尺	小说	1983.5
		A Moonlit Night	叶蔚林	遍地月光	小说	1983.11
16	W.J.F. Jenner 詹纳尔 [英国]	The Log Cabin Overgrown with Creepers	古华	爬满青藤的木屋	小说	1982.12
		The Chess Master	阿城	棋王	小说	1985.2
17	Lü Binghong [中国]	Kite Streamers	王蒙	风筝飘带	小说	1983.3
		The Lure of the Sea	邓刚	迷人的海	小说	1984.1
		The Dragon King's Troops Thunder Past	邓刚	龙兵过	小说	1986.3

（续表）

序号	译者[国籍]	译作名	原作者	原作名	体裁	CL 期号
18	Li Guoqing [中国]	Daqu and the New Regulations	刘世新	酒潺潺流	小说	1983.6
		The Unfired Brick	海代泉	一块砖坯	寓言	1986.4
		A Morning Fog	郑义	晨雾	小说	1989.3
19	Susan W. Chen [不详]	The Carved Pipe	冯骥才	雕花烟斗	小说	1983.9
20	Rosie A. Roberts [不详]	The Boundary Wall	陆文夫	围墙	小说	1984.1
		The Liuxiang Melon Hut	刘绍棠	瓜棚柳巷	小说	1984.2
		Underwater Obstruction	高晓声	水底障碍	小说	1984.3
21	杨宪益 [中国]	The Rooster	黄永玉	鸡司晨	寓言	1984.1
		The Musical Donkey	黄永玉	宫商驴	寓言	1984.1
		Two Shortsighted Men	黄永玉	目	寓言	1984.1
		Two Pots	黄永玉	二罐	寓言	1984.1
		The Plagiarist	黄永玉	叔叔	寓言	1984.1
		The Teapot and the Teacup	黄永玉	杯壶谈	寓言	1984.1
		The Pine Tree and the Convolvulus	黄永玉	寺前松	寓言	1984.1
		The Sick Elephant	黄永玉	病象	寓言	1984.1
		Swallowing a Stone Lion	黄永玉	吞狮	寓言	1984.1
		Living on One's Capital	黄永玉	吃老本	寓言	1984.1
		The Fox's Lesson	黄永玉	狐教子	寓言	1984.1
		A Good Plan	黄永玉	妙法	寓言	1984.1
		The Man Who Feared Being Robbed	黄永玉	病恐	寓言	1984.1
		The Legs of the Table	黄永玉	桌四足	寓言	1984.1
		Biting Other People	黄永玉	他肉	寓言	1984.1
		The Girl with Beautiful Hair	黄永玉	秀发女	寓言	1984.1

（续表）

序号	译者〔国籍〕	译作名	原作者	原作名	体裁	CL 期号
22	Wu Ling〔中国〕	A Mouse in a Horn	金江	牛角尖中的小老鼠	寓言	1984.4
		The Old Donkey Who Turned a Millstone	金江	老驴推磨	寓言	1984.4
		Two Crow Brothers	金江	乌鸦兄弟	寓言	1984.4
		Three Mice	金江	三只老鼠	寓言	1984.4
		Talk in a Clock Shop	叶永烈	钟表店里的争吵	寓言	1984.4
		The Bat and the Mosquito	海代泉	蝙蝠与蚊子	寓言	1984.4
		The Fate of a Pear Tree	林冠夫	梨树的遭遇	寓言	1984.4
		The Surgeon, the Crane and the Wild Duck	徐强华	医生和白鹤、野鸭	寓言	1984.4
		The Fly on the Tiger's Head	白浪	老虎头上的苍蝇	寓言	1984.4
		Blank	吴善珍	白片儿	小小说	1986.3
		Rain, Rain, Go away	孙砺	雨呀,雨呀,快走开	小说	1987.2
		Defect Optimization and Merit Elimination	孟伟哉	缺点优选法和优点淘汰法	小说	1988.1
		The Green Meadow	玛拉沁夫	青青大草滩	小说	1988.1
		To Tame a Hawk	赵大年	熬鹰	小小说	1989.1
		The Limpid Shanmu River	何立伟	好清好清的杉木河	小说	1989.4
23	Geremie Barme 白杰明〔澳大利亚〕	Loved Ones	苏叔阳	生死之间	小说	1985.3
24	Rui Chun〔中国〕	Dialogue	沙叶新	无标题对话	小说	1985.3
25	John Moffett 莫福特〔英国〕	The Miraculous Pigtail	冯骥才	神鞭	小说	1986.1

（续表）

序号	译者 [国籍]	译作名	原作者	原作名	体裁	CL 期号
26	Alison Bailey 艾莉森·贝利 [加拿大]	The Doorbell	陆文夫	门铃	小说	1986.2
27	Simon Johnstone 西蒙·约翰斯通 [不详]	Freshwater Shrimp	阿木	青虾	小说	1986.2
		The Mountains and the Sea	杨匡满	山与海	诗歌	1986.4
		Temptation	北岛	诱惑	诗歌	1986.4
		Frozen	陆萍	冰着的	诗歌	1986.4
		White Sand Island	杨榴红	白沙岛	诗歌	1986.4
		The Uyghur's' Dark Humor	杨牧	维吾尔人的黧色幽默	诗歌	1987.3
		I Love You"	舒婷	我爱你	诗歌	1987.3
		Mum, Mum	李钢	妈妈，妈妈	诗歌	1987.3
		The White Peacock	赵丽宏	白孔雀	诗歌	1987.3
		A Young Woman's Sun	叶笛	少女的太阳	诗歌	1987.3
		Diverse-leaved Poplars	林染	胡杨	诗歌	1987.3
		The White Birch Wood	马合省	白桦林	诗歌	1987.3
		At Daybreak as I Clattered the Pail by the Spring	朱雷	清晨，我在泉边摇响水桶	诗歌	1987.3
		Love	商子秦	爱	诗歌	1987.3
		Love That Burns on a Summer's Night	玛拉沁夫	爱，在夏夜里燃烧	小说	1987.4
		Seagulls Reseen	孙桂贞	又见海鸥	诗歌	1987.4
		Southern Silk and Bamboo	沙漠	江南丝竹	诗歌	1987.4
		Gobi Evening	沙漠	隔壁暮色	诗歌	1987.4
		Dunhuang Bound	徐家麟	敦煌，我的向往	诗歌	1987.4
		The Bus at Sweet Love Road	张烨	车过甜爱路	诗歌	1987.4

（续表）

序号	译者[国籍]	译作名	原作者	原作名	体裁	CL 期号
27	Simon Johnstone 西蒙·约翰斯通 [不详]	Butterflies at Sea	牛汉	海上蝴蝶	诗歌	1988.2
		I Am an Early Ripening Jujube	牛汉	我是一颗早熟的枣子	诗歌	1988.2
		Matches	叶文福	火柴	诗歌	1988.3
		Sun and Moon	子页	太阳和月亮	诗歌	1988.3
		Hands	陆健	手	诗歌	1988.3
		Phenomenological Ontology	裘小龙	现象学的本体论	诗歌	1988.3
		Postman in the Rain	裘小龙	雨中邮差	诗歌	1988.3
		On Aids	邹静之	关于艾滋病	诗歌	1988.4
		Deer-Park	韩作荣	鹿园	诗歌	1988.4
		Heart's Sacrifice	闻欣	心祭	诗歌	1988.4
		The South's Love Song to the North	陆俏梅	南方唱给北方的情歌	诗歌	1988.4
		My Heart	奕林	我的心	诗歌	1989.4
		Autumn	杜运燮	秋	诗歌	1989.4
		Holy Audience	魏志远	朝圣	诗歌	1989.4
		Hill Folk	韩东	山民	诗歌	1989.4
		Your Hand	韩东	你的手	诗歌	1989.4
		No，No Title	苏敏	不，真的无题	诗歌	1989.4
		Expression	柏桦	表达	诗歌	1989.4
28	Stephen Fleming [不详]	Bus Aria	刘心武	公共汽车咏叹调	小说	1986.4
		Rivers of the North	张承志	北方的河	小说	1987.2
		Curlylocks	陈建功	鬈毛	小说	1988.2
		Trials and Tribulations	池莉	烦恼人生	小说	1988.4
		The Cable Way	阿城	溜索	小小说	1989.1
		The Bath	阿城	洗澡	小小说	1989.1
		June's Big Topic	铁凝	六月的话题	小说	1989.4
29	Huang Peikun [中国]	The Wild Geese and the Cloud	海代泉	大雁和浮云	寓言	1986.4

（续表）

序号	译者 [国籍]	译作名	原作者	原作名	体裁	CL 期号
29	Huang Peikun [中国]	The Fox in the Butcher's	海代泉	狐狸卖肉	寓言	1986.4
30	Sun Yizhen [中国]	Strong Drink	凝溪	酒力	寓言	1986.4
		The Two Clay Men	杜梨	两个泥人	寓言	1986.4
31	Wu Tianshu [中国]	The Chick's Nest	吴广孝	小鸟的巢	寓言	1986.4
32	Howard Goldblatt 葛浩文 [美国]	Fishing	高晓声	鱼钓	小说	1987.1
33	Frances Mcdonald [不详]	Love	刘云生	爱	小说	1987.1
34	Qiu Yiming [中国]	The Rain Drives All Around	刘湛秋	雨到处在撑着	诗歌	1987.2
		Short Lines on the Love of Snow	刘湛秋	雪恋短句	诗歌	1987.2
		The Morning Glory	刘湛秋	牵牛花	诗歌	1987.2
		The Sky	刘湛秋	天空	诗歌	1987.2
		A Shower Drenching the Petal	刘湛秋	一阵骤雨,淋湿了花瓣	诗歌	1987.2
		My Light-hearted, Sorrowful Lines	刘湛秋	我轻快又忧伤的诗行	诗歌	1987.2
		The Land of China	刘湛秋	中国的土地	诗歌	1987.2
		The Night is Quiet	刘湛秋	静夜,星空灿烂	诗歌	1987.2
35	David Tugwell [不详]	The Memorial Arch	陈洁	牌坊	小说	1987.4
		Travelling Harvesters	邵振国	麦客	小说	1988.1
36	Li Hong [中国]	The Camel's Self-Confidence	黄瑞云	骆驼的自白	寓言	1987.4
		The Puppet's Philosophy	黄瑞云	傀儡的哲学	寓言	1987.4

（续表）

序号	译者[国籍]	译作名	原作者	原作名	体裁	CL 期号
36	Li Hong [中国]	Wolf on the Prowl	湛卢	找食的狼	寓言	1987.4
		The Two Arches and the Wolf	孙传泽	两个射手和狼	寓言	1987.4
		How Daji Selected Concubines	孙传泽	妲己选妃	寓言	1987.4
		The Salt Vendor	陈军	盐贩子	寓言	1987.4
		The Punctuation Dispute	周冰冰	标点符号争功记	寓言	1987.4
		The Noisy Cat and the Silent Dog	陈梁	会叫的猫和不会叫的狗	寓言	1987.4
		An Engagement	黄传会	婚约	小说	1988.2
		The Cane of Winter	马德菊	冬的拐杖	散文	1988.3
		The Shen's Lanterns	聂鑫森	沈家灯	小说	1989.2
37	Fen Lu [中国]	The Roast Swan	刘征	烤天鹅的故事	寓言	1988.2
		The Stake and the Boat	凝溪	木桩与小船	寓言	1988.2
		The Stream, the Lake and the Sea	凝溪	小溪、湖与大海	寓言	1988.2
		A Book on Rat-catching	海代泉	灭鼠的书	寓言	1988.2
		One and Zero	吴广孝	1 和 0	寓言	1988.2
38	Shi Junbao [中国]	The Paddles	王兴日	桨声悠悠	小说	1988.3
		Denghong Ferry	吴然	等虹渡口	散文	1988.3
		A Deeper Moment	曹明华	更为富有的一刻	散文	1989.1
		Because of Secrets	曹明华	因为有了秘密	散文	1989.1
		Endgame	徐晓鹤	残局	小说	1989.2
39	Lloyd Neighbors [美国]	Mountains Green and the Shining Stream	程乃珊	山青青,水粼粼	小说	1988.3
40	Janice Wickeri [美国]	Hong Taitai	程乃珊	洪太太	小说	1988.3

（续表）

序号	译者[国籍]	译作名	原作者	原作名	体裁	CL 期号
41	Wen Xue 闻学 [中国]	A Wedding in Zhao Jiatun	马其德	赵家屯今日有好	小说	1988.3
		Black Forest	刘西鸿	黑森林	小说	1988.4
		The Old Courtyard Gate	潘吉光	古槽门	小说	1989.2
		The Secret	稽伟	隐秘	散文	1989.4
		Les Sylphides	赵丽宏	仙女们	散文	1989.4
		The Rose and The Zither	赵丽宏	玫瑰和七弦琴	散文	1989.4
42	Denis Mair 梅丹理 [美国]	Haystacks	铁凝	麦秸垛	小说	1988.4
43	Daniel Bryant 白润德 [美国]	Northern Light	张抗抗	北极光	小说	1988.4
44	John Haymaker [不详]	The Last Paradise	凌耀忠	最后一片净土	小说	1989.1
45	Alice Childs [不详]	Return	韩少功	归去来	小说	1989.2
		Gold Prospectors	何立伟	淘金人	小说	1989.2
46	Christopher Smith [不详]	Five Girls and One Rope	叶蔚林	五个女人和一根绳子	小说	1989.2
		Sweet Endives	张石山	甜苣儿	小说	1989.3
		White Dog Swing	莫言	白狗秋千架	小说	1989.4
47	Mei Zhong 仲美 [中国]	The Mountain Cabin	残雪	山上小屋	小说	1989.2
		Strong Wind	莫言	大风	小说	1989.4
		Encounter in the Narrow Alley	陈慧君	小巷悠悠情	小小说	1989.4
		A General's Horse	王明义	将军马	小小说	1989.4
		The Lamp and Old Man Liu	郝志华	刘四老爹和灯	小小说	1989.4

(续表)

序号	译者 [国籍]	译作名	原作者	原作名	体裁	CL 期号
48	Wu Jingchao [中国]	Marriage of the Dead	李锐	合坟	小说	1989.3
		The Neigh	谢友鄞	马嘶	小说	1989.3
		Cuihua Avenue	鲍昌	萃华街记事	小小说	1989.4
49	Mark Kruger [不详]	Autumn on the Red Grass Lake	钱玉亮	红草湖的秋天	小说	1989.3
		Mother's Laoma Bay	马小弥	老马湾，妈妈的老马湾	散文	1989.4
50	Chad Phelan [不详]	Speaking of Old Bing	王安忆	话说老秉	小说	1989.3

注：1. 本表主要用来说明 1978—1989 年 *Chinese Literature* 译者和译作的情况。译者顺序为他们在 1978—1989 年 *Chinese Literature* 中出现的先后顺序。其中的文学作品也是 1978 年以后中国新时期文学作品。其中由于 1978 年第 1 期至 1980 年第 10 期中并未标注译者，因此本表显示的主要是 1980 年第 11 期—1989 年第 4 期的译者译作概览。

2. 本表中，有些译者的译作并不完整，缺少的部分主要是中国现代文学作品。与正文相关的部分一是这一时期 *Chinese Literature* 的译者构成，二是译者与译作体裁、数量等关系。

3. 表中中国译者中文姓名缺失和外国译者国籍缺失均是由于笔者暂时未查到这些译者的相关信息。

后　记

　　修改完书稿的一刹那,我长出一口气,甚至因为又完成了一个"重要项目"有点小兴奋。可是,当我用键盘敲下"后记"二字时,我的思绪万千,眼前不断涌现出这些年一幕又一幕让我温暖感动的情景。

　　当年怀揣梦想进入复旦,沉浸于"日月光华"的博大情怀,尽享丰厚滋养。在那里,我遇到了循循善诱的前辈、相携共进的朋友。因为他们的扶持和帮助,我由一个懵懂无知的学术门外汉成长为一个学界新人,莽撞的初生牛犊变得相对成熟谨慎。我因而更加体悟到学术的真谛,更知学术之知行不易,也更知感念师恩,珍惜友情。

　　首先,我要感谢恩师王建开先生。自我从师以来,先生就以一贯的严谨细致潜移默化地影响着我。从论文写作的基本规范到基本方法,从文献挖掘的基本技能到整理要旨,从专业研究的广度、深度到理论高度,先生都无一例外地将其穿插于教学中,促我思考和践行。就个人指导而言,先生更是于百忙中抽身,耐心聆听并讲解,对论文的措辞、标点、文献等诸多细节仔细核查、认真建议。正是在先生这样的悉心指导下,我才得以如期完成学业。如今,虽不得谋面,先生仍然会在微信中时时关心我的近况,及时为我提供与研究相关的最新文献资料,督促我不断进步,为我指明前进的方向。

　　我还要感谢陶友兰老师。我的博士论文从开题到成稿,再到今天以其为基础的专著出版都离不开陶老师的精心提点。每每得知我在论文写作中遇到瓶颈和困难时,陶老师都会耐心为我分析,为我提供不同的思路和相关资源线索,甚至将自己手头的文献无私分享给我。特别让我感动的是,陶老师的教学和行事充满人文关怀,她总会尽自己力量帮助和提携身边的学生和业界的年轻同行。

此外,本书的出版离不开山西大学外国语学院和浙江大学出版社的大力支持。学院近年来对青年教师给予科研方面的大力支持,让我能够踏实坚定地在科研路上行走。浙江大学"中华译学馆"自成立以来为广大青年学者提供了具有良好学术氛围的重要学术阵地。在此要特别感谢此次书稿出版过程中各位老师和编辑给予的厚爱与帮助。感谢许钧老师为书稿提出非常宝贵的修改意见,让我意识到博士论文与书稿之间存在诸多差异,书稿撰写出版过程中需要注意很多细节;感谢冯全功博士和包灵灵编辑全程提供的热忱帮助,感谢陆雅娟编辑一次次细致入微的修改审校。

最后,我要感谢我的家人。他们是我工作、学习和生活上的坚强后盾。公婆为让我安心读书离开田园故土帮我打理家中一切;爸妈也大事小情都替我分忧。我的先生更是将繁忙工作安排得有条不紊,细致贴心地照顾着两边老人,将女儿培养得乖巧懂事。每每在我忙于构思论文、撰写论文时,女儿总是小心翼翼,为我创造安静的环境,时不时为我递上一杯暖暖的热茶。

想要感谢的人其实还有很多很多,这里用时下的一首流行歌曲的歌词表达我心中的万分感激,"这世界有那么多人,多幸运,我有个我们!"

谨以此书献给我最亲爱的师友和家人!

二〇二二壬寅春
于山西大学馨香陋室

中華譯學館·中华翻译研究文库

许 钧◎总主编

第一辑

中国文学译介与传播研究（卷一）　许 钧　李国平　主编
中国文学译介与传播研究（卷二）　许 钧　李国平　主编
中国文学译介与传播研究（卷三）　冯全功　卢巧丹　主编
译道与文心——论译品文录　许 钧　著
翻译与翻译研究——许钧教授访谈录　许 钧　等著
《红楼梦》翻译研究散论　冯全功　著
跨越文化边界：中国现当代小说在英语世界的译介与接受　卢巧丹　著
全球化背景下翻译伦理模式研究　申连云　著
西儒经注中的经义重构——理雅各《关雎》注疏话语研究　胡美馨　著

第二辑

译翁译话　杨武能　著
译道无疆　金圣华　著
重写翻译史　谢天振　主编
谈译论学录　许 钧　著
基于"大中华文库"的中国典籍英译翻译策略研究　王 宏　等著
欣顿与山水诗的生态话语性　陈 琳　著
批评与阐释——许钧翻译与研究评论集　许 多　主编
中国翻译硕士教育研究　穆 雷　著
中国文学四大名著译介与传播研究　许 多　冯全功　主编
文学翻译策略探索——基于《简·爱》六个汉译本的个案研究　袁 榕　著
传播学视域下的茶文化典籍英译研究　龙明慧　著

第三辑

关于翻译的新思考　许　钧　著

译者主体论　屠国元　著

文学翻译中的修辞认知研究　冯全功　著

文本内外——戴乃迭的中国文学外译与思考　辛红娟　刘园晨　编著

古代中文典籍法译本书目及研究　孙　越　编著

《红楼梦》英译史　赵长江　著

改革开放以来中国当代小说英译研究　吴　赟　著

中国当代小说英译出版研究　王颖冲　著

林语堂著译互文关系研究　李　平　著

林语堂翻译研究　李　平　主编

傅雷与翻译文学经典研究　宋学智　著

昆德拉在中国的翻译、接受与阐释研究　许　方　著

中国翻译硕士教育探索与发展(上卷)　穆　雷　赵军峰　主编

中国翻译硕士教育探索与发展(下卷)　穆　雷　赵军峰　主编

第四辑

中国文学外译的价值取向与文化立场研究　周晓梅　著

海外汉学视域下《道德经》在美国的译介研究　辛红娟　著

江苏文学经典英译主体研究　许　多　著

明清时期西传中国小说英译研究　陈婷婷　著

中国文学译介与传播模式研究：以英译现当代小说为中心　汪宝荣　著

中国文学对外译介与国家形象塑造：Chinese Literature(1978—1989)
　　外译研究　乔　洁　著

中国文学译介与中外文学交流：中国当代作家访谈录　高　方　编著

康德哲学术语中译论争历史考察　文　炳　王晓丰　著

20世纪尤金·奥尼尔戏剧汉译研究　钟　毅　著

译艺与译道——翻译名师访谈录　肖维青　卢巧丹　主编

张柏然翻译思想研究　胡开宝　辛红娟　主编